小城的年轮

刘星元 著

山西出版传媒集团　北岳文艺出版社

·太原·

图书在版编目（CIP）数据

小城的年轮 / 刘星元著 . —太原：北岳文艺出版社，2024.4
 ISBN 978-7-5378-6579-1

Ⅰ . ①小… Ⅱ . ①刘… Ⅲ . ①散文集—中国—当代 Ⅳ . ① I267

中国国家版本馆 CIP 数据核字（2024）第 055032 号

小城的年轮

刘星元 / 著

//

出品人
郭文礼

选题策划
刘文飞

责任编辑
范 戈

装帧设计
张永文

印装监制
郭 勇

出版发行：山西出版传媒集团·北岳文艺出版社
地址：山西省太原市并州南路 57 号
邮编：030012
电话：0351-5628696（发行部） 0351-5628688（总编室）
传真：0351-5628680
经销商：新华书店
印刷装订：山西新华印业有限公司
开本：787mm×1092mm 1/32
字数：204 千字
印张：10.75
版次：2024 年 4 月第 1 版
印次：2024 年 4 月山西第 1 次印刷
书号：ISBN 978-7-5378-6579-1
定价：58.00 元

本书版权为本社独家所有，未经本社同意不得转载、摘编或复制

目 录

第一辑 | 一座小城的面孔

物象书　　……003

意象书　　……032

人物书　　……051

释恐书　　……074

不在场书　……090

第二辑 | 褶皱里的烟火味儿

片　羽　　······ 109

褶　皱　　······ 152

指向牌　　······ 197

显与隐　　······ 209

肇事者　　······ 222

第三辑 | 滞留在县城的人

废墟之上　　……237

江湖事　　　……258

阑尾街　　　……275

涉世书　　　……296

滞留在县城的人 ……314

第一辑 | 一座小城的面孔

物象书

飘在空中的塑料袋

那只白色塑料袋是从我背后升起来的。

地点是护城河公园一隅。面前便是那条穿城而过的河,河面平静且深沉,如一潭困于容器里的死水,与这个季节的众多景象产生了隔阂;背后是一片废墟,这里曾是县城最早的机关家属院,能住在这里就是一种身份的象征,只是随着机关的相继东迁,这里迅速没落了,没有一间房屋能够寿终正寝。时间是春日的某个上午。那时候,我正坐在台阶上想事情。都是些无关紧要的小事,因为春天的到来,小事情衍生出的小心思开始萌芽,它们一直在轻轻撕咬着我。附近,有孩子在放风筝,有情侣在说悄悄话,有流浪汉在长椅上打瞌睡,有老人们在溜达。

就是在这时候,一只白色塑料袋从我的背后、从我背后的废墟之上,升了起来。支配它的是一阵路过的风。风是一种烘托,哪里有事情将要发生,哪里就有它,它不是主角,但它却为了显示自己的存在,用自己擅长的技能左右着主角:挑拨、离间、飞短流长——很多事物命运的走向,都是风在推波助澜;很多谣言和秘密的传播,都与风脱不了干系。就像此刻,一阵路过此地的风,它略作停顿,继而又将自己鼓吹了起来。它停顿,是因为它发现了那只塑料袋;它鼓吹,是因为它想蛊惑那只塑料袋离开废墟。风吹塑料袋的声音噼噼啦啦,似受损的音箱传来的噪声。我被这声音惊扰了,被惊扰的我转过头,看见了不远处那只刚刚离开地面、稍高于我头顶的塑料袋。

是一只中号的白色塑料袋,袋子上点缀着几处油污斑点。袋子的中心位置,印刷着几个汉字、几个拼音字母以及一个商业标志,这几组组合里的任意一组,都具有明确的归属指向,通过它们,我知道了这只塑料袋最初来自县城里的某家超市。我就此将这只白色塑料袋的际遇猜想了一番——作为收纳工具,它被人从超市里提了出来,使命达成之后,又被遗弃于房屋的任意一处所在,之后因为拆迁,它最终被一些沙砾和尘土拘禁了脚步。当然,它也有可能是借助曾经的一阵风从别处路过了这里,风擅自将它卸下,任它滞留于此,任它自生自灭,直到此刻,它迎来了另一阵风。

那只塑料袋越飘越高，我的目光压不住它。它就像是一轮圆月，试图躲开我的视线，但嗤嗤之声却暴露了它的行踪；它就像是缩小版的白云，终究会飞到白云里，并与白云融为一体——如果不是风的速度拘束了它的野心。塑料袋被路过的风吹了起来，漫无目的的风因为它的加入也开始有了目的——它的目的是高处和远方，它的轨迹是从东南到西北，它即将代替我巡视这座县城。按照风向猜测，这只塑料袋会与很多有意思的东西相遇，如果我能借助风到达它的正上方，我甚至可以俯瞰到，它将会与县城里的诸多事物一一重合。

它会与广场重合。广场依矮山而建，作为县城历史上的第一处娱乐休闲场所，它是许多爱情故事的发轫地，是诸多真相和流言的发酵所，也是保留许多人童年记忆的收容站。作为县城的标志性场所，如今它已失去众星捧月的位置，政治区向东部推移，工业区向西部发展，科技区向南部迈进，旅游区向北部延伸，而这处老旧的广场却丝毫未曾改变，作为落寞的遗老，它尚把自己安置于旧日的荣光里，并以时光的名义镇守着什么。

它会与电影院重合。是一家正在遭遇拆迁的电影院，以塑料袋居高临下的目光俯视，就如一件破损严重的玩具。多年前，在县城里，这家电影院就是"电影院"，具象的它与抽象的词构成了一对一的标配关系，虽然后来又相继出现了两三家以不同的汉字命名的电影院，但众人提到"电影院"三个字时，首先浮现于脑中的，必是最初的这个。尽管如此，为了更好地加以区分，人们还是在最初的那家电影院之前加上了一个"老"字。作为县城曾经的文化高地，斯皮尔伯格、宫崎骏曾在此落脚，武侠江湖里的英雄和美女也曾驻扎于此，然而现在，它正以接受拆迁的名义仓促地步入自己的暮年。时光不语，可时光却推动着其他事物呻吟喊疼。我在想，呻吟喊疼的老电影院会不会想起那些曾来此观影的少男少女——当年的少年如今身在何方，已经成了谁的父谁的祖父？当年的少女如今落居何处，已经成了谁的母谁的祖母？

它会与塑料制品厂重合。这家塑料制品厂不是它的出生地，因为工厂早已于数年前停工。厂房被几处民房包拢在中间，已无工人出入，再过些时日，它也会被拆除。兴建塑料厂曾是民心所向，拆掉塑料厂也是民心所向，从那个民心所向到这个民心所向，用掉了二十多年，用掉了数亩良田，用掉了一条干净的河流，用掉了几个平民的健康。

当塑料袋在县城上空巡游的时候，我曾短暂地将它与风筝联系在一起，短暂过后，却感觉这种对等联系是牵强的。虽然风筝也在空中飘，看起来也很自由，但它的自由更具拘束性，它被画外人远远把持着，如我们被时间和生活所把持。相对而言，塑料袋的自由度更为广阔，因为没有具象的羁绊，它技压群雄。如果刨除对它复杂的情感以及它尴尬的身份，或可将它视为自由的旗帜——它在空中无拘无束地飘移,它代表着自由,它是自由的一部分。

塑料袋是从什么时候流行起来的?小时候,至少在农村,塑料袋并不常见,诸如包点心之类的,用的是草纸。草纸质地粗糙,泛黄的纸张上时常可见未能打碎的秸秆,纸张虽厚,却不结实,用手一探,便会戳破一个洞。有一次我父亲从集市上买了几包本意送人的点心,其中一包因为自行车的颠簸和摩擦破了个洞,一块块点心便滚到了地上,父亲将它们拾起来,放进了自己的口袋,那一次,我和姐姐瓜分了那包沾着泥土的点心。或许正是因为草纸的不便,我父母对塑料袋有着天然的好感,在集市上买菜时,他们常以不牢固为借口,非要再套一只,仿佛这便占了莫大的便宜。那多要的一只,便用来收容其他东西。其实是很便宜的物件儿,几块钱就能买上一捆。有些东西就是这样,一旦认可了它,就很难剔除。后来,我们家率先使用地膜种地,同属塑料家族的地膜,既能让更为妥帖的光与热佑护着庄稼,还能让一些飘来的草籽无处落脚,庄稼的产量得以提升,我父母对此很满意。然而数年之后,他们发现,累年遗留于土地中的地膜破坏了土壤的通透性,土壤因此板结,终于影响到了庄稼的生长,他们又开始为此苦恼。有一年我家豢养的一只羊死了,父亲舍不得丢弃,就想用它犒赏我们的胃,结果在羊胃中取出了一堆塑料袋结块,羊的死因因此揭晓。自此之后,家里便很少再用塑料袋了。

村后捡垃圾的婆婆也喜欢塑料袋,她从垃圾桶中扯出一只只塑料袋,抱到河里洗,拴在院子里晾。她的小院是一个童话世界——那么多颜色各异的塑料袋,蓝的、红的、白的……就像是彩色的云阵;那么多的云彩相会于此,互不相扰又相互映照,大概只有宫崎骏的电影里能看到吧。阳光下,风一吹,满院的云朵就舞了起来,很美好。然而,童话里往往隐藏着陷阱。那年春天,灾难不知从哪里跳进了小院:起了火,塑料袋比柴草焚烧的速度更为迅速;刮了风,风赶着火奔上了房屋。那一日,柔软如绵羊的塑料袋开始发疯逞能使狠,幻化为凶猛的兽,张开血口,吞噬了房屋,吞噬了小院。

无意对塑料袋说三道四,只是将我看到、听到以及想到的东西,尽量真实地叙述出来。然而很多时候,当我说起塑料袋,很难就它的具象来阐述什么,相比而言,我更喜欢用一些没有条理的思维,为它的轻盈之身加冕。上述这些都是具象的塑料袋,然而此刻,那只正巡视全城的塑料袋,它显然已经逃脱了我对具体事物好与坏的判断。它不再是一种具体事物,而是一种象征事物。

就在我抬头看天,想着与塑料袋有关的事情的时候,有人因为我的举动也抬起了头,他可能什么都没发现,似乎觉得受到了欺骗,白了我一眼。我没有理会他,继续看天,看在天空中飘移的塑料袋。你看,那只塑料袋在跳舞——是一种什么舞呢,没见过。在风中,它折叠、它扭曲、它舒展,它那么美,但它的美尚无人关注,更无人解读。你看,那只塑料袋在吼叫——于风时急时缓的挤压和折叠中,它用自己的躯体喊出了异质之声,那究竟是声嘶力竭歇斯底里的吼,是壮志未酬愤慨难耐的吼,还是别无他想只是单纯地想要吼?

飘在空中的塑料袋啊,它在沿着风的脊背攀升。它越来越适应风——如果之前它尚有恐慌,此刻已不再恐慌;如果之前它尚有迷茫,此刻也已不再迷茫。它如鹰隼,在层层风阵中穿行,穿行,不断穿行。想到鸟,一些匪夷所思的想法就溢了出来,我在想,许多年后,塑料袋会不会替代鸟,替代鸟的名字,替代鸟本身——说不定,鸟将成为历史,"鸟"这个词将最终会被塑料袋篡去。继而又想到了月亮。想到月亮,另一些匪夷所思的想法漫过了关乎鸟的想法,以后来者的身份居上。在漫长的古代岁月里,文人喂养月亮、诠释月亮,这些诠释年深日久,已经牢固地植入了我们的基因,伴随着我们的繁衍代代相承。想到月亮,我们就会想到"海上生明月,天涯共此时",想到"但愿人长久,千里共婵娟",想到"举头望明月,低头思故乡"……哦,举头望明月——会不会有一天,因为环境的污染,我们的世界举头再无月,我们只能举头望望塑料袋,低头却一无所思?那时候,我们只能效仿古代先人,用琐碎的生活喂喂塑料袋,然后抛开它、放逐它、抬高它,让它常驻天空,从此将月亮隔绝。

这是一个速生的时代,也许以后,塑料袋会被我们的文字反复吟咏——我们排斥它,却又不得不去建构它,它将以崭新的具象和意象,存活在我们的语境里,根植于我们的生活中,构成我们不可缺失的一部分。如果真有那么一天,真不知是幸还是不幸——这个问题不必回答,因为如果那一天注定会到来,以人类短暂的寿命为证,我注定会先它而去,注定看不到那一天喜悦抑或忧伤的盛况。

废墟之上的挖掘机

是一辆静止地伫立于废墟之上的挖掘机。它耷拉着动臂,动臂最前端的铲斗呈现出向着自己身体挖掘的状态。然而此刻,它是静止的:它的动臂是静止的,它的铲斗是静止的,它头顶之上的天空是静止的,它履带之下的废墟亦是静止的。这种静止状态已经持续了四五天,不知道是否还会继续下去。

先前几天不是这样的。作为与我居住的小区仅一墙之隔的棚户区,两年前它就被纳入了拆迁之列,经过动员,住在棚户区里的最后一批居民于不久前搬走了。居民前脚刚搬走,挖掘机就迫不及待地驶进来了,原本平顺的日子开始如涟漪般微微晃动起伏了起来。

工地之上，那辆被冠以挖掘机之名的庞然大物，任意摆布着阻拦它步伐的事物。它掘地，它扬尘，它冲刺，它撞击，它把一栋栋陈旧或者崭新的房屋推倒、砸碎，碾于自己的躯体之下，仿佛与它们有着深仇大恨。它扬尘的时候，天空因扬起的尘而流动。那些尘土、那些草屑、那些垃圾袋，在挖掘机动臂的抛撒下纷纷扬扬上升又纷纷扬扬下落，在风的鼓吹下挥挥撒撒汇聚再挥挥撒撒离散。挖掘机不断地抛，风不断地吹，那一小片原本相对静止的低空，因这些纷繁之物的喧宾夺主而晃动，又因晃动而丰富。它掘地的时候，大地因掘起的土而颤抖。大地沉睡了多少年了，如果所有事物的发展都按部就班，更倾向于自然的生老病死，那它还将继续沉睡。可挖掘机却掘掉了堆积于它脊梁之上的房屋，它刚稍稍松了口气，挖掘机却继续下挖，更为疼痛的灾难急速降临——救世主并未降临，名为挖掘机的魔鬼，它冰冷、坚硬而锐利的铲斗，挖断大地的脊背，挖入它的肚腹，让疼痛以肉眼可见的速度与状态蔓延、深入。

挖掘机不管这些纷繁，也不管这些疼痛，它只是在一心一意地挖，不知疲倦地挖。它日夜不休，吞土掘石。白日，我路过附近，总会看见它缓慢而坚定地驰骋于废墟之上，向着尚未被推倒的房屋征伐；深夜，我从梦中惊醒，作为异物，它以比困兽还要尖锐、刺耳的声音，参与并铰碎了我的梦。

我同学杜航是一名挖掘机驾驶员，他大专毕业后在本地的几家小工厂折腾过两三年，后来回炉重造，去省城一家声名远播的技校学习挖掘机技术，学成后跟着别人在工地上开挖掘机，积累了一些积蓄之后，买了一辆属于自己的挖掘机，相熟的工头有了工程就会找他，凭着这技术，没过几年，他不但在村里建起了二层小楼，还在县城里买了一套房子。杜航很喜欢这份工作，驾驶挖掘机的时候，他把自己想象成攻城略地的勇士，那些房屋就是他的对手。绝大多数对手面对这一庞然大物的进攻均不堪一击，但偶尔也会有什么暂时拦截住他与挖掘机的脚步。拦住他们的是物——有些房屋虽然只有低低矮矮的一层，但是浇筑了钢筋混凝土，比单纯的红砖堆砌要结实；有些树盘根错节地长了数十年，枝干虽然被砍掉了，兼具硬性和韧性的庞大树根却还留在土中；有些在建房之前就已睡在土里亿万年的巨石妨碍了接下来的建设，需要将它们击碎、挖出。面对这些情况时，杜航就会将挖掘机原配的铲斗临时卸下，换成更适合操作的液压锤、打桩机、振动锤、鹰钩臂，一旦对症下药，任何依附于废墟之上的顽疾都可迎刃而解。拦住他们的是人——往往是那些被拆迁户，有些是住在此处许多年的老住户，住了一辈子，住出了感情，不愿搬离，看见挖掘机轰隆隆前来拆房，就挡在了前面；有些是对拆迁款不满的房主，视挖掘机以及坐在驾驶室里的司机为拆迁行动的鹰犬，他们躺在地上，有时甚至直接往挖掘机面前滚。无论是出于何种目的，他们的行为都会被拆迁者视为挑衅，统统被工头带着人拽了出去，他们只能于呐喊或哭泣、愤怒与悲伤中，眼睁睁看着自己想要庇护的建筑物，在挖掘机的敲击与挖掘中轰然倒塌。杜航说这些的时候眼光闪耀，兴奋莫名，而我只是默然，并不自知也不敢深究那支撑默然的情绪，是嫉妒是愤怒还是一些别的什么东西。

与杜航相比，我对挖掘机这一物件没有什么感情上的输出，所以很难简单地对它进行非此即彼的评价——这或许与我对很多事物的不了解、不信任与不排斥有关。的确，很难去夸耀它。有什么值得夸耀的呢？城中村、电影院、第一中学原址……在它臂膀的挥动下，一座又一座老建筑就此销声匿迹，尸骨无存。实物不存，那些以实物承载着的城市记忆，又会保留多长时间呢？过不了多久，那些地名必将会伴随实物的消失，渐渐消融于每个人的记忆之外。的确，也很难去贬低它。有什么可以贬低的呢？不破不立，由小到大、由旧转新，从来都是城市发展的必然趋势，挖掘机以及许多与挖掘机类似的工具，被新事物的发展推到了前台，充当了爪牙、充当了帮凶、充当了尖兵利器，它们需要履行自己的职责，并以此来证明自己的存在以及存在的价值，就像那些被历史进程推出来继而又推动历史进程的杰出或平庸的人物，总有流言或者卓见不时中伤或裹挟着他们，但那些中伤和裹挟，于历史大势而言，均可忽略不计。

对于挖掘机，我无意高看，也无意低视，只是想以一个局外人平视的目光打量它、观察它、触摸它,如一个陌生人打量、观察、触摸另一个陌生人。如同那一刻,我站在废墟之上,与一辆同样静止伫立于废墟之上的挖掘机遥遥相对,在对视中,我们均沉默不语。不语并不等于我的心思没有起伏,面对这辆持续静止了四五天的挖掘机,我的诸多猜测升腾了起来。我在想,它为何如此沉默。是病了吗?在一座又一座废墟之上劳作,将一个简单的动作重复了千次、万次、十万次、百万次,它也会腰肢劳损,也会体力不支,也会磕伤碰疼吧——或许是它的零件坏了,或许是它的线路断了,或许是它已经老到需要报废处理了,出于这些尚不能马上解决抑或永不能解决的病因,它只能暂时搁浅于这小小的内海之中,以一个胜利者的姿态,承受着失败者的屈辱。是倦了吗?自己不休不止地折腾的结果,是继续不休不止地折腾,它或许不想再折腾了,只想在这片废墟之上歇歇脚,甚至想一直歇下去。在歇息的这段时光里,草从它脚下冒出来,于是它认识了草;花从它脚下开出来,于是它认识了花。除此之外,它还一一认识了头顶上的太阳与月亮,认识了覆盖在它身上的尘与土,认识了那个经常在它附近捡拾垃圾的老人。这些原本都是它平日里司空见惯的事物,然而司空见惯未必等于相识,这一次它以静止的姿态,重新认识了自己以及自己周边的环境。如果这些荒谬的想法成立,那我真想将荒谬再助推一步——我愿把这辆挖掘机叫作陶渊明、叫作林和靖，它就是挖掘机界的五柳先生，就是建筑工程界的隐逸诗人。

都是些胡思乱想，用文字记录下它们的时候，不免脸红耳臊。但不管怎么说，伫立于我面前的这辆挖掘机，它的确是静止不动、孤孤单单的，驾驶它的人早已离开了它，它被遗弃于此，在某一小段时光里，伴随着这座被它推倒的废墟，一起承受着风吹雨打日晒尘磨，并在这承受中又无意义地老了一点儿——你知道的，在时光面前，任何坚硬的事物均不值一提，包括试图破坏另一些坚硬事物并最终成功的挖掘机。

又到春天了。春天里，万物复萌，其中最招摇的，当属那些无孔不入无处不在的野花野草。经受不住春天的蛊惑，我来到了这座废墟，来到了挖掘机面前——不知从哪里吹来的草籽，在乱石林立的废墟上长了出来，蒲公英、狗尾草、车前子、马齿苋……它们以各种普通或高雅的名字，点缀着废墟。我此行的目的是荠菜，与其他野草野菜比，废墟上的荠菜不算旺盛，但我也所获不少。挖着挖着就挖到了挖掘机的履带边，履带的缝隙间，更鲜嫩的荠菜已经冒出了头。其实挖掘机始终都在，我这次却是在野菜的一路奔逃下，与它近距离地站在了一起，恰似与生活中其他物品的关系，或许只有站在一起的时候，我才会去认真审视它，并把它视为生活中一个绕不过去的存在，继而想到了一些东西，写下了这些文字。

作为这些文字的赘余部分，其实我一直想说的是：那辆静止伫立于废墟之上的挖掘机,它似一个突兀的标点符号,碍眼地夹杂于一段本该十分流畅的句子里,或许会让读到此处的人,忍不住皱一下眉头。

在铁质楼梯上行走

已经很少见到这样的楼梯了。至少,在我所居住的这座县城,它未必不能算是一件孤本。

与诸多藏身于楼宇腹中的楼梯不同,它盘在楼宇的外围;与合金电梯或者混凝土步梯不同,它浑身上下皆是纯铁质地。这架铁质楼梯立于小区门卫室与沿街楼之间,门卫室与沿街楼间距不足两米,这短短的两米,几乎完全被楼梯占据。如需更确切地描述它,可以将它细化为一架旋转上升的铁质楼梯,形状和原理恰如游乐场里的旋转滑梯,楼梯中间矗立着一根直径三十厘米左右的空心铁杆,如花瓣或折扇般层层展开的梯层,以焊接技术的加持,向着空心铁杆的高处延展,途经门卫室二楼的储藏室,最终抵达了沿街商铺的三楼。

这架楼梯位于县城北郊的一所老旧小区内,小区建于二十多年前,2014年,在县城晃荡了数年的我,最终决定在这所小区里买下了一套二手房。初次走进这所小区时,院内的诸多设施都已经失去了功用,健身器材老旧斑驳,车位上的地锁被车轮碾压得变了形，楼宇间的道路坑洼不平，接近三分之一的枯木在死去乃至部分腐烂之后仍占据着活着时占据的空间……一切的事物都在告诉我，这似乎是一所不配拥有物业管理的小区。后来才知道，因为小区只有四幢楼房，物业公司赚不到钱，只留下了一位门卫大爷看守小区，在设施维护方面，更多的是业主自理。或许正是因为老旧和疏于管理，才导致这里的房价比那些新开发的小区低了一大截，尽管如此，能以远低于市场价购回一套属于自己的房子，我依然感觉是在捡漏儿。

我第一次见到这架铁质楼梯的时候，它就已经破损得不成样子了。与其他材质比，铁本就更容易生锈，何况它还盘在楼宇外部日复一日年复一年地遭受风吹雨打日晒尘磨呢？在我视线的抚摸下，处于中间位置的空心铁杆黑色的躯干上，附着了一些类似裂口的长条纹路，那其实是雨水冲刷腐蚀形成的不规则线条，线条与线条之间，一些细碎的类似苔藓或茸毛的微物组构出的群体，似乎在渲染着什么，那是铁杆萌生出的比母体稍微柔软一些的锈迹。这种锈迹并非稀有之物，它在整架楼梯上随处可见。铁杆与梯层的焊接处，以及梯层与外围扶手栏杆的焊接处，这类时光腐蚀的痕迹尤为明显，以至于原本是为了增加安全系数的铁质栏杆，仅余下最下面的一截，那截侥幸存留下来的铁质栏杆的侥幸应该也持续不了多久，因为我发现，在栏杆与梯层的几个接口处，一些铁质已经被时光和其他事物腐蚀成粉，未被腐蚀成粉的部分，似好看的镂空花纹，勉强牵连着主体部分。尽管已经破损如斯，但这架楼梯承载重量上下的职责尚未被剥夺，偶尔可见有人借助它或上或下。早些年，这种楼梯在县城里是一种普遍的存在，制作它无需高级的材料和复杂的工艺，任何一位焊接师傅用一些铁板、铁皮、铁管、铁柱就可轻易搞定，只是，随着安全意识的提高以及对建筑设施的规范管理，这种楼梯不是被大面积拆除，就是被禁用，如今已经难得一见。

我从未想到会与那架铁质楼梯产生任何躯体上的交集与接触。在很多文章里，"未想到"这三个字往往意味着失算，很快，我的失算就得到了印证。搬入那所小区后，原来的房主遗留给我的三件麻烦事同时降临：吸顶灯的螺丝掉了，厨房里的水龙头堵了，门把手松动得快要坠落了。需要钳子、扳手、螺丝刀这些工具来维修，倘若去购买，又是一笔额外的支出，于是厚着脸皮敲开了对门，以邻居的身份自我介绍了一番，在别人将信将疑的目光里求助，对门邻居说门卫室看门的大爷什么工具都有，让我去那里借。门卫室很小，只是一间小屋子，一张床、两张桌子以及一个炉子，便塞得满满当当了。一位七十岁上下的矮瘦老人正坐在炉子前烤火，手里捧着一个搪瓷杯子。屋子里不好插脚，就站在门口说明了来意。老人什么话都没说，把搪瓷杯子搁在身后的桌子上，站起身，走出来，抬脚就上了那架铁质楼梯，走到楼梯的中间处，他回头唤我上去。看着那架损毁严重的楼梯，心里并不想涉足，但是因为求人借物，便也只能暗暗咬了咬牙，跟了上去。在恐惧的支配下近乎机械行走的我终于上了二楼，暂时离开了楼梯。我还在那里于强装的镇定中收拢并平复着情绪，门卫大爷已打开二楼同样小的储藏室，储藏室里堆满了包装盒、快递包、报纸等杂物，我曾见门卫大爷在小区各处以及垃圾箱里捡拾杂物，很显然，这些都是他的收获。我在门口等着，门卫大爷则侧身穿过那些杂物，在内里的一处角落蹲下，翻箱倒柜，一阵叮叮当当，终于找出了我需要的工具。拿着工具，我等到大爷走到一楼地面，才又在恐惧的压榨下忐忑不安地走了下去。

那是我第一次踏上那架铁质楼梯。事后，我想起了之前两次在其他样式的楼梯和电梯里的经历。一次是在电梯里，电梯突发故障，把我一个人困在了它的腹中达半个小时，短短的三十多分钟，借助感官的层层发酵，延展为心理上漫长的三四个小时。无聊感、窒息感、恐惧感、孤独感、绝望感……心理感受层层加码，步步递进，让我陷入了与世隔绝的境地。我想起与自己厌恶的人同处一室的时光，并且真心觉得，他们的聒噪和散布流言的所作所为，皆是值得被原谅的，与现在的我独处的感受相比，他们构成了另一种美好。还有一次，深夜，急需一件东西，那东西却被落在单位里了，只能迅速赶到单位，到了楼下才发现停电了，电梯没法用，只能从一楼向着十二楼爬。从下往上，中间歇了一段，楼洞里安静异常，全不似往日里人声交叠、脚步杂乱的景象，因为环境的刻意烘托，除了自己的脚步声，连自己呼气的声响都被刻意扩大了。以手机自带的光找路，台阶并不清晰，光线移动，将周围的环境晕染得极为阴森；听着自己的呼吸声，全身急于收缩，心却不规律地跳起来，如一个见风使舵的临场叛变者，似乎在挣脱躯体的拘束，又因为恐惧的渲染，想起许多诡异的故事。爬到大约一半的楼层时，已经很累了，想歇歇脚，但恐惧却又驱动着脚步迅速再往上爬，一直爬到了办公室所在的楼层。与那两次的经历不同，在这架铁质楼梯上行走，心里越是着急，越是想快点儿走，但脚下却慢吞吞的，似有莫大的心不甘和情不愿，不时有咯吱声从脚下的梯层上传来，并借助自身的躯体传遍整架楼梯，那是铁板断裂的声音，就像走在冰面上的裂冰之声。如果说之前两次的遭遇是恐惧呈现出的弥漫状态，而这架铁质楼梯，它尖锐、直接，生猛得就像恐惧本身，不给我留下一点儿遐想和回旋的余地，短促到这些想法都是我事后的补缀。

在那架铁质楼梯间行走，我向来都是忐忑的，危险如悬在头顶的达摩克利斯之剑，末日随时都有可能降临，总感觉那架楼梯会轰然倒塌。开心、激动、痛苦、惦念、崇拜……像流水线工人一般，同样的心理活动状态一旦在同一种场景中重复多次，构成程式化的日常，往往就有了免疫功能。在那架铁质楼梯间行走时浮现出的恐惧则不然，虽然之后又去借了几次维修工具，但行走于楼梯上，我依然是恐惧的。

儿子三个月大的时候，我就开始抱着他在小区里闲逛，让他认识认识世界，也让这世界以更为开阔的胸怀接纳这个新生的孩子。之后儿子自己学会了走路，活动的范围越来越广，对事物的兴趣也越来越浓。儿子一岁多的时候，我带着他在小区里玩，他发现了那架楼梯，并执意要向那边跑。他喜欢顺着那些锈迹斑斑的梯层往上爬，刚爬到第三层，就被我悬空提了回去——三层，是我自忖面对突发事件时所能掌控到的最高极限，我只能保证，在这个高度上，他是安全的。每次抱儿子下来，他都不愿意，表现方式是哭、是闹、是甩肩、是挣脱、是再一次的攀爬。很显然，他一定是把这架铁质楼梯当作塑料滑梯了。

前些天去门卫室拿快递，听门卫大爷与小区里的退休老教师聊天，说沿街楼不久前被一家私立医院买去了，院方来跟大爷商量，想将这架铁质楼梯拆了，用钢筋和水泥新建一架，方便医护人员和小区居民行走，并且言明不用小区掏钱。门卫大爷没有智能手机，就请老教师拍了一张楼梯的照片，代他发到业主群里，问问大家对此是什么意见。群里没人反对，不反对的表现形式是集体沉默。只是有一个小插曲——第二天，有一位业主在群里问：小区里还有这样一架楼梯吗？

又过了几日，周末带儿子在小区里玩，他在我之前发现了小区里的变化——那架铁质楼梯不见了，小区门卫室与沿街楼之间，原本狭窄的空间突然空旷了起来。以前总觉得楼梯搁在那里碍眼，拆除后视线里的空旷又让人有些隐隐的不适。儿子指着那片空旷之地咿咿呀呀，时而回头顾我，表情疑惑。尘世间的很多事情，他都还没有经验。

没有为那架铁质楼梯打抱不平的意思，只是无端想到了一句矫情且不怎么契合那时场景的话——目光所及之处，事物很少有资格寿终正寝。

一辆汽车被遗弃了

说遗弃可能并不准确，因为我从未见过那辆汽车的主人，也不了解事情的来龙去脉。但是，那辆汽车呈现给我的，的确是被遗弃的状态。

是在两座城中村接壤的地方，那里的两条路丁字形横列着，是我抄近道上下班的首选。那辆被遗弃的汽车就停在"丁"字的右侧，靠近墙根，与墙面平行。起初我并未发现它，在县城，每辆车的行止都是一种司空见惯的存在，因为司空见惯，往往是熟视无睹的。然而，发酵的时光却改变了这一切。

先是尘来了。尘埃是不分贫富瘦肥的，人多车多的地方它在升在落，人员稀少的地方它依然在升在落。在这条损毁严重的道路间，尘埃落在旧墙上，落在草木上，落在沿途店铺的广告牌上，落在停于道路两侧的任意一种东西上，有时候它们累了，不想再升腾了，就落在像我这样步行或骑电动自行车路过的人身上，让我们带着它们奔赴可知或者未知的地方。与时常奔跑的同类相比，一辆长期停于此的汽车更适合尘埃的聚集，从车顶到车窗，从车头到车尾，它们占据着这辆车的每一寸皮肤，并构成了这辆车新的皮肤，与原来生硬的黑色外表相比，这些尘埃累积而成的皮肤更加均匀，更加有质感，与周围的环境似乎也更为协调。入夏以来，本地渐入雨季，有时是小雨，有时是中雨，间或有那么一两场惊雷暴雨，如果恰好在雨中路过那里，就会发现泥汤正顺着车身向下流去，车子被这些黄色的条条杠杠捆绑着，像待宰的困兽。雨停下来，车身上黄色条杠便留了下来。一场雨过后，车身上，有一部分尘已经化为泥，流入了地面，与地面合为一体，但也仍有一些顽强的尘依旧霸占着轮胎、车窗、车尾等有褶皱的死角，等待着向上攀爬，或者与新落下的同伴聚首。

  后是草来了。草是这世间的另一种尘埃，它们无处不在，无时不在。那些细微到可以轻易躲避眼睛的草籽，像隐形的天使或者肆意妄为的病毒，乘风降临并霸占着每一寸值得征服和拥有的领地。即便是再轻微、再纤细的风，也是草籽们坚韧的羽翼，凭借这羽翼，它们有些从这里启程，飞向我们此生都不能到达的地方；有些则从我们此生从没有驻足的地方出发，飞到我们面前。有时候，我们根本就没法分清草籽和尘埃，它们混杂在一起，从外表上看完全一样，只有水才能暴露它们不同的身份。一场雨过后，掺杂、混迹于尘埃中的草籽纷纷破壳，从尘埃中抬起了头、直起了腰。车头车尾、轮胎缝隙，只要能挂住一小撮尘、拦住一点儿水的地方，总有一些草在迎风招展。如果说草木界也有际遇，那这些草木幼苗的际遇真是糟糕，虽然雨给了它们滋润，虽然尘给了它们土壤，但它们显然高估了这些生存物资，等到突破自己的壳，与自己所处的世界迎面相撞，已经无力返回种子的状态，只能在现有的环境里尽力地活着。活着向来都不是一件容易的事，对于这些娇小的草木来说尤甚。雨后，天气尚未凉下来，日头却已开始反扑，烈阳尚且烤得大地上的庄稼蔫头耷脑，更不要说是生长在汽车之上的幼苗了。在烈日的烘烤下，车体温度迅速抬升，依附于车体的幼苗则迅速干瘪。因为干而脆，风一吹，幼苗就烟消云散了，连做尘埃的命都没有。然而草木终究是一种生生不息的存在，只要车还停在那里，只要尘还落在车上，只要雨还时时光顾，新的草籽便会继续莽撞地钻出来。

我一直期望能有人将车子开走，可是，尘已经将它覆盖了多次，它还在那里。如果它依然占据着那地方，我不知道尘还会继续将它覆盖多少次。对尘而言，飘向何方落到哪里都是它们的自由，然而对于被遮蔽或覆盖的器物而言，或许未必如此。蒙尘，是我们为这一具象的场景构建的一个词语，意指美好的事物遭到埋没，不知道一辆被遗弃的汽车算不算得上是"美好的事物"，然而，它却确确实实在"蒙尘"。草也已经在它身上枯荣了数次，可它还在那里，如果它依然占据着那地方，我不知道草还会在它身上枯荣多少次。一匹骏马生于草原，若非叵测的际遇，或许也会终生与草为伴。我没去过草原，但梦见过草原，也梦见过奔驰于草原之上的骏马。在梦中，骏马还未被任何人驯服，作为一匹尚未被驯服的马，它追逐白云，随着白云爬上高坡，又向着坡下的草花繁茂处冲去，最终消失于草花之中。在梦中，那匹马曾无数次将草踏于蹄下；而在这里，那辆汽车却在日日承受着草的踩踏。

因为长时间的闲置和荒废，车胎已经瘪了。在发酵的时光里，斑斑锈渍沿着雨水冲刷下来的路径自下而上，迅速攀爬到金属的轮架之上，为这辆车涂抹了更多晚暮生涯的色彩。如果将它置换为你我，我们几乎可以说：那个人患了半身不遂，腿已经不中用了；或者，还可以更残忍地说：看，那个人的腿已经断了。

我也曾身患某种隐疾，大概能够体会肢体突然丧失功能的人的敏感、乖张、孤僻，以及内心的绝望和不甘。就如童年里那些我们为非作歹的恶,常常以天真的面目出现,这种被世间包容甚至鼓励的"天真",包庇着我们对于另一些弱小生灵生命轨迹的打扰——折断一只蜻蜓的羽翼、勒断一条毛毛虫的腰身,或者用铁钉钉住一条菜花蛇的尾巴、用胶水粘住一只天牛的四肢。在那些可怜的生灵看来,我们或许就是邪恶的神灵,而神灵就是叵测的命运,但是它们不知道,在它们眼中无比强大的我们,也常常会像它们一样被更为强大的神灵的"恶作剧"抽中,接受摆布和蹂躏。

小区里住着一位好脾气的老教师,平时遇见,他脸上总挂着儒雅的笑。前几年过马路时,他被一辆疾驰而过的渣土车碾过,渣土车把他拽到自己的轮子下面,又迅速弃他而去。天还是那么湛蓝,路还是那么平坦,时光依然还在匀速运动着,然而命运却单单在他头顶安放了一片乌云,在他脚下设置了一道鸿沟,在他颐养天年之际给他的生活带来了一次急刹车。听说他的两条腿被截断了,现在他的身高刚好与他几岁的小孙子齐平;听说他在医院里曾尝试过自行了结,被听到异响的值班护士牢牢按住了;听说他出院了,但一直躲在家里不出来……都是听说,听这个人说,听那个人说,其中的真实性有多少,虚构度有多大,不得而知,但有一件事却是不用"听说"的——很长一段时间里,他们家不时会传来锅碗瓢盆碰撞乃至碎裂的声响,会传来隐隐约约含糊不清的哭声。有那么几次,深夜,我被一种声音从睡梦中拽出来，那声音时而尖利、时而悲壮、时而低沉，像哭，像笑，又像是牢笼里的困兽一般低低地咆哮着，最后在凄凉的无意义的拖音中渐渐弱下来，午夜恢复到它本该有的宁静中。这哭、这笑、这咆哮，总是会让我想起许多年前跟着我妈走亲戚时遇见的那个疯子。他是我二姨邻居家的儿子，据我表哥说，疯掉的他暴打过父母，扭断过乡邻家牲畜的脖颈儿，还差点儿祸害了村支书的闺女，这一系列出格的举动惹恼了村里人，他父母无奈，只能把他关了起来。那时候他可能也就三四十岁，被父母锁在粗大的钢筋焊接成的笼子里，全身赤裸、须发凌乱，脚上被镣铐牢牢拴住，镣铐与脚脖子的接触面上，他的皮肤凹进去深深的一圈，折射着如舌头一般红滚滚的平滑的光芒。看见我们走近，他突然如猛兽般向前一扑，双手扒着钢筋，对着我们叫了一声，又嘿嘿笑了起来，我们于惊吓中连滚带爬地向后跑去，再也不敢回头。多少年过去了，很多细节都已烟消云散，但那声音却牢牢嵌在了我脑中，我没想到再次听到这种声音，竟来自我的邻居。值得庆幸的是，与多年前那位被关在笼子里的疯子相比，老教师并没有疯，几个月后，他终于"走"出了家门。大概是5月份的时候，我下班回家，在小区的楼下与他相遇，他果然已坐上了轮椅。我不知道该说些什么、做些什么，他倒是很坦然，主动与我聊了几句任何邻居见面都会聊到的话题。与之前相比，他瘦了，皱纹也更加明显，但脸上依然挂着恰到好处的儒雅笑容。我上了三楼,透过自家的窗户观察他,发现他原来正在练习如何使用轮椅。像一岁大的孩子,他不断矫正着方向、速度和力度,握着车轮的手沾满了尘土。他不时用手背擦着汗,也时常会停下练习,与迎面走来的邻居们聊上几句。我在心里默默祝福了他,希望他能用自己新的"双腿"对自己进行哪怕不那么完美的拯救。

说过被生活遗弃的人的命运了,还是再回到车的命运上来吧。我虽然不怀疑他们之间存在着共通之处,但还是想尝试猜度一下专属于一辆被遗弃的汽车的独特际遇。这辆车虽不是豪车,但也价值五六万,对于我们这样一座小县城的大多数市民来说,绝不是一笔小数目。也许正是因为如此,一辆被人遗弃的汽车,才引发了我如此浓厚而长久的兴趣,萌生了诸多无章的杂念。我发现存在同样疑虑的人并不在少数,有几次路过那里,都遇见有人站在那辆车的身边左看右看。一次是一位二十岁出头的青年,他可能在等人,靠在附近的一棵梧桐树上,左手夹着香烟,右手划拉着手机,偶尔抬头向着通往城中村深处的小巷看上一眼。在看到其中某一眼时,他发现了这辆车,走到车前,围着它绕了一圈,吐掉了快要燃尽的烟蒂,用脚踢了轮胎一下,汽车晃了一晃,就再次静止不动了。青年又在原地站了一会儿,像是思考,也像是发呆,这时候有人在喊他,他抬起头,向着声音传来的方向看了看,就自顾自地走开了。一次是一个六七岁的女孩子,她大概是附近商铺或住户的孩子,把那辆车当作了天然的画板,用小手搅动着厚厚的尘埃,在车身上画满了卡通人物,画毕,她退后了两步,掐着腰在那里欣赏着自己的大作。最后,她用沾满尘土的小手拍了拍车门,似乎是在给车里的人打招呼,但并不等谁去回应她,她便扭头跑开了。她拍车门的时候,带动了车子的震动,尘埃纷纷从车身下落,原本清晰的卡通画立刻蒙上了一层薄薄的轻纱,仿佛时光急速地晃过。还有一次,我看见一位大腹便便的中年人凑到左前方那个没有完全关闭的车窗前,向着里面看,脖子一扭一扭的,为眼睛调整着最佳的窥视角度,屁股也跟着扭动了起来。

那些好奇的人,他们一定也和我一样在想:这辆车为什么会日复一日永不移位地停在这里,它的主人去了哪里?是作案潜逃?就像影视剧里播放的情节一样,拥有这辆车的人于冲动或精密谋划下犯下了罪孽,车辆就是他的作案工具之一,为了跑得更远,他抛弃了它,轻装潜逃。这种臆想的证据来自车窗——靠近驾驶座一侧的车窗没有关严,这或许是他弃车潜逃前观察四周时用于呼吸的风口,因为逃得匆忙,才没来得及关闭。是遭遇了不测?飞来横祸是常有的事,谁也猜不透迎面赶来的噩运会把人群中的哪一个率先拍翻在地,如果这辆车的车主就是被噩运选中的倒霉蛋,我不会惊诧,然而现在的问题是,我无法佐证自己的任何猜想,因为任何的佐证都可能衍化为二次猜想，距离真相越来越远。是忽然厌倦了生活，以抛弃旧物的方式换了一个新身份？我参考的是我的朋友。朋友是位艺术家，一年之中总有几次，他会以出差为借口从家庭中抽身而出，在"出差"的那几天，他总会在自己生活的那座城市里找一处远离原有生活的区域住下，以另一个人的身份审视自己的生活。然而有一次"出差"的时候，他与妻子不期而遇，两人同时发现了对方，又同时愣住了……因为这事，敏感的妻子一直在跟他闹离婚，这事让他特别苦恼。这辆被人遗弃的汽车让我再次想起那件事，我在想，如果猜测属实，这辆车的主人值得敬佩，值得我去为他祝福，尽管我知道，他可能并不需要陌生人虚无缥缈的祈祷。

有一次，像做贼一样，路过那里时，趁着没人，我也扒着车窗缝隙向里面看了看，车厢里漆黑一片，只有一股子霉味儿沿着狭窄的缝隙从里面飘了出来，让人无法久待。旧的疑惑没解开，新的疑惑却已如后发之浪席卷了过来，把我裹进更为精妙且烦琐的迷宫之中。还有一晚，大雨，我开车从停放那辆汽车的路口经过，车灯打在它身上，雨中的它就像一头野兽，透过前挡风玻璃，我看到它在与我对视，并将打在它身上的光全部吞噬到了他自己腹内，光进入它的腹部就好像幻化成了雾，里面依然看不清楚。夜幕之中，天空之上，只有雷鸣还在爆响，那爆响的雷声似乎是它快意的嚎叫，又似乎是它悲愤的怒吼。

从春到夏，从夏到秋，那辆被人遗弃的汽车，仿佛一枚突兀而神秘的钉子，就这样钉在县城的某个角落，钉在我疑惑的七寸之上，让我不适。这种不适的疑惑是否还将持续？我不得而知。

意象书

在无数个擦肩而过的瞬间

我疑心那些与我擦肩而过的人中,必定有几位是不凡之人,只不过我没有将他们辨认出来;我疑心在无数个擦肩而过的瞬间,都是一次可遇而不可求的神启,只不过我没能参破其中的谕指。

那些与我擦肩而过的非凡之人,他们把光环隐藏于自己看似普通的皮囊内,又把自己看似普通的皮囊隐藏于人群之中,如大隐隐于市,如独木隐于林,如水珠隐于海。他们似乎与我们存在着诸多的相同之处,这相同之处,便是我们所谓的"普遍"。普遍,这是尘世甚至是他们自己赋予自己的保护色,与整座县城低端而廉价的气质一致,这常常让他们主动或被动地沦为被所谓的高端、权威以及卓越等词语遮蔽或舍弃的人物。甚至，从表面上看，他们每个人都不足以被称为"人物"，作为被主流蔑视的微小个体，他们甚至没有多少独立存在的价值，只能与我们一样，隐藏于庞大的分母数字中，托举着鹤立鸡群、风光正盛的分子代表县城招摇过市。

那些把自己或被别人隐藏起来的非凡人物啊，尽管我不认识他们，但这并不妨碍我对他们这些隐藏于县城褶皱里的珠玉的认知。麻雀虽小，五脏俱全；县城虽小，却也广罗三教九流。我知道，我一直都知道，小城卧虎藏龙；我知道，我一直都知道，小城里的虎与龙，并非那些逞勇嗜狠的痞霸，并非那些生杀予夺的政客，亦并非那些精通换脸技艺的商人和捐客，而是那几位隐藏起来的非凡人物。

作为百里空间里一处聚集人与物的核心区域，县域如一片小小的海洋，县城就是于波涛汹涌的海面形成的不断转动的旋涡。旋涡以发展的名义，在旋转中吸附着各个乡镇以及乡镇所辖的众多村庄的事物和资源，将他们招引或驱赶到自己怀中，让他们充实着自己饥饿且贪婪的肠胃。作为一名从偏远小村庄闯入进来的无知者，我也只是其中微不足道的一个。在旋涡的滚动中，以浪花和水滴之身，我们被巨大的推力裹挟着，或趋之若鹜，或不由自主地前行。

无数个我们，在旋涡状的县城里共存于一栋楼宇之内、一群人流之中、一项政策之下。在任意一种标尺归类中,同处于一方真实或虚拟的空间里的我们啊,有人狂欢,有人失落,有人高兴,有人落泪,有人侃侃而谈,有人沉默如谜。狂欢、失落、高兴、落泪、侃侃而谈、独自沉默,这些尖锐或寡淡的情绪,并不能以单一的个体为一个人武断地归类,为他复杂的生活一次性加冕——时光和生活借助一座县城,将这些情绪散布于不同的生涯路途中,并让它们无规律地重复出现。背负悲欢离合,一个个复杂的个体如机器齿轮上形态各异的小零件,以不同的面目和职能,丰富并推拉着这巨大的机器——这一次我说的是如我这般的普通人。巨大的机器轰鸣不休,制造着篡夺阳光之名的高分贝噪声,碾压着从一些幽深的角落里传出的独唱——这一次我说的是那些隐藏着的卓越人物。

同处一座县城,因为目光短浅,因为智力多受外部玷污,虽然没法将这些卓越人物一一指认出来,但是我知道,他们一直在此生活,并且很可能还将继续在此生活下去——尽管,从本质上来说他们并不属于这座县城,但是我坚信,这座县城因为他们的存在而三生有幸,就像真实存在着的曲阜因孔子的存在而三生有幸,就像虚构出来的约克纳帕塔法县因福克纳的存在而三生有幸。

与这些卓越的人物同居一城,我与有荣焉。普通人如我,日复一日年复一年地过着一成不变的日子。在旋涡巨大的推力面前，卓越人物应当亦如此，然而，作为这时代的清醒者或独醉者，他们毕竟与众不同，当他们独处之时，鹤立鸡群的思想便开始萌生，伟大的作品和功绩正于不动声色中浇铸。就在我们不知不觉荒废时日的时候，一些伟大的变化已经悄然发生。从目前看，这些卓越人物创造出的作品和功绩丝毫不足以影响这座县城，但伟大作品和功绩的伟大之处，并不是因为推动了什么、影响了什么而伟大，许多年后，历史将会铭记这些处于某个时间节点上的前瞻者。退一步讲，即便历史也是一个睁眼瞎或者某种黑暗势力的帮凶，即便他们最终会因这样或那样的偶然甚至必然而被尘世遮蔽，但在我心中，他们的光辉依然不灭。明月和星辰会记得他们的存在，因为他们便是大地上的明月和星辰，便是县城里的明月和星辰，他们与天空遥遥相对，彼此呼应。

我知道，当我在这座县城的一隅一觉醒来时，在这座县城的另一隅，一个曾与我擦肩而过的人已经完成了他的不朽之作。他的不朽之作或许是一首诗，或许是一部小说，或许是一篇社会学文章……在新完成的作品中，他或许会以自己为标尺，丈量县城，丈量自己的生活，丈量历史的虚伪。他会揭破被这尘世遮蔽的真理——仓颉造字，天为雨粟，鬼为夜哭，龙乃潜藏……昨夜的那场大雨，或许就是因这新出炉的不朽之作而泣。在作品里，他会赞美一些什么，他会反思一些什么，或许他还会讽刺一些什么。如果被讽刺的是一类人，那我或许就是他所讽刺的对象之一。这新出炉的作品呀，它被完成之后，就与创作出它的上帝再无瓜葛，自此之后它将会经历自己的命运——或者会一时洛阳纸贵，被视为人类思想史、创造史、社会史上某个阶段的扛鼎之作；或者会因为这样和那样的顾虑被藏之名山，附在县城一隅，俟后世圣人君子；或者会被遗落到地下室，抛弃到垃圾桶，乃至被家中顽劣的孩子撕碎或者折成纸飞机，送它入空，让它远离尘世。但是我依然坚信，这些作品的伟大，不会因命运的幸与不幸而增辉或失色。

我痴迷于对这些卓越人物的臆想——三十岁或者四十岁，身材消瘦而颀长，想法无理且偏执，生活中用一份普通的工作养着一个普通的家庭；失眠常来拜访他，神经衰弱如影随形，某种难言的隐疾则长期欺辱着他的身体和心理……这么多年来，我一直参照另一些异域的卓越人物在本城搜索他们的影踪。

我想到了卡夫卡。这个天才作家，在布拉格的一家工伤事故保险公司谋生。小职员卡夫卡每日埋身于企业保险的各类清单中，埋身于与各类人物和事务的消耗战中，与他日常交往的人们，没有人相信他其实是一位优秀的作家，一位卓越的社会解剖医生，一个时代荒诞而真实的镜面。与诸多埋身于小城市里的小职员相比，他命运多舛，还没有正儿八经地经历肌肉的萎缩和肌体的衰老，就已英年早逝，但是自他笔下诞生的那些经典之作却堆积出了另一个卡夫卡——他生命的长度以文字的方式被无限拉长,生命的广度也以文字的方式被无限铺展。在我们身处的社会生活中,"保险"二字无处不在、无孔不入,似乎什么东西都可以以保险的方式加固它的硬度,提升它的价值,似乎"保险"二字比物权法还要稳妥和可靠。一年之中,总会有一些机构打来电话推销他们的项目和产品,对于他们想以冠冕的借口来榨取我微薄的薪金,我始终心存敌视,但对保险电话例外,因为我想到了卡夫卡,想到了卡夫卡得以安身立命的职业。想到卡夫卡,我的口吻就温柔了起来,我在想,电话那头,或许就是另一位隐身于县城的卡夫卡。

我还想到了余华。那时候,我最喜欢的《十八岁出门远行》和《在细雨中呼喊》尚不知道在哪片乌云下蛰伏,在哪缕阳光中蒸发,在哪阵轻风中飘荡;那时候,那位年轻人尚在南方小镇的某家牙科诊所里手握钢钳为患者拔牙。我与余华最近的距离,除了纸上阅读,就是拔牙的经历。牙疼,牙龈肿胀,腮部也跟着肿胀,嘴巴无法完全闭合也无法完全张开,疼得整宿睡不着觉。去县城的某家牙科门诊检查,年轻的医生说智齿不正,需要拔除,不然容易损害相邻的牙齿。打上麻药后,我努力大张着嘴,接受着各类塞进我口腔的工具的修理,牙钳紧夹牙齿,往返使力,忽觉一冷,有什么脱离了我的身体,接下来就有液体漫过了牙床,顺着嘴角流了出来。我以为万事大吉,可以逃之夭夭了，但是医生却又说，这枚阻生性智齿顶在与它相邻的另一颗牙齿腰间，已经顶出了一个黑洞，这枚倒霉的牙齿依然需要被拔除。于是，刚才的程序又在我的口腔内演练了一遍。疼，持续地疼，与疼共生的，还有因"受骗"衍生出的委屈和愤懑。然而，看着面前年轻的牙医，我却想起了余华，想起余华，我就原谅了这个冒失的年轻人，因为我不知道站在我面前的这个人，是不是一位隐藏于小城之中的文学天才。如果是，那我就应该告诉自己，可能拔牙并不是他的专长，他因此带给我的疼痛，我愿意选择原谅。

其实，这些隐藏于县城之中的卓越人物，身份并不拘泥于作家，只是因为我自己是一名浅薄的写作爱好者，便自以为是地觉得与他们存在一种比其他人更具隐秘性的血液上的牵扯。只不过，我明白，与他们相比，我的血液杂质太多，不敢也没有资格与那些基因纯正者相认。我知道，在聚光灯的背后，在名利场的角落里，在农贸市场的摊位前，一定会有一两个非凡之人，正在以屠夫以商贩以推销员以无业游民的身份，活在我们中间。

在县城，在无数个与陌生人擦肩而过的瞬间，我把与我擦肩的每个人都指认为卓越的人物，错误的积数不断膨胀，但我明白，总有那么几次，我的判断正中靶心，只是我不能确认这种指认，只是他们不会因这无端的指认而主动暴露自己。尽管如此，于茫茫人海之中，我一直还在寻找着隐藏于这座小县城里的卓越人物。

两个人吵着吵着就笑了起来

一个左手掐着腰，右手攥紧拳头，向前挺着的胸膛内仿佛储满了弹药；另一个侧着身，手中秤杆倒握，如果能忽略掉秤钩和秤盘，秤杆就是一条教杆，似乎随时都会抽在对方身上。这两位对峙者，从他们嘴里蹦跳出的脏字，如枪膛内的子弹般不间断地射击出来，目标明确，射击精准，靶靶十环且并未误伤他人。

早晨六时许，在位于县城西城区某处道路两侧的露天农贸市场内，早起前来买菜的我目睹了整个事件的经过。与我同等资格的元老级围观者还有一人，他是附近一位摆摊卖豆腐和豆芽的中年人。此刻，他暂离了自己的摊位，正以资深看客的身份热心地向着那波新的看客解说事情的来龙去脉。只是，看客们没空搭理他，正在进行的争吵远比解说要精彩，他们不愿舍本逐末；只是，对峙双方并未理会他——对他的热心既未报之以肯定甚或感激，亦未报之以反感乃至厌恶，他们的争吵正处于白热化阶段，不愿因一些小事而搅动军心。卖豆腐的中年人白白忙碌了一场，但他似乎并不尴尬，没人听，那就让嘴巴乖乖闭上，让眼睛和耳朵忙碌起来，继续欣赏这场突发的变故。

我是事件的另一名解说者，解说词是一张纸，纸里藏着你们这些读者。以下是我对这件事情起因的解说：当时，我正在市场里买菜，十余步之外，争吵声突然就迸发了出来，没有任何先兆。起初的争吵声还在陈述事实，它告诉人们，对峙双方皆是这马路边上摆摊的摊主，一个卖青菜，一个卖水果，本来没有产品上的竞争关系，但他们竞争的是摊位。卖青菜的说，他来得早，摊位归他天经地义；卖水果的说，他来得更早，昨天下午就在这里摆摊，甚至还在摊位上写了个大大的"占"字。双方各不相让，却又无法将对方彻底驳倒，于是，矛盾由陈述事实升级到了谩骂。是非曲直已经无足轻重，语言与气势早就后来居上了，对方祖宗的繁衍以及繁衍的秘密就这样被他们反复提及，作为羞辱对方的工具持续存在着。

谩骂并未使这场争端迅速结束，反而有着越燃越烈的趋势，浓烈的硝烟气氛在这小小的露天空间里，被迅疾调动了起来。唯有意想不到的事件突然爆发后，你才会发现，世间的闲人竟如此之多，在两位对峙者的外围，前来观看的人已经迅速不规则地围了两层。如果市场内有处位于高处的观察哨，你肯定会发觉，从整个市场的人员流动上观察，外围人员还在不断增加。人群于聚集中不断扩张，与周围更为广阔而稀散的人流对峙着。

事情不算大，但影响却不小。这处农贸市场因为摆在马路两侧，势必会挤占一些道路空间，虽然如此，平时行至此处的车辆至多是减速慢行，但也不至于因拥挤而堵车。然而，因为一场吵架事件的突然发生，摆摊者、顾客以及行人之间原本默契的秩序被打乱了，最为明显的标志就是，路过此处的车辆已经无法通行，前有看客占据了一半的车道，后有一排车辆紧紧相逼，进不得也退不得。前面的人群还在扩张，如雪地上不断滚动的雪球，没有停下的倾向；后面的车辆还在依次增加，似不断汇入的千军万马，于断桥前无可奈何。坐在车中的那些司机，急得抓耳挠腮，急得探头探脑，急得狂躁地按着喇叭，却于周围环境没有丝毫改变。因为无法改变，随着时间的延展，司机们大多彻底没了脾气——他们有的开始坐在车里听歌，有的拿出手机玩耍，有的从车上下来去买菜，甚至还有几个以看客的身份围在争吵的摊位前看热闹。那些看热闹的司机，原本只是打算看看究竟发生了什么，没想到一看就上瘾了，津津有味地听着二人对骂。

真是一场精彩的博弈。随着口中吐出的文字的污浊程度不断提升，随着对峙双方的表情和动作幅度越来越强烈，几乎在场的所有看客都觉得，这场争端肯定会升级，他们将会由动嘴升级为动手，由推搡升级为激战，最后衣扯裤裂，头破血流。或许在眨眼之间，事件就会以更为剧烈的方式发生质的变化。为了防备这种事情的发生，围观者中间，已经有人在悄悄对话，他们希望能以多于两个人的群体方式走上前,以一面墙的状态隔开两个人,让这场闹剧迅速收场。热闹是要看的,但血腥的热闹,毕竟超出了"热闹"这个词所能涵盖和容忍的限度。更多的人则唯恐天下不乱,他们时而为这个帮腔,时而为那个造势,一副为双方两肋插刀的表情。最初的那两个对峙者,就这样被看客们搭起的舞台推向了高处。在舞台中央,他们如王朝末年的纷争中两位分属不同阵营里的起义军首领,在众多拥护者献计谋、表忠心的迷惑下,为了干翻对手以求巩固自己,而不死不休。

然而,就在剑拔弩张、一触即发之时,就在一场闹剧即将到达高潮之时,就在所有的铺垫都已到达预定的火候之时,事件的主人公却吵着吵着不明不白地笑了起来。

不是同时笑了起来,而是先后笑了起来。先笑的那个是卖水果的摊贩,争吵中,他原本倒握手中的秤杆指指点点,有好几次都要点到对方了,甚至,有几次按照距离来算,其实已经点在对方脸上了,只是因为对方的迅速后仰、躲避,才未让事情真的发生。躲过秤杆指点的卖青菜的小贩也不示弱,他马上还以对等的颜色,将前挺着的胸膛再往前挺了挺,将攥紧的拳头再向前挥了挥。然而那一刻,在互不相让的最激烈处即将到来之时,卖水果的摊贩却扑哧一声笑了出来。如面具被上帝之手凭空揭去,如被辛苦垒建起的七层高楼的地基突然塌陷了,那一声扑哧,似乎是一种可以急速弥漫且高效的传染病,他对面的对手,也迅速笑了起来。他们一笑,围在最里面那一层的看客也接着忍不住笑了起来。涟漪持续铺展,原本紧张的气氛就此迅速瓦解。

那个率先笑出来的摊贩,他是突然想到了什么可笑的事,看到了什么可笑的人吗?或许,只是因为神经的抽动,让他无法控制地笑了出来?只是这轻轻的一笑,原本紧张的气氛再也无法挽回了——就如一名赫赫有名的侠士衣袂翩翩地降临到一群侠客之中,于众人仰视中开口待言,却突然放了一个屁,原本庄重的武林盛会就此迅速变了味儿,再也捂不住自己的脸面了。正在进行的口角就此一去不返,即将进行的拳脚也已胎死腹中。

笑声过后,现场变得索然无味。如台球桌上的一堆球,被一杆捣散,人群迅速于扩散中缩小,融入并稀释到更为广阔的空间里。离去的看客脸上还挂着遗憾,显然对这样的结果不满意,不过瘾。商贩们陆续回到了自己的摊位前,顾客们开始重新选择商品,司机则重新回到车上并开启了车,道路变得相对流畅起来,市场也重新热闹起来,原来争吵的痕迹被一扫而空。在原来吵架的地方,在那场争吵的发源之地,我看见那处引起争端的摊位,已经发生了变化。小小的摊位被分成了更小的两个部分,两部分分别堆放着青菜和水果,由刚才还是仇人的两个人占据着。就这么眨眼之间,两个人似乎就成了一对好兄弟。摊位上并没有顾客驻足,他们两人就于空闲中相互递烟、互相点火,笑意恰当而真诚,全不似之前的面红耳赤。说不定,此刻,如果有人与他们其中的某一个起了争执,他们两人或许会联合起来对抗。如果不是亲眼看见,我实在无法将他们与两个剑拔弩张的人放在一起。

两个人吵着吵着就笑了起来,看着他们笑,我也跟着笑了起来,因为我觉得有些好笑;两个人吵着吵着就笑了起来,看着他们笑,我也跟着笑了起来,因为我觉得这不仅仅是好笑。

把送别仪式又表演了一遍

刚把车停在火车站空旷的广场上,因为阴雨的引诱而提前萌动的暮色就开始从四面八方汇聚而来了。我坐在驾驶座上,摇下半扇车窗向着站点候车室的方向望去,秋风则顺势夹裹着碎雨,乱糟糟地扑打在了我的脸上。

站是小站,以这座县城的名字命名。作为纵横交错的主干线路上节外生枝的部分之一,这座火车站所拥有的线路并不多,只有两条于平行的对峙中向着远方延伸的铁轨。阴沉沉的暮色里,几个人正拖着行李去往候车室长长的台阶,另几个人则拖着行李与他们在不同的楼层处平行而过,以到站者的身份走向刚刚亮起的灯火庇护不到的几处角落，那几处角落里，有几辆私家车、出租车或者载客三轮车正在等候着他们。秋风扫过车站，我知道，这一刻，没有丝毫仪式感可言的交接仪式正在举行——有人在匆匆忙忙下车，有人在匆匆忙忙上车，他们正在将彼此的身份置换：下车的人将代替上车的人潜伏到琐碎的县城生活中，上车的人将替补下车的人随着继续前行的火车抽身离去，直至抵达无边的夜色，并和夜色融为一体。

匆匆忙忙，是我们生活的常态。这是一个正在不断加速奔驰的时代，我们崇尚风驰电掣，赞美一日千里，就连走路都踮着脚，生怕脚跟生根，以至牵扯住行进的步伐；甚至，就连思考都被我们暂时封存了，生怕纷乱的思绪会扰动一心向前的孤注一掷。什么都是快的，包括经手事物，包括游览风景，我们来不及在情感上为这些"快"进行修饰，感情长时间蜷缩于荒草疯长茫茫如野的内心，几近枯竭荒废。车站则是极少的尚能保留原始情感倾诉的地方。在车站，因为离开，去往稍微跳出固定轨迹的远方，微微不舍的伤感便会在离别的倾诉环境中挥发、弥漫。当然，这里的远方是不能太过具象的，太过具象的远方，只能破坏掉情绪的丰盈。

我发现，与汽车站相比，因为路途更为遥远、时间更为漫长、起始点更为单一，火车站在情感上被赋予了更为典型的离别特质。

我所在的县城原本没有火车站。这座县城位于一座小商品聚集大市和煤炭资源大市之间，为了便于输送物资，官方才在两座城市之间修建了两条铁路线，县城成了其中的受益者。火车站位于县城的西郊，刚建成后的第二年，我要出发到外地一段时日，没有去往目的地的汽车班次，于是便选择了火车。当时我的妻子尚是我的女朋友，她送我时切切叮嘱我诸多孤身在外的注意事项，我一一答应之后才依依不舍地走向检票口，走进车厢。那是9月，坐在靠窗的位置向外看，视野突然被延展开来。原野上，秋天君临天下，隐喻泛滥成灾，悖论无处不在，火车经过之处，大地删繁就简，而我们却已开始添衣。沿着秋天的骨骼和经络，我和火车在缓慢移动，火车四周，暮色正在扩散，地平线则像投入湖中的石子激起的波纹一般一路后退，最终归于虚无。在暮色尚淡之时，我看见几只灰喜鹊还在练习生存法则，它们用翅膀贴着火车奔向附近的树林，就像是大地无聊时抛出的石子，先是击中了天空，后又击中了旅客的目光。生活于古代的那位三流诗人，正在不远处的山坡上长睡不醒，火车经过他的墓碑附近，墓碑作为标志物，与诗句和抒情无关，它的意义在于，告诉从对面开过来的另一班疲惫的火车和坐着火车前来的乘客，前方就是目的地了。就在火车即将驶出县境的那一刻，我突然就开始想念。并非是想念一些具体的人、事、物，而是浮出了想念的情绪。我多么喜欢这种感觉——我以为它已经枯萎,已经逃遁,已经不知所终,而它却在此刻应景地浮上了我的心头。

再次来到火车站,已是数年之后了。这次,我是来接一位朋友。那时,我正在单位里写公文,枯涩的汉字如藤蔓一样缠绕着我,让我在下班之后仍难以自由离开办公室。朋友的电话就是这时候打进来的。他说他在火车上,即将来到我所在的县城;他说就在刚才,突然想到我就居住在这座县城里。点上一支烟,回忆起了我们的故事——自大学校园的相遇开始,到毕业之后各回原籍结束。十多年了,我俩一直保持着联系,彼此偶尔用通信工具聊聊天,说说生活的如意或不如意。有时候也会说,等到都有空儿的时候,一起聚聚。虽然这么说,但我们都并未当真,远隔千里,都在为生计为家庭忙碌,哪还有闲心去奔赴一场由浅淡的校园情节搭建起来的约会呢。然而这次,他却履约而至,将要临幸我们这座小县城。其实并非专门赴约,他来我们这里是出差。即便不是为了专门来看我,也足以让我感到欣喜了。我将写了大半的公文迅速收尾,发给了领导,就急匆匆下楼,开车向着火车站的方向行驶——火车站虽有一班直达县城的公交车,但为了表示对他的欢迎,还是决定自己开车去接他。

朋友所坐的那班车到来时已经接近晚上十一点了,在夜色没能覆盖的路灯下,我们彼此打量着对方,然后拥抱再拥抱,并未觉得矫情。晚上，在县城里的某家还未打烊的小酒馆，我为他接风。席间，说起我们上学时的旧事，说起我们时常和另外几个同学凑份子，到学校附近的小餐馆打牙祭。我们说起毕业前夕离别的那场酒局，那一次我们一直喝到了天亮，每个人都喝得酩酊大醉。这一次，我也醉了，但并未酩酊，我停了车，步行陪他找了一家连锁宾馆住下。走出宾馆，看看时间，已是凌晨两点。

　　向单位请了三天假，借口是笼统的家中有事。三天里，我开着车陪同朋友拜访了本县和邻县的十几家企业，每到一处，他都在推销自己公司新研发的设备。面对企业负责人，他态度恭谦、语言谄媚，在友情的支配下，我也不得不态度恭谦、语言谄媚地应和着他，期待对他有所帮助。似乎两个人的卑躬屈膝并未有所成效，只有一家小企业与他达成了口头的初步合作意向。其间，单位的电话不时打来，这个文件需要修改，那个报表需要报送，弄得我心烦意乱，而朋友却还要急匆匆赶往下一家企业。有一刻，我心里忽然萌生了厌烦，不想再继续陪同朋友了。我被自己的想法吓了一跳——我们是十多年没见的朋友呀，怎么可以萌发出这种背弃友情的心思。第二日晚上，我们从邻县赶回本城，我开着车，他坐在副驾驶位置上。或许是因为疲惫，一路上我们彼此都没有说话，仿佛这十年分离之后的话已经在两天内全部说完了，仿佛我们之间看似牢固的情谊已经无法用单薄的语言支撑。我就这样沉默地开着车,他则假装闭眼休憩。直到到达他下榻的宾馆,他才告诉我,明天下午就要离开了。第三天下午,我去酒店接他,送他去火车站,心里竟有些隐隐的高兴。在去往火车站的路上,我们重新活跃了起来,说到了工作,说到了家庭,说到了即将步入中年的疲惫,并彼此安慰着对方,说好日子终归会到来的。我们的表情看起来那么真诚,我们的话语听起来那么暖心。我帮朋友拖着行李,一直送他到火车站的候车室内。从时间上算,火车即将到来了,在候车室,如所有即将离别的人们一般,我们握手,我们寒暄,我们再次拥抱了彼此。他说感谢款待,他说多有打扰,他说期待重聚;我说招待不周,我说下次再来,我说友谊地久天长。

我曾写过一个句子:火车是某种带着躯壳缓慢爬行的动物,它的天性是晚点。这一次,果然又应验了——告别仪式过后,正当我即将抽身离去之时,正当朋友即将转身向着检票口走去之时,车站里的广播声响了起来,播音员好听的声音告诉我们,朋友即将乘坐的那个班次的列车,将要比预定的时间晚点四十多分钟,如果不出意外,它将于下午的5时30分缓慢爬行到这座小站。听到火车晚点的消息,我和朋友均怔了一下,回顾对方,都尴尬地笑了笑。他说,真好,老天爷不舍得我们分开,毕竟十多年未见了;我说,真好,我们又能一起多待一会儿了,机会难得啊。于是我们重又在候车室坐了下来,将在来火车站途中尚未聊完的话题继续聊了下去。他具体说了什么，我其实并不知道；我具体说了什么，我其实也不知道。我们只是矜持地说着笑着，如18世纪的伦敦城里两位偶遇的绅士，浅尝辄止地聊着天气和时政。再往后，我们实在不知道该说些什么了，便只能沉默。

我猜想，他心里一定也涌起了一样的尴尬情愫。或许和我一样，我们彼此都有些后悔刚才告别时，已经把分别的话说得一干二净、不留余地了，以至于现在无事可做无话可说。我们俩就这样心照不宣地沉默着，心照不宣地向后靠了靠椅子，心照不宣地玩起了各自的手机，继而又心照不宣地选择一先一后地假装睡着了。时间被晚点的火车拉扯得那么漫长，我们在漫长的时间里沉默着，并于沉默中暗暗检视着对于友情的敷衍与不忠，仿佛唯有解剖自己的自责，才能让心稍稍安定下来。

直到火车到来的消息在广播中响起，直到检票口开始检票，我们才在心里暗自松了一口气，睁开假寐的眼睛寻找着对方，将悲伤的色彩重新涂在脸上，把之前已经完成的送别仪式又表演了一遍。

他说，谢谢呀谢谢；我说，保重啊保重。只不过，这一次我们谁都没有提到再见。

人物书

窗台前吸烟的男人

秋分已经过去一段时日了，寒露已经过去一段时日了，霜降也已经过去一段时日了，节气们步履不停，一步步向着严寒之地跋涉，但在路经这座县城时，似乎并未显露出自己渐寒的真容。如良心尚在的人偶尔做了亏心事一般，它们选择悄没声儿地迅速赶来，又悄没声儿地迅速离开了。因为节气们的失职，农历九月，炎夏还在施狠逞能，七月流火成了一句空谈，我每天依然穿着一件短袖衬衫。但就在昨日，天突然就变了，就当酷暑还在磅礴延绵的时候，突然就遭受了戮首之刑，哐当一声，气温就跌到了深秋。

秋深日寒，我感冒了——这些年，每临换季，我都要承受一遭病毒的围剿。妻子临睡前刻意叮嘱我要早睡，说一觉睡到天亮就好了。在鼻涕的淤阻中，我甕声甕气地答应了，但并未践诺。豢养了多少年的烟瘾，勾引得我难以安眠，裹着一件羽绒服，我推开了北面书房的房门，倚在窗台与墙壁相接的拐角处，指间夹着香烟，嘴里吞吐着烟圈。窗外早已起了风，它呼呼地吹着，寻找着窗子的缝隙。有枚树叶在风的驱使中狠狠地拍打了一下窗户，后风不济，树叶便又翻着身子落了下去。于是突然蹦出个无聊的想法——那枚树叶或是想抽一下我的脸，但却因为玻璃貌似大敞大开的阻隔，才未能得逞。

于无聊的吞吐中，我在等待一个人的出场。然而并非刻意有目的的等待，而是以惯性的生活规律预料到，一些大概率事件即将发生，我只是恰逢其时而已。也就是说，在没有什么可以期望的等待中，那个人可以来，也可以不来，他来与不来对我没有丝毫影响。在我们日复一日按部就班的生活轨迹的影响下，由小概率掌控的"意外"从来都不具备普遍性。如我所料，在大概率的掌控影响下，与昨夜和前夜一样，今夜他还是来了。

与以往一样，他先是打开阳台上的顶灯，将灯光调至最微的挡位，继而又拉开窗户，脸贴着纱网，低头向下看了看，又抬头向上看了看，向着我所在的方位挥了挥手，我也选择以同样的方式回应了他。他的面前，窗户被横三竖四的钢管罩围了起来，让他看起来恰似身陷囹圄之人。我知道，如果站在他的位置上看我，我也必定是同一副囚徒形象。与裹着羽绒服的我不同，他穿着睡衣，应该是中途醒来。他站在阳台上，有时候侧着身子，有时候正面向外，有时候倚窗向内。我知道，他夹在指间的香烟正在喷吐着烟雾，夜色那么稠密，在稠密夜色的稀释下，我看不见那些应当存在的烟雾。接下来，他时而抬头，时而俯首，时而于静止中沉默，把我晾在了二十米开外。虚拟的二十米线段这头，烟在燃；虚拟的二十米线段那头，烟亦在燃。

经历过相距二十多米的相遇，几次下来，我与他算是老相识了。作为老相识，我们只在午夜时分相见。他在他的阳台上，我在我的书房里，媒介是彼此指间的香烟。

我们所在的小区是一处老旧小区，二十多年的建龄。小区内只有四栋楼，我住二号楼，他住四号楼；每栋楼房都只有四层，我住第三层，他住第二层。二号楼与四号楼一个位于另一个的正南，一个位于另一个的正北，相距二十多米，中间充实着一排景观树、一处露天停车场以及两片居民私自打理出的小菜园。两盏相距十多米的路灯横排着，更靠近我所居住的楼房。其中一盏已于数月前损坏，从灯下经过时，我看到过那些碎了一地的玻璃渣，估计是被小区里的孩子玩耍时打碎的，物业一直没给修。这盏路灯站在那儿，比夜色更为浓厚，仿佛它是黑的吸纳者或释放者，它的体内存储着高密度的黑暗，它的躯体也扛举着肥厚的夜色。另一盏路灯则弯腰弓背，脸面向下，光轻且薄，照射范围只拘于一小片区域，似乎只要风一吹，这些光就会如尘埃般消散。事实上，风只是个渲染者，它潜藏于小区中，偶尔会出来劫掠树上的叶与地上的叶，劫掠垃圾桶里的塑料袋与路面上的塑料袋。风吹着，一会儿刮落树叶，一会儿卷起落叶；风吹着，一会儿驱赶塑料袋，一会儿寻索塑料袋。类似的渲染，往往会劫掠走午夜起身临窗的人身上的暖意。

已经忘了究竟与对面午夜起身临窗的人相识于具体的哪一夜了，也已经忘记是他先发现了我还是我先发现了他了，总之，两个于深夜被烟瘾折磨得无法入睡的人披衣而起，各立窗前，便各自先后发现了彼此。在我发现他很久之后，有一次，忘了是我们中的谁先随意地摆了摆手，另一个竟然也随后摆了摆手回应。一个随意呼，另一个也只是随意应，随意呼的人其实根本就没有料到会有人回应他，他只是想向这位并无丝毫关联的"陪伴者"表达敬意，随意应的人其实也根本就没有料到会有人招呼他，他所谓的回应动作，只是俗常生活中人际交往的条件反射而已。然而一呼一应之后，两人便都明白了，自己在偷窥之途中，也早已成了对方的偷窥对象。

总之就这么认识了。之后再于深夜隔空相遇，便会向着对方挥挥手，然后各自抽烟，各自沉默，各自想着该想和不该想的事情，暂时忘掉了另一个人的存在。一两根烟吸毕，也不再挥手告别——有时候是他先转身回去，我回过神来，他已不见了身影；有时候是我先转身回去，不知道他有没有及时发现，对面的人已经消失不见。但我们并不是每天深夜都会相遇，作为整个社会的一分子，除了两人时间上的偏差，不同生活状态的运行也会干扰我们偶遇的概率。一段时间的深夜，我们老是见面；另一段时间的深夜，我们总是见不到彼此。长时间见不到面也并不想念，只是会生出一些小疑惑，猜测对面的人是否生病了，是否外出公干了，是否悄无声息地搬走了，甚或会想到，是否遭遇意外离开尘世了。又过了一段时间，他重新出现在窗前，心里才觉得安稳，招招手打个招呼，便又开始发呆、沉默，享受烟雾的围裹。

偶尔也会想，他为什么会选择午夜来到窗台前吸烟？是单纯的烟瘾犯了，还是心中亦有难解之事？活到了三十多岁，阅历渐渐丰富了起来，但矫情尚未完全退去，许多事情还看不开看不淡，某位亲人的离去、某项工作的压力、生活的捉襟见肘、理想的遥不可及……这些都是接踵而来的稻草，每一束稻草在心理上都可能是压垮病驼的千钧之力。我不知道，我对面的那个人，是否也是一头病驼。

他站在他的阳台，我站在我的书房，我们的背后，各有一个家庭，家庭里各有父母妻儿。我见过他的妻子，如我想象的那样，不高也不矮，不胖也不瘦，与小区里的其他人相遇，都会打个招呼，言语和善；我见过他的儿子，如我想象的那样，与其他孩子在小区里追逐打闹，既不是"带头大哥"，也不是总受欺负的"跟屁虫"，高兴的时候见到人就喊爷爷奶奶叔叔阿姨，不高兴的时候对任何人都爱搭不理；我也见过他的母亲，如我想象的那样，经常会在向阳的储藏室门前择菜、晾衣、晒太阳，与其他的老太太唠叨着过往辛苦的日子以及如今琐碎的家庭故事。我从他的家庭成员身上看到了自己家庭成员的身影，他们依据自己所承担的家庭身份各自落座，向外展现着该展现的特征——这与我们家并无不同。

时间长了，相遇的次数也就多了，再加上自身以及家庭的趋同，便感觉我们俩就如一个人，而我们中间厚达二十多米的虚空，则是一面宽广且深邃的镜子，镜子这边，当我们中的一个人被某件事物吸引，另一个人的目光也会撞到那件事物之上。他就像一个平庸且孤独的我，抚慰着另一个平庸且孤独的我。

事实上，我们之间的牵连是纤细的、易损的，我们只是于深夜吸烟时作案的同伙，只是彼此生活的观察者，只是一时一地的知己，在背离这些前置条件之后，我们依然是陌生人，陌生到我甚至不知道他姓甚名谁，不知道他从事何种工作，不知道他身在窗台之外的所有际遇。

有几次，在楼下陪着儿子玩耍的时候，我曾遇见过他，只是我们并未如深夜隔空吸烟时那样招手挥手，也没有说一句话。甚至有一次，我与妻子带着儿子出门，而他则带着自己的妻儿从外面回来，我们两家在楼下的停车处相遇。我妻子与他妻子互打了招呼，啰啰唆唆地聊了数分钟，看起来很是亲密，这让我极为疑惑，因为我不知道她俩是何时认识的。然而，在两个女人交谈的过程中，我们两个相识已久的"知己"则躲在她们身后，一个抱着孩子，另一个牵着孩子，其间并未出言半语，也未点头示意。两个女人聊完，我们两家便各自转身，分道而去。还有一次，在某家服务单位的营业大厅，听到叫号声，我便拿着排序号票在服务台前坐下了。我低头向内观，他抬头向外看，四目相对，二十米的虚空被压缩为薄薄的半米，我们都怔了一下，继而各自低头，开始看似若无其事地办理业务。他问，我答；他指，我看；他说，我填。办理业务期间，我们没有一句废话。按照规范性流程办理完毕后，我便起身离开了，在我背后，下一个排序号票的办理提示音已经响起。

我和那个与我隔窗而立的男人，就如两枚跌落到深秋的黄叶，于空中坠落的短暂时间和窄小空间里，在风的袭扰或护佑下，我们对望着，做着同样的动作，怀揣类似的心思，引以为知己，误认为自己。然而，当两枚黄叶一旦坠落于地，我们便会迅速融入更多的落叶之中，被整个庞大的集体吞噬、淹没。

作为两个陌生人，我们只是一对由深夜里点燃的香烟凭空捏造出的知己；作为一对知己，我们永远都只是两个互不相干的陌生人。

一个"疯子"奔跑了起来

雨中,他拦住了我的去路。

其实他并非只针对我一个人。在红绿灯路口,我被由众多个体临时组成的人群夹裹于中间,前侧后侧、左侧右侧,全都站满了人。打着雨伞或穿着雨披的他们,或徒步而立,或单腿支撑着电瓶车和自行车,等待着面前的绿灯亮起。

十月下旬,天气已渐凉,秋雨又突降,每个人都把自己裹得严严实实的,唯恐寒风苦雨循着缝隙而入。唯有拦住我们去路的他是个例外——从我骑行到这个路口发现他时,他就已定在了斑马线上,身穿笨重的绿色军大衣,双手扯着两侧的衣襟,双臂于稍微弯曲中平举着,将大衣撑了开来,如大鹏展翅一般。虽说是秋雨,却浇出了夏雨的气魄,雨滴硕大而密集,雨势狂肆且绵延,在雨水不间断地攻伐与招安下,他的大部分长发已经紧贴头皮、额面、脸颊以及脖颈儿,但仍有一缕倔强的发丝,并未服从于来自天际的管教,它如弹簧般时伏时起,伏如引弓蓄力,起则斜刺云雨。棉絮嗜水,他的军大衣早已被雨水浸透,重量成倍增加,覆压在他的躯体上,但他却依然展翼而立,保持着飞翔前的准备姿势,却终究未一跃而起。他一动不动,他一言不发;他如塑像,他如伟人。

事实上，人们只是把他视为塑像，且是普通的塑像。红灯才刚灭掉，绿灯才刚亮起，众人便或骑车或徒步地冲了出去，如流水撞见阻路的礁石，在快要贴近他的时候，人们只稍微扭了一下车把，侧了一下身子，便从他的左右两侧流了过去，融入前方的雨幕中，消失在这座县城的角角落落里。其间，无人把这块"拦路石"放在眼里，"拦路石"也并未做出除了大鹏展翅之外的任何阻拦动作与收敛行为。

我认识这位拦路者，只是他并不认识我。在这座小县城里生活，有些人，无论你见过多少次，都不会留下印象，每一次相见都如初见，擦肩之后便两不相欠。而有些人，一旦见过一次，便会给你的记忆披枷戴锁，平时或许不会想起，但却绝难甩脱他。譬如我正在讲述的这个人——距离初见之时，已经快二十年了。二十年来，他如幽灵般以飘荡或沉浮的姿态，游离于我生活的边角处，虽未曾亲近，但也从未远离。

那年夏末，我以求学的名义来到了县城，下了客车，出了车站，一边走一边打听着去往学校的路径，就在走到距离学校不远处的十字路口时，我生平第一次遇见了他。我依然清晰地记得当日的他以及当日发生在他身上的故事——那日，他上身罩着一件宽大的长袖灰布衫，下身穿着一条蓝色短裤，一只脚趿拉着一只绿色拖鞋，另一只脚却趿拉着一只黄色胶鞋。他头顶着一顶不知从哪里弄来的保安帽，没有帽徽，帽檐也只余下了一半。东西走向的绿灯已经亮起,他却拦在头车前面,背东面西,一臂平撑指南,一臂由北向南挥动,示意站在北侧路口等绿灯的几个行人过去。几个人却只是站在原地对着他嘻嘻笑着,并未听从他的指挥。他便有些生气,嘴里"嗷嗷呜呜"地喊着,一脸怒容。他的身后,机动车停了长长一溜儿,此起彼伏的喇叭声响了起来,他却充耳不闻,继续摆动着无人听从的手势,如逊位的帝王向着早已改换门庭的臣属发号施令。等到东西走向的绿灯转为红灯,等到站在北侧的行人终于起步向南,他才挺了挺身子,拍了拍自己的胸脯,露出一副志得意满的表情。然而他却不知道,已经有一位三十多岁的壮硕男人逼近了他。那个男人从停在他背后的第二辆车上下来,手中提着一根棒球棍,几步就走到了他的背后,什么话都没有说,就挥起棒球棍向着他的后肩敲了下去。一敲之下,他跌坐于地,用另一只手摸肩的同时转颈回顾。执棍男人却并未收手,先是向着他的腿部敲了下去,继而向着他的后腰踢了几脚,随后又举起手扇向他的脸部,手掌临近面颊了,又硬生生抽了回去,在裤子上擦了擦。借着男子擦手的空隙,被打急了的他迅速从地上爬起来,先是向西而奔,在差点儿将一辆自行车以及骑车的中年妇女撞倒后左转向南,一边跑,一边嘴里嗡嗡隆隆地发着口齿不清的声音,似哭泣,亦似控诉。打他的男人追了他几步,就停下脚来。他跑了一段之后回过头来,恰好看见男人正用手向他遥指,他大骇,便更加用力地向南奔跑而去。十字路口只留下打他的男人与差点儿被撞倒的中年女人面向南方,骂骂咧咧地喊着"疯子"。

那时候,他有四五十岁的样子,而我只有十五岁。之后,我从这座县城起步,先是荒废了三载光阴,继而揣着令人羞耻的高考成绩远赴外地求学,毕业后又为了生计四处漂泊,直到实在撑不下去了,最后才重回起步时的县城,既结了婚生了子,也为五斗米折了腰。回到县城定居后,我曾多次遇见他,一晃多年,我已过了而立,而他除了更为黑瘦了些之外,竟没有明显的老态,依旧四五十岁的模样,似乎是时间萌生了爱意,有意放缓了对他的围剿。

县城是个流动的大村落,不过短短二十年,外来人口的数量早已超过了本地土著。搅动一县风云的人物大多来自他乡,本地土著则多有被外来人驱赶下台的感受。然而,若想深挖这座县城诸多的沉浮事、变迁史,本地土著的切身见闻依然占据着最为重要的位置。关于这位不见明显衰老的"疯子",我曾询问我岳母、妻舅、妻舅姥爷等本地土著,他们均不知他姓甚名谁、来自哪里、家住何处,也无法明确说出他是在哪一年登上县城的"舞台"的,他们只是如此回忆他的突然出现——记得那一年下大雨……记得那一年修护城河……记得那一年你二舅妈刚生下你大兄弟……但只要生活在这座县城里,几乎每个人都知道有这么一个"疯子"存在。是的,生活在这座县城里的人,总是用"疯子"这个词来指代他,并常以他这个"疯子"为蓝本,创作出不同版本的骇人故事。有一次在老电影院门口遇见他时,我听到旁边一位与我年龄相仿的女士告诫自己三四岁的孩子,以后要离这个"疯子"远一点儿。为了拱卫自己的言辞,她甚至边走边向孩子讲述"疯子"是如何拐卖小孩的。不知道二十多年前那位家长还是孩子的时候,是否也曾聆听过自己父母讲述的类似的故事呢?不知是出于什么心理,那一刻,我竟也萌生出以后要将类似的故事讲给我的孩子听的想法。

你或许来过我所在的县城,或许还曾遇见过这个"疯子"。在县城,只要时间被散漫地铺开,不必匆匆忙忙地驱赶生活,也不必慌慌张张地被生活所驱赶,那么,你几乎可以在任意一个地方见到他。有一年春天,我带着孩子去护城河畔的公园里放风筝,春光薄而暖,春风轻而清,众人都在畅快地奔跑、嬉戏,唯有那个"疯子"无视或者说比我们更懂得春日的珍贵与美好,只穿着一条深色长裤的他平躺在公园里的长椅上,赤足敞怀,鼾声大作。有一年盛夏,我刚走出坐落于城北的长途汽车站,就看见他正行走在出站口前的马路上,身穿露洞的蓝色长款风衣,左手执一束干枯的花,右手则如领袖般高举且前倾。他逆向而行,手臂劈向迎面驶来的车辆,车辆纷纷躲避,拐向右侧的非机动车道。有一位司机摇下车窗,向他吐了一口唾沫,唾沫随风而散,并未击中目标。有一年冬天,我骑着电瓶车去附近的饮水点装灌饮用水,却看见他正在翻动旁边的公共垃圾筒,垃圾筒里的塑料袋和纸屑,被他一把把地扯出来,又迅速被风席卷而去,行人还未至此,便已开始纷纷躲避。这个"疯子",他从来都是冬夏不分。夏天里,我曾见他裹着厚厚的棉袄;而在冬天里,他却时常身着单衣。即便刨除他诸多怪异的举动,单就各季的穿着而言,就足以将他视为"疯子"了。

我高中同学靳喜光在南方的某座一线城市里打工,一年到头也回不了几次老家,每次回来,都会尽量挤出一点儿时间坐一坐。2018年春节期间,我与他走在县城的某条巷子里,打算前往一家小酒馆,途中,遇见四个十六七岁的少年正在戏耍那个"疯子"。"疯子"的露绒破棉袄被少年们从身上扒下来,自半空中抛过来,又自地面上踢过去。"疯子"佝偻着身子数次前扑,眼瞅着好不容易就要抓住棉袄了,又总是被敏捷的少年一脚踢开。"疯子"抓不到棉袄,急得"嗷嗷"喊叫;少年们则开口大笑,并于笑声中继续引诱着"疯子"来扑。喜光见此,向着四个少年怒骂,撂下了几句恶狠狠的脏话与大话,少年们这才害怕了,扔下棉袄就奔逃而去。在小酒馆,我们又聊到了那个"疯子",不免感慨。我仍记得,十多年前,喜光亦是一位惹是生非、不服管教的少年,正如那日遇见的戏耍"疯子"的少年,他也曾摘下过这个"疯子"的帽子当球踢,也曾紧跟在他的背后模仿他不知为何而一瘸一拐走路的样子。对于这样的戏耍,他视作寻常,从未表露过愧疚之意,然而现在,他却以一副怒容、几句恶语驱赶了当年的"自己"。之后,我们又聊起了母校,聊起了初恋,聊起了很多共同持有的记忆。人一旦有了回忆,便不再青春年少了,他终究已不再是当年的少年了,而他曾戏耍过的"疯子",也早已成了他回忆里的一部分,这座小县城以及依附于这座小县城之上的诸多人事、物事,构建了他的少年时代。

长久以来,"疯子"以他的"特立独行"与我们生活于同一座县城,他是这座外表光鲜的县城的眼中钉、肉中刺,亦是不可或缺的存在。与老旧的标志性建筑物和风光一时的大人物一样,他虽无意,但却默默为这座县城代言了多年。建筑物依靠坚硬存在,大人物凭借资本或功勋名世,在大多数人眼中,它们和他们对于一座县城的影响,将会更持久。但是"疯子"则不同,他的居无定所是常态,他的冷暖无常是常态,他的疾病伤痛也是常态。我曾在护城河大桥的某个桥洞里看到过半截儿被子和一堆杂草,不知道是否与他有关,即便与他无关,也应该与如他这般的可怜人有关吧。有了这些考量,如果很长一段时间见不到他,我便萌生出"他或许已经死了"的想法,可过不了多久,他又总会打破我的猜测,出现于县城的某个角落,出现于我的视野之中。他如此卑贱、如此微小、如此不值一提，可他是生生之草，既瘦弱又坚韧地活在这座县城的每一处褶皱里。

最近一次见到他是在半年前。那日在东城区，我陪着想要购房的好友从某家售楼处出来，刚坐进车里，就看见了那个"疯子"。在同一座县城的不同方位，在同一座县城的不同时间节点，隔了近二十年的时光，我看见他又一次奔跑了起来。一个"疯子"奔跑了起来，他不时回顾，脸露惊恐，嘴里发着"呜呜"的声音。他左脚的鞋子被奔跑着的脚遗弃到了身后，他的头发被搅动起来的风挥扬到了空中。那些向他迎面走来的人纷纷避开，生怕他心存不轨，生怕他身携厄运，生怕他牵连无辜。一个"疯子"奔跑了起来，他的脚步努力前伸，他的手臂向前抓探，似是有什么在驱赶他，又似是他在追赶着什么。一个"疯子"奔跑了起来，他先是在主干道上狂奔，继而又转向一条尚未拓宽的小道儿，最后奔向了一片待开发的野地。

这几年，县城正以狂飙之势向东拓进，一些高楼早已矗立起来，另一些高楼正欲拔地而起。与拔地春笋般快速兴起的楼宇配套而生的，是那些走向不一的宽阔马路。有时候，走到某处，我便会停下来想一想，不久之前，这个位置是怎样的一处所在。然而记忆往往是不可靠的，才不过一两年，我就已记不起原来的风景了。我在想，或许那个"疯子"对于记忆的依赖程度可能会更大一些，眼前突然出现的路，搅碎了他原有的记忆，他或许是在寻找原来那条自己熟悉的路,因为找不到,他便慌了、惧了,只能携着恐惧胡乱奔逃。

尽管他是落荒而逃,但我却并不为他担心,因为按照惯例,多日不见之后,某一天,他必将重新出现于这座县城的某处。他是我们的谈资和记忆,也是我们的戏耍对象和假想之敌,作为一个符号化的人物,我相信他将永不会消失。

桥墩下的生意人

我喜欢骑着单车巡游县城。借助那辆单车,我知道了哪道斜坡上的哪树桃花开得最艳,知道了哪条小巷里的哪家面馆面条做得最劲道,知道了几个已经消失的老建筑究竟位于哪个位置……那些牛胃般褶皱的空间里,那些羊肠般狭窄的空间里,藏着更为细碎的人间烟火、喜乐悲欢,藏着更多我们以浮光掠影的心思触摸生活却永远无法窥见的画面。护城河与建设路交会处的桥墩下,那方与喧嚣世界近在咫尺的静谧空间,就是这样与我不期而遇的。

那一日周末,忽然对县城里的护城河有了兴趣,便骑单车沿着滨河小道儿自北向南前行,驶过两处跨河大桥后,我在第三处跨河大桥的桥墩前停了下来。正值夏日,热量在半空中暗暗发酵,却无任何一缕清风稀释此间的烦躁。我抬头遥望,桥墩支撑着的马路低处，铁索与石柱联袂打造出的护栏半遮半掩着，护栏背后，马路上隐隐有层层热浪在扭转晃动，行人踏足其间匆匆而行，车辆则需避开路障缓缓穿过。因为炙烤，路上的行人和路边的景观树木全都蔫头耷脑的，只有洒水车还在欢快地唱着永不更变的单调歌曲。视线所及，正是我最为熟悉的生活——与桥墩撑举着的马路上的行人一样，我无数次走在他们走着的地方，与他们动作一致、表情相同。而如今，我不过是给自己换了一个位置和角度来窥探自己。

护城河河面并不阔，桥面却很长，中间的二分之一隔空铺在水面之上，剩下的二分之一，被两岸的河堤以及河堤外侧的空地共同霸占着。空地之上是桥，桥面以下是空地，中间则是几个平行排列着的臃肿而坚实的大桥墩。右岸的空地上，一共蹲着三个桥墩，在靠近护城河的两个桥墩之间，是一处从事套圈生意的所在，空地上画了一道标准线，线内摆放了四五排倒扣的塑料盆，每个盆子上都放置着一件物品，第一排多是钥匙链之类的小挂件，越往后物品的价值越高，到了最后一排，便是大件的陶瓷、石膏或金属摆件了。旁边竖着一块木板，上面竖写着两行红漆大字，一行是"二十块"，另一行则是"一百个圈"。一群人正站在标准线外，向着不同的物件抛出塑料圈，不时发出"套到了、套到了"的兴奋喊声。

与套圈生意的热闹相比，旁边的台球生意便差了些。在靠近马路这侧的那两个桥墩之间,平行摆放着两张台球桌,桌腿和桌沿上的漆皮有些已经脱落,有些则鼓起了几个大小不一的圆包,早晚也将剥落。靠西侧桥墩的那张台球桌,其中的一条桌腿从上到下裂开了一道长长的缝隙,桌腿被绳子紧束着,防止裂纹继续扩张;靠东侧桥墩的那张台球桌,绿色桌布上贴着几条或黄或透明的胶带,透过透明的胶带可看到,桌布已经损毁,上面的缝隙正被胶带勉强拼合着。两个十六七岁的少年站在东侧的台球桌前,有一搭没一搭地捣着台球,小球偶尔会弹出台面,滚到东侧的桥墩下或西侧的草丛里,这时候,其中一个少年就会不紧不慢地走过去,将球捡回来。偶尔会有路人停下,看着他们打一会儿再离开。我比那几个停下又离开的人坚持的时间更久一些,但并不是为了观赏少年的球技。对于台球规则,除了知道需要捣球入洞之外,我几乎一窍不通。我只是想以观看比赛的合理名义,在这不狭窄但也远说不上开阔的阴凉之地休憩一下,以此躲避烈日的烘烤。

自那个夏天开始,沿河骑行成了我的新爱好,而顺流而下的第三处跨河大桥的右侧桥墩之下,则成了我的半程歇脚之地。歇脚的次数多了,便认识了那两张台球桌的所有人老郑。

我并不知道他具体叫什么名字,但听别人都喊他老郑,便也跟着这样称呼他。老郑七十多岁,家住在距此仅百十米的城中村,早晨散完步,在早餐店吃完早点,就会溜溜达达来到桥墩下照看他的台球生意。其实算不上什么生意，没有明码标价，顾客给他一两块钱玩一场他收着，顾客给他一两块钱玩半天他也收着，甚至顾客不给钱，他也不会硬向人讨要，一天下来，根本就挣不了几块钱。更多的时候，老郑是自娱自乐——桥墩下的那张摇椅是他的专座，他躺在摇椅里，一只手摇着蒲扇，另一只手则搂着一个老式收音机。与别处看到的老人类似，老郑喜欢听京剧、豫剧、评书以及本地的柳琴戏，有时候收音机播放出的声音嗤嗤啦啦的，一句唱词常被嗤啦劫掠走数个字词，但老郑却不恼，不仅不恼，还很期待这样的干扰来袭——收音机唱不上去的地方，摇头晃脑的他便用自己的嗓子兜住，然后抛起来、扬起来、飘起来，让收音机里的唱腔得以平稳过渡。我那时恰好对被本地人称为"拉魂腔"的柳琴戏颇感兴趣，听见老郑唱，就多停了一会儿，多嘴问了几个关于柳琴戏的知识，一来二去的，就与他熟络起来了。

老郑健谈，与他熟络了之后，便了解了他更多的爱好。他喜欢聊《周易》，从风水命理到阴阳八卦，从文王演易食子到鬼怪野狐故事，这些典籍所叙和无稽之谈，全被他网罗到了肚腹，又凭借一张能说会道的嘴巴吐了出来。他喜欢翻历史，无论开头说起哪个人、聊到哪个地方，他都能七拐八拐地绕到历史人物和事件之中去，一旦绕进去，又不免生发出诸多感慨，这些感慨多是从"倘若""假设""如果"这些词开始铺排，临到铺排兴尽,方才以一句"可是历史没有如果"之类的句子以及配合这类句子而发出的一声叹息结束。老郑是有理全说透、无理占七分,与他辩论,我从未占过上风。

与老郑更熟络一些之后,他在自己的摇椅旁给我安了一张小木椅。其实也并不是单独为我一个人安的,而是预备着给予他相熟的几个老人路过时坐一坐,我只是恰好得到了老郑这样的礼遇而已。老郑的椅子是躺椅,使用权仅限他一人;我的椅子则是座椅,且是流水椅子,几个人谁来谁坐。

有时候,躺在摇椅上的老郑也会讲讲自己的故事。他有一搭没一搭地讲着,这次讲一段,下次再讲一段,时间相邻的两段故事,往往在逻辑上并没有多少联系,讲的人想到哪里就讲哪里,听的人则需要进行梳理,为各段故事重新排列顺序,剔除一些与主体故事本身并不相干的杂质。

经过我的整理排列之后,老郑的经历大致如此——年轻的时候走过南闯过北,因为爱捣台球,回到县城后,就在当初还是主城区的老城区里租了几间房子,开了一家台球馆。凭借台球馆的盈利,他买下了大小两套房产,后来因台球生意不景气,他关了台球馆,改做小生意,骑着三轮车到十几里外的农村收菜,再载到县城的农贸市场售卖,以此来应付全家的花销。儿子考上了南京的某所名牌大学,毕业后留在了南京,于是老郑将那套大一些的房子卖了,给儿子凑足了在南京买房的首付。

老伴儿患了病,为了治病,老郑又将那套小一些的房子卖了,等到老伴儿过世时,卖房的钱已花得七七八八。老伴儿去世后,儿子孝顺,怕他孤单,便接他去南京过了几个月,玄武湖、中山陵、总统府、明孝陵、鸡鸣寺……该看的都看过之后,老郑就觉得没有意思了,不顾儿子恳求,背着包裹就坐上了回家的列车。儿在远方妻已逝,回到老房子过了一段时间后,他终于还是感到了孤单,但又不愿意与其他老人一样去钓鱼、下象棋、跳广场舞,便想起院子里还有两张被搁置多年的台球桌,于是把它们从杂物堆里清理出来,自己在家里修修补补之后,招呼上几个老伙计,将之摆在了距离他家最近的桥墩下,算是重拾旧业。

有时候,正与老郑聊着天,他的手机铃声就响了起来。他的老式手机隔音效果差一些,不用按免提,也能听得清声音。那头若是儿子的声音,刚刚还在兴头上的他,便立刻换上一副不见喜怒的面孔,语气也变得不咸不淡,似是在保持着父亲的威严,只是可惜,他儿子观赏不到这样滑稽的变脸表演。那头若是小孙女的声音,他便立刻又堆出一张笑脸,语气也开始软声细语,开始发甜发嗲,作为旁观者和旁听者,我全身便会立刻鼓出一层鸡皮疙瘩。偶尔还会有另外一个电话打来,是个女声,从音色上判断,似乎并不算年轻,说的都是有一搭没一搭的闲话,老郑却直点头,数次从躺椅上下来,又数次重新躺回到躺椅里。我可能见过电话那头的那个女人——那日骑车路过老郑那里，看见老郑坐在我常坐的那张木椅上，而在他那从未允许他人躺卧的专属摇椅里，则躺着一个女人。女人六十岁左右的样子，穿着紫色长裙，化着浓妆，但妆容未能彻底掩盖衰容，尽管如此，在这个年纪里，她依然不失为一位散发着青春气息的老阿姨。她微闭着双眼，正在与旁边的老郑聊着什么，老郑脸上挂着笑，起身站了站，又重新坐了下去，就连我向他挥手，他都没有看见。所以我猜测，她就是那个让老郑枯木逢春的女人，也是搅动得老郑心神不安的女人。

与老郑认识了三年。三年时间里，每到冬天，老郑都会将两张台球桌搬到偏僻处摞起来，用篷布盖上，再用一些绳子捆起来，以防风吹日晒。至于其余三季，老郑总是雷打不动地坐在桥墩下，坐在躺椅里。时代在变，我们都在身不由己地做着加速运动。三年里，我们身边发生了太多的变化——跨过护城河的第四架大桥已经竣工，很快就要投入使用了；老郑摆放台球桌的对岸，一条双向分流车道也即将建成；我结了婚、生了子，继而又换了一份相对稳定但需要投入更多精力的工作，身材早就开始以月入一斤的速度迅速发福了。有时候，还是会偶尔路过老郑那里，每次都是打个招呼就过去了。那段时间，来去总是急匆匆的，我已经很难抽出时间听老郑说《周易》、讲历史了。

第四年春末的一天，我又一次从那处桥墩下穿行而过。冬天里捆束好的两张台球桌依然还堆在偏僻处，篷布上落满灰尘和草屑。老郑呢？是与儿子一家团圆去了？是与那位老阿姨一起周游四方去了？是住进医院或躲入土中了？一连串轻淡的不足以称之为疑问的心思，只是闪念想了想，就飘了过去。之后，我也再未见过老郑。直到如今，也只有被他用篷布和绳索包裹与捆束起来的台球桌，还一直占据着桥墩下的一隅，证明着老郑这个人确实曾在这里摆过球桌、做过生意，而我却已记不起他的确切长相了。

有时候我会想，一座再小的县城，也会有褶有皱，那诸多的褶皱里，藏匿着数以万计甚至更多的生灵，这些微小的生灵，是他，是你，是我，当然也是老郑，他们复制着彼此的人生轨迹，除了姓名各异，除了工作不同，一个人所经历的，大致也是另一个人所经历的。既然如此，那么，想起这个小人物与忘掉那个小人物，其实也并没有什么区别，因为"这个"往往就是"那个"。

可是，我还是偶尔会想起老郑。

释恐书

上

想象，这个词是个魔术师，它集多种标签于一身：既被名词收纳着，又被动词拉拢着；既可以是合理的猜测，也可以是胡思乱想；既是愉悦心情的伙伴，也能沦为灾难事件的预言。即便那些糟糕的预言最终未能被证实，但你曾为此付出的忧心焦虑和惴惴不安，已不容你当它们未曾发生过，于是你只能在已受到它们侵扰的某个阶段尽力止损。

我生来恐高，无法遏止的想象似一面放大镜，将因垂直高度的抬升而衍生出的恐惧无限铺排，使我在某些时间段内始终处于战战兢兢的状态。想象，那名唤恐高的恶虎帐下的伥鬼，它轻易就能揭开我刻意掩盖的暗疮。

一次是在某幢办公大楼内。朋友的办公室在十九楼，我们原本坐在椅子上聊天，聊兴正酣时，朋友突然从口袋里摸出一包烟，抽出两根，并把其中一根递给了我。我刚习惯性地接过来就后悔了——朋友手夹着烟，一边与我聊着天，一边走到窗前，打开其中的一扇窗户，出于礼貌，我也不得不跟着他来到窗前。那是一面落地窗，长与宽均在三米左右，站在窗前居高临下，一城风景几乎一览无余。对于许多人而言，这应该是颇为舒心的状态；然而对我而言，却是一番折磨。或许是因为从那扇小窗侵入的风尖叫似的干扰，也或许是因为垂直高度之于心理的压迫，尽管有护栏这道屏障，但我却始终不敢如朋友那般将其中一只脚踏于落地窗的窗台上。我站在朋友的斜后方，保持着侧身望向内侧墙壁的状态，迫不得已需要望向前方的朋友以及朋友更前方的虚空时，便将双眼微微闭上，尽量不让清晰的风景冲入眼眶。可即便如此，虚空的景象还是会时不时撞进来，就如十呕的欲望从肚腹中莽撞地向上涌起一般，迅疾，有力，无法止息。总觉得有两股力量在我躯体上暗暗较劲，一股在把我向屋里拉，另一股在将我向屋外推。因为力的相互掣肘，我感觉自己的躯体在晃动——上体向这边晃，下体向那边晃。我的心脏在收缩，并于收缩中不断上升，停于喉咙处很久，然后又毫无征兆地轰然下坠。明知道是因为自己腿软胆破了，但我就是无法用穷途末路般的理性将气焰正盛的感性压制住。

事实上，我早就已经开始胡思乱想了：想的是，下一秒就会从高处的虚空或低处的地表探出一只手，撞破面前的落地窗，将我迅疾地扔出去；想的是，下一秒温厚平和的朋友就会切换出狰狞可怖的面孔，一把将我推出窗外……在窗台前，朋友吸了许多支烟，至于多少支，我乱糟糟的脑子已经没法数清了，只知道他每吸一支之前，都会先递给我一支，帮我点上。朋友边吸烟边闲聊，他似乎聊到了工作、家事和文学，还似乎向我抱怨或是夸赞了谁，然而半个小时之后，等我终于从他的办公室退出来，站在那幢大楼的院子里时，回想刚才他说过的话，竟记不得任意一处细节了。我知道，那是因为我将绝大部分精力都用在了抗拒恐高上，然而结果却是，我完全陷入了高处用想象设置的陷阱中，任我如何挣扎都没法爬出来。

还有站得更高的一次。那次是去参加一个采风活动，到了才知道，主办方特意安排了一个名为悬索桥的采风点，桥面从这端的山腰连到那端的山腰，共计五六百米，与谷底的垂直高度则有一二百米，而人行道却只有两米多宽。因为是集体活动，明知自己恐高，却不得不踏了上去。果不其然，风把悬索桥吹得晃晃荡荡，拖着双腿战战兢兢地走到中途，就再也走不动了，只好蹲伏于围栏旁。那日恰好下着小雨，浓重的雨雾塞满了虚空，正好将视线遮蔽，前望后顾了一番，既看不到来处所在，也看不到去处所在——早已是进不得也退不得了。此地有许多神仙传说，传说里的神仙们各个都善于腾云驾雾，那么神仙们一定是不恐高的。一起采风的同伴也多不恐高，走在桥上如履平地，再加之雨雾的渲染，那份潇洒，恰如腾云驾雾的神仙。而我肉体凡胎，最后竟是被他们中的两人连拉带拽地拖到了目的地，可谓狼狈不堪。

第一次坐飞机，是从济南飞长沙。未登机之前的好长一段时间，从未乘坐过飞机的我都处在即将与天空亲密接触的兴奋状态中，这种长久的心理状态，似乎遮蔽了我之前对于恐高的所有生理和心理记忆，从未意识到，乐极生悲的金科玉律早已伺机埋伏在我的周围。猝不及防的拐点说来就来了——当驰骋于机场跑道的巨翅飞行器仰头向着高处冲起的那一刻，一切都改变了，就像是刚才还在《红楼梦》的大观园里舒适地享用"山水横拖千里外，楼台高起五云中"的盛景，转眼间便已是"横白玉八根柱倒，堕红泥半堵墙高"。有意无意地，屁股还坐在座位上，上身却已在恐惧的支配下向着内侧倾斜。在气流的冲击下，机身偶尔颠簸，诱发着一些胡思乱想。想到了马航MH370，想到了弗兰克·马歇尔执导的电影《天劫余生》，想到了一只鸟于空中用尽最后的力气后遽然下坠的瞬间……作为无神论者，我却选择临时抱佛脚，将能想到的神佛全都想了一遍，并祈求他们佑护我此程平安。机身在万米高空平稳推进时，我向外看了一眼，那些从地表抬头看到的被我们喻为棉或羊的温顺云朵,此时却如万亩色彩浓重的火田,不断翻滚铺排。不久后再向外看,已经不是同一批云了——眼前的这一批颜色依然浓重,形状却更为乖张,各个张牙舞爪,如猛兽,如夜叉,如恐怖事物的复合型具象化身,于是匆匆将遮光板拉上,不敢再去瞧。机身内,几乎所有人都在酣睡或假寐,只有我却忐忑不安地坐在那里,如被拘禁于高空的囚徒,等待着接下来的审判。

一日在报纸上读到关于蜘蛛人的专题报道——他们把自己悬挂在几层、十几层甚至几十层高的大楼外,清洗楼层的玻璃和外墙。虽只是一些文字和图片,仍看得我提心吊胆。我所在的县城,几乎看不到蜘蛛人,但我认识的人里,有从事类似工作的。七八年前,我同学黄加一跟着亲戚去省城的建筑工地打工,在摩天大厦的脚手架上,立足未稳的他摇摇晃晃地从高处坠了下来,把我们村的土地砸出了一个大坑,结出了一个毒瘤似的坟疙瘩。有一次,我在梦中以第一视角经历了黄加一最后的命运:我在急速下坠,耳畔的风声撕咬着我,而恐惧却让我忘记了呼喊……黄加一也恐高,那年一群小伙伴去爬田里筑于高处的石渠,只有我与他站在田里,任凭其他人如何鼓励和嘲讽,我们都没敢上去。因此想到,他生命中的最后一秒,或许正是我在梦中所经历的。

这些经历以无声的言辞斩钉截铁地告诫我,只要想象不能得到控制，恐高心理便不可克服。然而对我来说只要是置身高处，想象总会随之而来，那时最期盼的就是站在平地上——大地的敦厚总是会给人以安全感。但这些高空经历毕竟属于少数，更多的时候，我们与大地相依，生活在近似于一张平面图里，移动的常态也并非上下，而是前后和左右。小时候住在农村，村里皆是瓦房或茅屋，相比楼宇而言，几乎是平面建筑了。那时候，一个不过数百口人的村子，在面积上也是不小的一片土地。面积虽大，但人人相熟，户户相亲，颇为和睦。可时代的发展又逼迫着我们去接受非平面化的生活，它以城市化或新农村发展之名，构建了越来越多、越来越集中的立体建筑，立体建筑占用着高处的空间，浓缩着地表的体量，让你不得不按照构建起的轨迹来生活，否则你便会处处碰壁。

有一年，在省城听一位著名作家的讲座，他说如今住在四楼的人往往是止步于四楼，住在五楼的人也绝不会往六楼跑，除非是因疏忽等原因才会到达高于自己生活的楼层。我深以为然。我家住在三楼，有两次，走着走着就走到了三楼与四楼的交接处，那一刻，突然就会有一股巨大的陌生感袭来。虽然是在同一栋楼，虽然布局一样，但似乎总有什么在斩钉截铁地告诉我：你逾矩了。那位作家说的是建筑和人之间的关系，到了听者之一的我这里，却加注了恐高元素——因为恐高，入住小区的头两年，我从未到过位于六楼之上的楼顶。第三年，我迫于无奈之下攀上了楼顶：不知什么原因，热水器突然就坏了，不但不出热水，许多水还顺着附于墙壁上的管道淌了下来，楼下地面湿了一大片。于是顺着楼道从三楼往上爬，到了六楼，举头向上望，出现了一方小小的天井，连接天井与六楼地面的是一具竹制短梯，于是爬了上去。查看了一下，是太阳能管破损，自己没法修理，只能联系维修店。等修理人员的间隙，在并不宽阔的天台上走了走，不敢放肆，只是在中间范围小心踱步。突然听到一阵窸窸窣窣的声音，仔细辨别，声音来自旁边的一处杂物堆，蹲下来细看，竟是一窝不足巴掌大的杂色小猫，毛茸茸地挤在一起。旁边不见成年猫，想是出去觅食了。我想我应该认识猫妈妈，小区里常有几个流浪猫或结队奔跑或独自漫步，想必其中的一只便是这群小猫的母亲。那位母亲很聪明，选择在人迹罕至处生儿育女，知晓异类的卑劣。听朋友说，与他住在同一栋楼的邻居在天台上养了几只鸡，那几只鸡鸣叫有早有晚，并不按时司晨，常常吵得人不得安宁。当时只当是笑话，没想到这次竟亲见了这窝野猫。幸好，野猫除了发春那几日，平时甚少叫唤，免去了我们梦境被侵扰的可能。

　　疫情形势最紧张的阶段，妻儿被封在岳母家，我则被封在了小区里。那段时间出入小区颇为不便，便常在小区内散步，不想还是常遭训斥，没办法，便想到了天台。一个人在那片闭塞的空间里踱步，渐渐地，至少在这栋楼的天台上，竟不那么恐高了。天气好的时候,我甚至会夹着一本书爬上天台阅读,一日重读《河的第三条岸》,忽然想到小区里的一位老教师说过的一件奇事:他亲家的堂弟是个画家,作品得过一些奖,其中一幅据说已被某单位的某长收藏,这被他视为一种荣耀,时常挂在嘴边。之后单位有一个晋升名额,他以为非自己莫属,甚至早已私底下与几个要好的朋友喝过了庆贺酒,结果却是另一位同事捷足先登。画家就此闪了腰,性格变得孤僻起来,看谁都觉得是不怀好意者。又过了两年,明白此生注定晋升无望后,他便办了内退。别人退休后,无非是下下棋、跑跑步之类的,他却不屑与之为伍,只独自在楼顶溜达,家里人不放心,总觉得他是不是有什么想不开,便劝他别总是往楼顶跑,不承想这一劝让他大为光火,自己立马动手在天台搭了个简易帐篷,搬来沙发、被子、架子床等物件,还在帐篷上贴上一张×××美术工作室的条幅,就此住在了那里,家里人拿他一点儿办法都没有。是抵触还是向往?听到这故事,我竟不知该如何评价故事里的人和他的行为。

疫情形势和缓后,生活开始恢复到相对正常的状态,有一天突然心血来潮,想再去天台上看看。那是傍晚,风景与以往别无二致——除了落日的过程。那日略显阴沉的天空,就如一整张浅灰色幕布,落日则如一枚因用旧而失去光泽的铜币,它寻到了宽阔幕布上一处窄窄的缝隙,缓慢却绝不拖泥带水地滑了进去，缝隙就此迅速愈合，似从未存在过一般。整个过程无声无息，但惊心动魄，这多像我们的一个个逝去的下落不明的生活。我想，如果我没来到天台，大概就不会有闲情发现并观看夕阳落幕的整个过程。罗丹先生所说的"美随处可见，只是我们缺少善于发现的眼睛"，或许并非只是一句泛滥成灾的引用语，对我们每个个体而言，它仍具备普遍意义。对我自己而言，登高望远，于某个普通且紧要的时间阶段里发现另一种司空见惯却从未认真体悟过的景象，便是重拾这句箴言的理想契机。

2022年9月，我应邀到一地参加文学活动，其间发现一处颇为壮美的风景，便拍了几张照片发给妻子，她很快就打来了电话。

"在哪里？"

"滨州呀。"

"我知道。我是问你在哪里拍的这些照片，看起来很高啊。"

"黄河楼，七十多米呢。"

我说的是那座城市里一座可以俯瞰黄河以及诸多事物的建筑，妻子打来电话的时候，我正站在最高的那一层，用手机继续拍照。这时她突然说："你不恐高了？"我心里一惊，举目往虚空里看了看，似乎还是有些怕，但又似乎不似以前那般反应强烈了。在心里，我将几个与程度相关的词语斟酌了一番，一时不知该用哪个来回答她。

下

我妻可以做证，我其实也怕深。严格一点儿说，我怕的是那些低于地表的相对封闭的空间。某次携妻儿在老家小住了几日，临回县城之时，母亲让我带些地瓜回去。我小时候吃伤了，本不愿意带，但想到妻儿都喜欢吃，便答应了。母亲却说，怕地瓜冻坏了，收的时候就直接放进了地窖里，需要我下到地窖里拿。于是我便寻了个借口，说什么也不要了。直到如今我都没向母亲言明：我其实从未能从早年与地窖相关的恐惧里抽身而出。二十多年过去了，在"恐深"这件事上，虽然我的躯体早已是成人模样，但我的心理却依然还是孩童。

我清楚地记得1999年的那个深秋里所发生的许多事情的细节。其中的一个细节是：躺在病床上的父亲昏迷着，液体的药物借助窄小的针孔不断攻进他的躯体；他的胸部和臂上缠满了绷带，呼吸的起伏却并未因紧束而减缓。在我见到那时那般的父亲并拥有这段记忆之前，他刚从摩托车上摔下来，折断了左手手臂和两根肋骨。

秋天，正是一年当中最忙碌的时候，我们家的顶梁柱却垮了。这意味着，除了需要照顾受伤的父亲，我们每一个家庭成员还需分摊本该父亲承担的活计。事实上，几乎是母亲一个人撑起了所有的重担,但即便如此,大姐、二姐和我还是感受到了从未有过的巨大负担。余事不计,只说说将从田地里刨出的地瓜运入地窖的经历。那是我第一次下地窖:储藏地瓜的地窖五六米深,似酒瓶一般口窄腹大,需要有一人下到窖底码放用系绳的篮筐吊入窖中的地瓜,那一次,母亲选定了我。但母亲毕竟不能完全放下心来,为保不出意外,便将粗麻绳系在我腰上,她放下一小截绳子,我就将蹬于窖壁的脚向着下端探上一截。随着躯体的向下移动,周围越来越暗,最终我也成了黑暗的一部分:我入窖的时间是下午,天气晴好,但我却以缓慢的垂直下降的过程,于短促而狭窄的空间里,仿佛完整地经历了昼与夜的交替——窖口是白日,窖腹是黄昏,窖底是夜晚。在那段经历里,我体悟到,若无人为干预,光或许是不可靠的,它并不能单独成为我们辨识时间的标尺。可能不只是光,只要是单独存在的事物,皆不能客观且公正地独立行使对某件事物的评判权,我们需要用不同的事物组成一个评判团队,用来臧否事物,以期尽量公允。独裁者终究是独裁者,即便它以光的名义现身,也无法彻底将手中的杀威棒隐藏起来。

那也是我第一次正儿八经地从我们所生活着的地面向下探进,亲身的经历告诉我,地底下孕育出的恐怖气息,要远远超越高处。如果恐惧可以量化,我甚至可以断言,站在七楼楼顶所达到的恐惧系数,只能勉强达到地下一层的恐惧程度,如果再有黑暗等因素对环境氛围进行哪怕只是轻微渲染，这种恐惧程度可能还将继续扩大。在恐惧的侵扰下，如果只能用一种非此即彼的方式选择始终置身于黑暗或光亮的环境中，我相信，绝大多数人会选择光亮，即便那些说什么都不怕的人，也更希望用眼睛看到自己到底身处怎样的环境中。对我们而言，光亮显然比黑暗更讨人喜欢。我很害怕，怕深，更怕为深涂抹恐怖氛围的黑，但却别无他法，只能强撑着完成自己以及之后所有地瓜的入窖。之后家中又陆续遭受了一些磨难，如今想，或许正是因为这些飞来横祸一次次地侵扰，我们每个人都拥有了承担那缺失的力量的勇气。就这样，我们在"地窖"里摸索着，如跳级的学生般，比一些人更早地长大了。只不过，长大后才发现，我们其实并未摆脱那地窖般的环境，依然还在经历着各种有形和无形的恐怖折磨。

2007年，我去了位于邻市的一所职业技术学校读书。学校坐落于离城区五华里的郊区小村，前有看守所、拘留所，后有小煤矿、精神病医院，左为另一所荒废校园，右为传染病医院，同学们调侃，真可谓"风水宝地"。不久之后发现，"风水宝地"的戏言或许并非戏言，那位两千年前笃信风水的王侯可以做证——我某次出去散步，发现了一座院子，内有牌匾，上书某朝某王陵几个字。询问当地人得知，这里原为精神病医院的地盘，因为后来发现了这座陵墓，便单独辟出来，垒起了院墙，盖起了地面建筑,组建了以这座王陵为主体的文物保护单位。那时候恰好对墓主人所对应的朝代史颇感兴趣,便与同学一起进去参观。从墓道入口到那位古代诸侯王的棺椁,数十米的距离,总觉得怎么走也走不完,甚至数次想返身而出。地宫内的灯光昏黄,不动声色地循环收拢并释放着静默的气氛,并于静默中向我们怦怦直跳的心脏持续施压,让恐惧的层次更为丰富。很长一段时间后,再次路过那座院子门前,那位陪我一起参观地宫的同学突然对我说,那次他发现地宫之上的陈列馆内,一块墓砖上镌刻着的工匠名字与他同名,他说他也知道这纯属巧合,但当时还是被吓了一跳,现在倒是觉得很有意思。同学真是豁达的人,但我不行,我一直不好意思告诉他,在地宫里时,我感觉自己的呼吸极为沉重,呼吸之间,似乎嗅到了空气中飘荡着的陈腐气味。尽管我知道,这只是想象而已,就如没有顽疾的人坚信自己即将大病不治一样,可我就是没法用一个理智的自己来拯救另一个自己。我是说,地宫之程让我恐惧了很长一段时间,做了数次噩梦,境况要比我同学遇见镌刻在砖石上的两千年前和他一样的名字还要严重。

最近这几年,我所居住的小城一直在改造。拆拆建建的,听说一些原本应当深埋地底的东西就被挖了出来,也不知这些传言是真是假。当时曾想,即便确有其事,但那被挖掘出的诸多坟茔里的物件儿,加在一起大概也无法超过我去过的那座王陵的出土物——本地在各个朝代均属偏僻之所，这里的出土物隶属于不同代际的小官吏、平民乃至贫民，微贱之躯，能有一抔土掩身就不错了，何以言厚葬。之后参观了小城新建的博物馆，继而阅读了本地文物书籍，方才察觉自己的肤浅。县级的博物馆，几乎没有所谓的重器可陈，但依然让我感动，按照器物所属科目和朝代更迭顺序，它们以一千年、两千年甚至是三千年的高龄之躯列于玻璃柜中，等待着与每一个驻足者无声交谈。手头那本厚厚的介绍本县出土文物的资料书，是一位考古学者所赠，他同时亦是这本书的编者之一。他为收录在内的每一件器物，都标注了名称、朝代、出土地点和形制。在翻到《铁器》那一辑时，我被一柄名为"永初六年铁刀"的器物吸引了：永初六年铁刀，东汉，长111.5厘米，宽3厘米，刀背厚1厘米。环首呈椭圆形，刀身长而直，刀背有错金火焰纹，以及隶书铭文"永初六年五月丙午造卅涷大刀吉羊"。上网查询这柄刀的信息，有些专家将其称为钢刀，称这柄刀不但身负工艺变革精进之功，而且还是由剑向刀进化的主要物证，器物虽不十分贵重，意义却非凡。

本地的一位考古专家告诉我，他们会通过对不同土质和土色的观察研究，来区分不同堆积层的年代次序，从而指导考古发掘工作。他说，探进的土层越来越深，崇敬之心则会越来越高。无论是博物馆所陈还是那本文物书里所载的绝大多数器物，皆出土于本县治下的十余个镇乡，它们来自不同的土层和不同的时代，与我共同占据着一方地域的某个小小区间。小仲村、大城子、东高尧、西纸坊……某些器物的出土地，我不止路过一次，或许在某时某刻的某个地方，我就曾与它们垂直站立在一起，以地表为界，地表之上是肤浅的我，地表之下是沉默的它们。如在天空中悬停的鹰隼与站立于地面的我们，即便下一秒它们飞向了别处，但至少它们曾与我们在俯瞰或仰望的视线里构成了绝对的上下关系。只是不免会想到，我们将更多的关注点放在可视可触、相对平面的空间里，却忽略了地表深处的丰富性。如果将深处视为已经被遮蔽了的过去，将高处视为不确定的未来，那么，身处中间位置且连接两端的我们，或许只有了解了低处且向往着高处，才能有资格说了解了一方水土。我问自己，面对它们，我为什么要恐惧呢？鲁迅先生说："第一次吃螃蟹的人是很可佩服的，不是勇士谁敢去吃它呢？"那是不是可以说，我们大多数的恐惧其实是自己在作祟？除了我们自身生活的极为扁平的地表空间，我们对高处和深处都缺乏了解，而不了解恰恰是恐惧心理滋生的温床，就如细菌更喜欢滋生于暗黑的环境。我想，身处时空叠扭结处的我，或许需要重新认识这座城，认识自己所生活的环境。

还是重新回到对那些出土器物的叙说里吧——我总觉得，它们中的每一个几乎都是一根定海神针，以小至自身躯体的空间，定住时间的流逝，让一方水土的历史脉络以静态且实物的形式呈现出来。隔着玻璃触摸它们，我既心潮澎湃，又感到安稳从容：就像是在洪流中抱住了一截枯木，虽然还将继续随波逐流，但牢牢抱紧的枯木却给予了我巨大的安全感。忽又想到，终有一天我也将如那些依然未被打搅的地下器物般长眠于深处，与这片熟悉的水土融为一体，我忽然就不再恐惧什么了。

不在场书

一

视野开阔只是一种形容,是对程度的修饰,事实上,它并不能做到一览无余。我们呈扇面状铺展开的视野终究是有限度的,它的局限不只是生理构造对于我们的拘束,还有诸多客观事物的拦截与稀释。不管怎么说,对我们而言,网罗于视线之内的东西,才是现场的,它们与我们在空间上呈现时间的一致和同步,除此之外,那些遥远的、模糊的、隐藏着的、视野之外的,往往是与当下的我们脱节的,我们没法把握它。就如我贸然说到"县城"这个词,纵使已在心中特指了我所居住的那个地方,其实也往往只是一个较为松散的替代符号而已,它笼统而模糊,让我无法窥见全境。与之相反的是,当我置身于县城的一隅，当我的视线能够尽可能地将之揽裹进来，那么对于"县城"，我便是在场的，是这一小片区域现时的参与者，而不是提炼者、阐发者与转述者。而这时，当我说到眼前的任何一种事物，它都可以被视为县城的分支与再分支，都可与县城构成包容和同质关系——如果我们的瞳孔是架显微镜，那它即是缩小版的县城。

有时觉得，越是微小、具象的事物，对我们的感官和心理冲击便越剧烈，对我们认识庞大的事物以及与之相关的意象，便愈容易。前提是，我们对于具象事物的观察，应是全面的，绝不能用一部分来代替另一部分。我们容易盲目地指认乃至曲解一些事物，并非是因为管中窥豹，而是因为受到了主观或客观条件的蒙骗，或用体量占优的多数侵占了少数，或用醒目迷人的少数欺瞒了多数。无论是多数还是少数，它们都误导我们以一部分剔除了另一部分。但那毕竟只是一部分，终究不是全部。我曾尝试提炼县城的特征，并为此沾沾自喜，直到某一日，我于百无聊赖中白日做梦，将自己的操作方法扩大到帝国和权术、朋党与派系的压轧中，才发现自己的无知与偏颇。一座县城，便是多个小区域的有机聚合，每一个小区域，都散发着它于同质中异化出的独特味道，我不应简单地将之剔除。时间坐标上也是，即便当局者具备当下的绝对权力，也不可肆意妄用。我不能以当下的名义驱赶或剔除过往，也不能以当下的名义阻挡或仇视未来；我不能以现在的眼光为昨日的县城立传，也不能以现在的眼光为明天的县城代言。于局限中生活，我需要做的，便是记录局限本身，但并不能因之排斥局限之外的东西。

在这座县城已经生活十多年了，但却始终不敢以资深市民自居，且不说人，单是许多随时撞进视野里的事物，资历往往也要远超于我。县城为证，那些看似不起眼儿的事物，往往是我们的前辈。它们储藏着更多的县城故事，蕴含着更多的县城质地；它们磨砺着县城的历史，也被县城的进程不断磨砺着。从某种层次上来说，它们就是缩小版的县城，县城就是粗放型的它们。一棵树、一片瓦、一座塔、一条河……我来之前，许多事物就已长时间地占据着这里，它们因类别的差异而各自不同地按照自己的轨迹"生老病死"，并不会因我还未到来而暂时停下新陈代谢的脚步。事实上，即便我郑重其事地来了，也只是我自己的郑重其事，对于它们、对于整座县城，不会产生丝毫影响。我不过是这座县城里一件最普通不过的物件儿，来了无人在意，走了也不会有谁想起。

看到一个段子：因为没有被置于凉爽、干燥、远离阳光的地方，地球上才有了生命——换句话说，我们就是宇宙里发的霉。虽然不乏戏谑的味道，但想一想，似乎还真是这么一回事儿。如果从中感受到了侮辱，往往是因为之前我们把自己看得太过重要了，从而孕育出了莫名的自大之心。从物种起源上来说，相对于诸多生物，人类只是个迟到者，对世界秩序最初的建设，并无丝毫建树；从个人的生命体验上来说，每个人都只是一次性用具，即便历史上的暴君和明主，也都会随着代际的不断更新而彻底消失。但是，诸多我们曾经轻视的事物，对我们来说是不朽或相对不朽的。人类族群相较于其他族群的自信，终究是天生即有的还是随着地位的缓慢提高而衍生的？我不得而知。但我知道，这种傲慢，的确是存在的。纵使说到万物平等，我们也往往是将自己所属的族类率先剔除了，在潜意识里，这一族并不隶属于万物，他高于万物。

然而我们不知道万物对我们的这种划分持有怎样的态度。若以我们的秉性臆测，我想我们的自尊心可能会因此受辱。譬如，我们或许会自认为谦虚地说，我们是一阵风刮了过去，一粒尘飘了过去，一只废弃塑料袋擦了过去，而这三种被我们强行拉扯过来的事物，可能根本就不屑于与我们为伍，对进入我们的比喻而感到耻辱。当然，我这么说依然是站在自己族类的立场上的，立场的不同，往往意味着诠释行为更多的属性是曲解。这似乎意味着，思维的视野所具备的能力，与眼睛一样无能。

二

当我们叙述或描述某种事物时，即便在场，我们借助更多的却是以往的经验，而并非时间上的同步影像。同步影像往往是平面的认知，它只给我们提供了事物的骨架，至于经脉、血肉、毛发以及其他修饰性的东西，大多需要我们用记忆和想象补充。赫拉克利特说"人不能两次踏进同一条河流"，而我们却总是用多次踏入的经历去完成对最后一次的总结性描述，这多少让人有些颓废和绝望。

况且，记忆往往并不可靠。许多年前的旧事不必说，就算是数天之前的某件事，当共同的参与者重述的时候，你便会发现，每个人的叙述角度、叙述重点和对事物特征的描述，都具有一定程度的偏差，如果作为局外人，你根本无从判断究竟是谁的记忆更接近真相。最后，随着时间的推移，记忆便只剩下了骨架以及每个人独有的细枝末节。如果时间继续推移，那么有些人或许依然记得他们共同经历过的事情，而另一些人早已遗忘。直至最后，所有的人都已不再记得，那件事就像从未发生过一样——许多年前的某个时间段内，他们似乎什么都没有做，也仿佛什么事都没有在他们身上发生，他们的记忆，只是被一些虚空撑满了而已。

若有实物尚存，或许记忆就不会那么快烟消云散。我们回忆过往，往往是从现实中的一棵树、一张纸、一栋房开始的，现实里的事物，正好与记忆里的同一类事物在意识里对接。即便皮之不存，但只要某个细微如毛的实物尚在，我们便可以管中窥豹。那些存活于记忆里乃至现实中的实物,如一枚倔强的钉子钉在那里,虽锈迹斑斑,但依然为我们存储着某段蒙尘的过往。

我常说县城是安静、固定、一成不变的,当这么说的时候,我的参照物是大中型城市,而所用视角则是整体上的俯视。事实上,居于县城,我的视野往往是被细微之物所占据的,而我的视角更多的则是平视和仰视。当我平视或仰视这座县城的时候,它其实是复杂的、喧嚣的、不断变化的,我还没有将它住旧,它却已将我从弱冠之年赶攮到了而立与不惑的中间位置。说"我还没有将它住旧",依然是从整体上而言的,持续运动的物体,自身就具备推陈出新的技能,"淘汰"则是它的惯用手段。然而,这并不代表有些"旧"是不存在的。事实上,县城既光鲜亮丽,也"藏污纳垢",它的新与旧分区并存,共同托起了这座成分复杂、历史档案不清不楚的县城。

在县城生活久了便会发现,许多主体实物早已消失于人们的视线与记忆中,而那些依附于它们的附庸产物却倔强且苟延残喘地活了下来。这么说是有依据的,我想拿一处典型性处所来叙述所见——某段特殊时期,单位安排我与同事到县城的某片区域包点,协助社区工作。之前我对那一片并不太熟悉,到了之后才发现,这片区域里容纳着诸多的小区、公寓、会所、商超及其他门面,社会结构比较复杂。社区工作人员介绍,我们包点的中心小区有三四十栋楼，住了近两千人，曾是当年的水泥厂，工厂倒闭很多年后，才改成如今的商品住宅区，现在它有一个好听的时髦名字，与之前的工厂毫无瓜葛。我沿着围墙走了一圈，确实也未看到一丝工厂的痕迹。据我所知，当年的水泥厂可谓大厂，生产的水泥，是附近几个县区重要的建筑材料来源。我父亲曾干过许多年的泥瓦活儿，他跟着我一位远房大伯的建筑队早出晚归，往来于附近的几个乡镇。隔几日，他便拿回来一卷水泥袋，将水泥袋抱到河边，用流水冲刷掉灰渍，晾干备用。等到打下来粮食，便可以用这些水泥袋承装。到了下雨天，我们就会拽出一只水泥袋，在空中一扬，将其中一只角对到另一只角上，便制成了一个带帽披风，要比雨伞实用得多。大人们则会将水泥袋缝在露洞的斗笠上，于缝补中延续器物的使命。我记得很清楚，那些水泥袋上，一律印着"××县水泥厂"这几个字，前面的县名，如今已经不在用了，它只属于本县最后一次改名之前的半个世纪。

根据工作需要，第二日单位又抽调我到附近的另一处住宅区值守。这是一处封闭区域，社区的同志带我穿过一条小道儿，前行数十米，向左拐了一个九十度的弯，再前行数十米，向右拐了一个九十度的弯，才看到那一排排带院的小平房。之前，我将视野放置于县城的不同角落，见过并写过许多老旧的居民区，但这次所见，还是让我的心咯噔了一下——在这座县城，我还从未见过如此破败的住宅区。虽说是带着院子，但院子的空间却极小，大概不足二十平方米。一些人家的房顶，落满了厚厚的树叶，且于叶堆间生出了诸多杂草。还有一些人家的房顶，已经被看得见或看不见的重力压垮，踮着脚便能看见房子里的碎石、瓦片、草屑、钢筋以及各色垃圾。因为房子矮，窗口便也开得低，我从一排房屋的后巷走过，后窗的位置与我的胸口大致持平，而这些后窗，一律用篷布和木条封着，用铁钉嵌着。我在这处住宅区绕了许久，才发现一名骑着电瓶车的老人，车子的踏板上放着一只装满水的塑料桶，显然是刚从外面打水回来的。我问他为何要出去打水，他说这一片住宅区没有通自来水，只能到外面打山泉水。他说的山泉水，其实多是乡间老井里的自然水，有人用小货车拉来，停于县城的各个角落，便忙别的事去了，购水者来了之后需自行灌装，灌完后向焊于车身的扁口金属箱投入一定数额的硬币或纸币，也有的商家会在车身醒目处贴上电子收款码，这样就更方便了。这种水与自来水相比碱少，与纯净水相比价低，十五公斤的水桶灌满，只需要一元钱，颇得县城居民青睐，我们家一直喝的就是这种水。老人健谈，他告诉我，自己与住在这里的乡邻还经常去附近超市的厕所外洗手处接一些自来水，用以除饮用之外的其他方面。我问他这是什么小区，怎么看不到其他居民，他说是水泥厂家属院，六七十年前建的老房子了，比他自己的年龄还老，居民大多是当年水泥厂里的职工,他们家父子两代,都曾在水泥厂工作。说水泥厂未倒闭时,这里住满了人,足足有一百多户,而如今只剩下一二十户了。正说着,另一位与这位老人差不多年纪的老者走过来,他听了几句后便接过话茬儿,说其实他们很早就盼着拆迁了,这些房子已经修缮了多次,一次修缮往往就是一次破坏,实在禁不起折腾了,对他们这种急需改善居住环境却无购买能力的人来说,拆迁置换是好事,但有几户早已搬离这里的居民却不松口,想用早已废弃的房屋换取更多的空间或钱款,官方多次介入,却终未将此事敲定。之后,在我的询问下,两位老者说起了水泥厂当年的辉煌——说起某次去青岛学习的经历,说起某年春节发下的福利,说起火热的青春与羞涩的爱情……或许是因为很久没人听他们诉说往事了,他们甚至争抢着说,这位刚说几句,那位就接了下来,直到那位带水老人无意间看了看自己的老式松紧腕表,才"哎呀"一声,说到了吃药的点了,便各自离去了。

我想起了幼年的经历,想起了用来遮风挡雨的水泥袋。说不定,某只曾为我们遮风挡雨的水泥袋,也曾在与我闲聊的老人中的某一个手上逗留过,他们或是制作了它,或是在它身上印下了水泥厂的字样,或是用产出的水泥将它装满封线,再经过之后的多个流通环节,到达了我父亲所在的建筑队。就这样,那些水泥加持了乡间的建筑,弃置的袋子却被我父亲带了回来,成了我们披在头顶的雨具。这世间的牵连可真是奇妙啊——一件小小的器物,就能将一些本无交集的人串联于某个关系链上,而他们却不知晓;这世间的牵连又总是让人唏嘘——谁能想到,许多年前制作器物让我们用来遮风挡雨的人,如今却不能为自己添砖加瓦。

我特意打开高德地图,找到水泥厂家属院的范围,无论如何放大或缩小比例,结果皆显示,这里是一处空白区。才不过短短二十多年,曾经县内的支柱型企业,就这样销声匿迹了,只有这个被抹去了所有名分的家属院,还遗孀般近距离地活在我们的视野之外。我迷恋老物件,但不迷信老物件,实话实说,这处家属院早已不匹配县城的发展了。尽管如此,我还是想说,这件腐朽之物也曾新鲜过,它曾是一座县城最朝气蓬勃的力量和象征。那些青春,那些热血,那些辉煌,皆喷涌于我来之前,亦皆消散于我来之前,我虽未见过,但不应就此心安理得地将它置于视野的盲区,更不应假装无视。

三

我来之前,许多事物早已存在,它们遵循着自身的规律变化着;我来之前,许多事物就已落幕,但它们仍会以某种方式或深或浅地影响着我的生活。以县城里的事物为例——人们常说的"老法院",它并非只是指某个机构,事实上,它作为某个特定机构名称的职能已经不复存在了。现在,这个名称的所指是某处方位的某些商铺与民房的聚集地,这里偶尔会出现一些盗窃、诈骗、劳务纠纷之类的事件,这与它所拥有的名称颇不对应。但是大家似乎都继承和默认了这种叫法,谁也不知道它还将存在多少年。

儿子出生前的几个月,妻子忽然心血来潮,让我陪她去探访她就读过的幼儿园。我虽未去过,但知道路程不远,应该就在岳母家附近,因为在妻子与岳母对话或岳母与街坊们对话的时候,"幼儿园"这个词是个高频词语。在他们的言辞中,我了解到"幼儿园"这个地方,不但有服装店和五金店,还有早餐店和菜市场,似乎那里还有至少一家诊所,因为有一次我发烧却没当回事,岳母便说去"幼儿园"那边拿点儿药,不多久就拿回来一盒感冒冲剂和几包配好的退烧药。妻子说,因为离家近,住在这一片的孩子,很多都曾在那所幼儿园里就读,直到许多年后的今天,它早已成为附近居民生活里不可或缺的词语,并以特指的方式,拒绝了其他幼儿园的进入。也就是说,在他们的话语里"幼儿园"三个字只是特指这所幼儿园以及它附近的小小区域,至于其他幼儿园,它们往往会被冠以更准确的名称。

事实上,妻子就读过的这家幼儿园已经不复存在了。更准确地说，应该是它作为幼儿园的职能已经不复存在了——在开办了许多年后，尽管它一直在不断更新着自己的理念，可最终还是落在了时代发展的背后。"发展"从来都不是死板的由此及彼，也不是百尺竿头更进一步，它的内质是竞争和淘汰，尽管大家都在向前奔跑，可跑的速度有快有慢，而那些速度相对缓慢的，必然将会被舍弃。人间法则向来如此，它虽然残酷，但往往有效。

那是秋日里的某个下午，我陪妻子步行走进了那条小巷（之前所料想的基本没错，巷口外果然开着一些服装店、五金店、早餐店、菜市场以及药铺）。在巷子的中间位置，我们隔着铁栅栏，看到了那所幼儿园。幼儿园由一栋二层小楼和小楼背后的一处院子构成。正对着我们的楼道隔着一道紧闭着的红漆木门，固定于门板上的那面磨砂玻璃被打碎了，虽有几条利刃般的碎玻璃嵌在窗上，却已不能行使遮蔽的职能。向里面望去，可以看到狭窄的楼道里凌乱地堆放着一些旧桌椅，这其中不乏瘸腿的家伙。妻子将她曾就读过的教室指给我看，她说从距离我们最近的那间教室向内数，第四间房子便是。然而，我只是领会了话语中所指的那间教室，却不得亲见——因为结构狭长，那间龟缩于楼道尽头的教室，成了阳光无法照耀的角落和目光无法窥探的秘境。

继而，妻子又将脖颈儿、目光以及话题顺转到了小楼背后的院子里。妻子说,这里兼具操场和游乐场的职能,她在这里玩耍的时间,几乎与在教室里相当。院墙大约有一米五那么高,站在墙外,妻子需踮着脚尖向内看。院子里堆放着一些条石、砖块,它们的顶端及四周,还杂陈着枝叶、杂草、塑料袋、卫生纸以及非人即畜的干瘪粪便。甚至,我们还在某个靠墙的位置发现了焚烧过后留下的痕迹。我找了个略显干净的地方翻墙而入,裤子与鞋子上立刻就沾满了苍耳子和鬼圪针。妻子想让我进去拍下内墙里的卡通组画,她说最近这些天,总会想起它们。矮墙上果然绘有一组卡通画,从左向右,它们依次的形象是:三朵脖颈儿弯曲的向阳花在跳舞,一个小女孩将嘴巴凑向了一个小男孩的耳朵,一只蝴蝶或是蜜蜂(因为画风的缘故,我无从辨认)表情惊讶地看着划水的章鱼(如此荒诞而可爱),一群小鱼正向着一队海马吐泡泡……这些图画的色彩早已黯淡、色块多有剥离,就如唐宋坟墓里出土的壁画,这个没了手足,那个失了配饰,泛着一丝诡异的味道。

我将拍摄的照片拿给妻子看,她竟喜欢得不得了。或许是因为我没有过往留在这里吧,在这些卡通组画上,我并不能与妻子共情。

四

有时候我觉得,想在县城里选择一种能与别人共情的事物并不容易,即便我们许多人的目光不由自主地交汇于同一种事物身上,也未必能完成哪怕是少至两个人的情感对应和共鸣。因此,更多的时候,我是孤独的。

孤独的时候,我就看天——作为渺小的过路者,我对天空本无建树,但它却以居高临下却并不气势凌人的广博胸襟,容纳着我对诸如飞翔、自由这些词的所有想象。与原野之上的天空相比,县城的天空是修剪版,那些高耸的楼宇参与了天空的建设,并借助我们的视野成了天空的一部分。这样的天空看得勤了,我的眼光便会扭曲,譬如,我开始认同"坐井观天",因为它把"井"置丁前头、视为条件,间接承认了我们的局限,我们的无能,我们的无所作为。

距我居住的小区不远处,有一处建筑工地,我时常骑电瓶车带着儿子去那边看吊车。塔吊、龙门吊、履带吊……他嘴里念念有词,复述着从绘本上学来的经验,显然,他要比自己的父亲更熟悉吊车的分类。他看吊车,我就看天以及天上的云。吊车在我们的高处,云朵则在吊车的高处,无论侧重点放在哪里,只要是高处的事物,我和儿子都需要高仰着脖颈儿膜拜。

云以众所周知的善变著称，我也的确好像看到它们在舞在动，但稳定心神再看，又好像只是吊车在动。即便是运动特征最明显的航迹云，如果想看完它彻底被天空稀释的全过程，也会让我们等待许久许久。事实上，我们父子从未能完整看过航迹云是如何消失的——我们均没有那份耐心。譬如现在，当我回想航迹云消失的完整过程时，其实是动用了许多次观看航迹云的经历，我将它消失的不同阶段重组，整合出漏洞百出的真相。这应"归功"于眼睛，我们的眼睛天生具备发现真相的能力，但也正是因为这种能力的存在，让我们太过依赖它，它便暗度陈仓，蜕变为虚假最出色的庇护者。也就是说，我们可能看到了同一种事物，但我们每个人眼中的同一种事物，其实并不相同。

我在想，造成这种分歧的除了我们自身的原因之外，事物是否也有"过错"？依然还是天空——拉长时间的轴线，说到久远的事物，我觉得天空理应排在首位，而想要以什么为参照，说出一些真理或谬论，天空是最好的选择，因为它最为权威。与其他事物相比，天空最为善变，但它又总是于善变中保持着不变，永远不会破旧，永远那么纯粹。我短暂的过路者般的县城生涯可以做证——十多年前初到县城时，它就是这番模样，十多年后的今天，它依然还是这番模样，即便是天空中偶尔飘过一只塑料袋，你也觉得，它只是云的变种，是天空里可以忽略不计的潜逃者。亿万斯年，多少生灵早已经历了存又经历了灭啊，但天空却始终如一。但正因如此，那不变之中的常变，才显得弥足珍贵。就像我看到的那些县城事物和听到的那些县城故事，纵使我无法去共情，也应给予它们足够的尊重。作为一名浅薄的观察者和书写者，我带着自己偏执的视野生活于这里，而偏执，或许也是县城重要的侧颜。

之前看到过本地的老前辈书写的关于这座县城的文章，它们让我感到了陌生。同样，我知道，此刻我笔下的县城也终将会成为昨日的县城，许多年后，当另一名观察者来到这里，他视野里所看到的，注定不是我现在所看到的。然而，我们的确共同居住于这座县城之中，共同隐藏在这座县城的天空之下。我想，他们或许就是我不得亲见的共情之人。作为知己，无论是对早已作古的前人，还是对那尚未到来的后者，我都会郑重地遥执抱拳之礼。

第二辑 | 褶皱里的烟火味儿

片 羽

磨坊顶端的旗杆朽了

事实上，是一座郊区磨坊。

位于县城西南方位的郊区磨坊，像一架孤独的风车或一个被遗忘的稻草人，在广阔而空洞的平原之上矗立着。多少年了，我无数次从磨坊的一角穿行而过，偶尔会擦出一点儿感性的火花。

令我感兴趣的是它的神秘。当然，也有可能是故作神秘。我曾在一段文字里讲述过它的神秘——作为窥伺和被窥伺的通道，磨坊的那扇窗户似乎从未被打开过，如一部叙事糟糕的悬疑书，它将本身的神秘已经渲染得有些故作神秘了。窗户之外，蜘蛛画蛇添足，又悄悄为它糊上了一层窗户，好似在防备谁的不期而至……

事实上,没有谁会不期而至。这是一座无人惦记的荒废磨坊,几近坍塌,里面没有劳作的工人,更没有机器的轰鸣声。作为一座被人遗忘的粮食改造所,它已经没有了一丁点儿生活的气息。

与磨坊擦肩多少年之后,我终于注意到了那杆竖立于磨坊头颅之上的旗杆。在此之前,它的确未能进入我的视野。那木质旗杆,就好像是磨坊凭空多出来的一只触角。木头已经朽了:腐烂像一种易于传染的皮肤病,一点点侵蚀着它的躯体。它的身体发黑、发软,如墓碑或旧抹布,唯有底部的几块白斑还在做着宁死不屈的挣扎。显然,那些油漆质地的白斑在告诉我,旗杆也曾拥有天使一般圣洁的白。我无法接近它,只能从低处和远处看。我看到,旗杆的上端已经开裂为两片半圆的触手,就像在向着天空以示友好或者是在索要什么。其实它不明白,天空对它始终是排斥的,它最终会被天空的轻给重重压倒,它将隐藏到大地的某处,以居高者的自傲,继续体会低处的寂寞,直至大地将它腐蚀、溶解。现在,它已经在高处站了那么久,一定是疲惫了,以至于它的底端也倾斜了起来,整个身子,看起来就要向着和我相反的方向扑倒。

一杆旗杆,它将自己举在空中,显得那么吃力。或许,它的生命,只取决于一场风。

当旗杆成为我无聊生活里的一部分的时候,我有幸充当了它的观察者和解读者。就像生活对于我们每一个人的观察和解剖。当然,任何观察和解剖都因事物本身的意义和无意义以及观察者与解剖者的视角,而折射出不同的镜像。而我所观察和解读的旗杆,也仅仅是我眼中的旗杆。

我看到的是,一只麻雀在它身上停下来,又飞走了;一只鸽子在它身上停下来,又飞走了;一只喜鹊在它身上停下来,又飞走了。日暮时分,我还曾看见一只通体乌黑的乌鸦在它身上停下来,它凄惨地叫了几声,也飞走了。不同的鸟类,一样的动作,一样的神情,就像是在向依附在旗杆上的虚拟的神灵,供奉一种来自异域的仪式,而这轻巧的仪式,它们恰恰认为是庄重的。唯一让我不解的是,它们为何要向人类的旗杆,供奉出那么多鸟屎——那些白色的、灰色的、杂色的鸟屎,沾着羽毛的鸟屎,干瘪或湿软的鸟屎,顺着旗杆,滑向人间。

我看到的是,那些聚散无常的云朵,总是喜欢在旗杆的头顶飘过,更有甚者,竟会在它头顶上的那一片小小的天空中稍做停留。有一次骑车路过磨坊,小雨缠缠绵绵的,下个不停,而颜色最浓,储雨最多的两片云彩,一片正不疾不徐地追着我走,另一片则安静地浮在旗杆的顶端。

平原之上的暮色似乎也很愿意贴近这座郊区磨坊,贴近这架陈旧的旗杆。暮色日复一日地贴近它、吞噬它、修饰它,但旗杆那么陈旧，即使牵来整个平原上的暮色以及暮色延展出的广阔，也无法修饰它因衰老而越来越把持不住的肃穆。

我的很多胡思乱想，都是在与旗杆的互为观察中完成的。我渐渐发现，当我以观察者的身份去解读它的时候，它或许也在以自己的视线和方式，去阐释我存在的意义。也就是说，我们在以不同的标准思考彼此——这是我们之间最融洽的联系，也是唯一的联系。

作为驻扎在郊区的两个思想者，我和它是天马行空的仇敌。我们的目光对峙多年，内心却彼此皈依。这是一种十分奇特和绝妙的皈依，我们皆是弱者，却要互为信仰。我已经觉察出来了，有时候，为了让我低头向它认罪，它会向我盘点生活的悲苦，将思想的尖刀插入我的肉体。作为反击，我则会借助异教徒的遭遇，向它历数它所谕指的过错。

事实上，在被众人忽略的郊区，任何一方自身的信仰都是不堪一击的。我的生活和它的命运都已背弃了其最忠贞的信徒。作为自欺欺人的思想富有者，我们其实只拥有用孤独支撑起来的落日和彼此，我们只能把自己的信仰寄托在彼此身上。

我们彼此为镜，它在高处的身份，恰好映照出我在世间的位置。

对一条河流的叙述

我又一次越过了这条河流。在此之前,我曾无数次越过这条河流。

我又一次写到了这条河流。在此之前,我曾无数次写到这条河流。

在我的词典里,即便我未加特指,河流也不是一个空洞的模糊不清的词。就像在古汉语里蹦出的"河",如果未加定语,你的脑中必定会浮现出那一道九曲十八弯的浑浊的水流。在我的词典里,古汉语中的"河"已经被我偷偷置换,它的指向就在我的脚下。

如果你曾来到我所居住的县城,那么你一定看见过这条河流。如果这条河流没有给你留下深刻的印象,那么我可以再现你的所见:它自北向南,从一座县城的腹中穿行而过,在即将与这座挽留不住它的小城告别之时,它内心的悲伤遮蔽了自己的方向感,像一只没头的苍蝇,带着几分悲戚,向左折了一下腰身,一路向东流去。如果站在县城最高处的那座仿古塔的顶端,俯视整座县城和那一段勒在县城肉里的河流,你就会发现,那条河流,其实是县城的一截肠子。

当然,这只是一条河的表象呈现。刨除表象的感受,我试图从故纸堆里去探寻一条河的价值以及来龙去脉，但是所获甚少。这条在鲁南大地上奔跑的河流，流过北部的山区，流过中部的丘陵，也流过南部的平原。如果将时光推回以往，它曾见证一个叫作"鄟"的地方小国的辉煌和毁灭，感受过诗仙李白跋涉到此时已经疲惫不堪的脚踝，看到了本地最后一位老进士被烟熏火燎过的墓碑。孔夫子的那句"逝者如斯夫"对它而言是颠扑不破的真理，流过的它就不回顾，不在意，它还将继续向前流，流过一座县城的喜与悲，流过一条鱼的静与动，流过一个叫作刘星元的普通人简单而乏味的一生。

在对这条河流为数不多的释解文本里，我最喜欢的是本地一位民间学者的观点。在本地，言及这条河，"洳"与"咖"是互用的。本地的那位民间学者认为，"咖"字再现了一条河最为经典的场景，他引导我进入诗经时代或更为久远的时代——我站在久远时代的河岸之上，我的面前，这条河卷着野花和鱼虾，穿过菖蒲或芦苇丛，在蝴蝶和蜻蜓们的目送中向前流去。河那岸，是要与我离别或重逢的人。河面那么广，河水那么浅，我将涉水而过，与她在河水的中央抱头相拥，直至暮色笼罩了四野，直至四野的暮色从不同的方位包拢过来，将我们吞噬。在此之前，河这岸的我需要加大力气张开大嘴，呼唤她水草般动听的名字，我的声音将会借助风，像水漂儿一样向着彼岸前行，在安静的河面荡起层层涟漪。穆先生说，你加大力气张开大嘴呼喊的样子，就叫作"咖"。这位先生还说，能用这样的方式留下名字的河，必是一条大河，一条有故事的大河。

让我疑惑的是，现在，我面前的这条河却并不宽广，并且，这并不宽广的河，还是经过历次拓宽了的。在某一段的桥墩附近，我曾看到过一座斜躺的石碑，石碑被岸上的柳树落下的经年的叶子以及一些杂草遮蔽，很容易被人忽略。拨开那些树叶和杂草，吹掉附在石上的灰尘，石碑露出了它的沧桑。这是一块立于四十多年前的石碑，铭刻着对这段河流的疏浚和拓宽的过程，碑文上提及的名字，大多收录于本地志书中，而他们中的大部分人，已经作古，因此这块石碑好像以一座墓碑的形式，安睡在河流岸边。

于一条经历过大风大浪的河流而言，我对它以上的叙述不过是浮光掠影。而我接下来的叙述，则更为不足一窥。但于我而言，却是关乎这条河流最重要的两条记忆。

第一条记忆与一只黑猫有关。河流岸边的某处所在，有一堆垃圾，市民的生活垃圾常倾倒于此。官方历次整治，效果并不理想，沿河居民苦不堪言。那堆垃圾里常有流浪的动物和其他野物隐藏，它们在此觅食或安睡，我就是在那里撞见了那只黑猫。那是午夜时分，我醉酒回家，踉踉跄跄地行至那堆垃圾附近时，一团黑色的东西猛然蹿出来，吓了我一跳。那团黑东西在不远处的路缘石上站定,与惊魂未定的我形成对峙。那是一只全身通黑的小猫儿,眼睛里泛出蓝莹莹的光亮。月光铺在它静止不动的身上,月光的白衬托出黑猫的黑,仿佛月光只为衬托它而存在。本地传说,猫是河流的守护者,我却怀疑我遇见了河流跳动的心脏。在对峙多时之后,它优雅地回转身子,一步步向着河流走去,偶尔会回一下头,漫不经心地看看我,稳重中带着几分自然,自然中又带着几分神圣,像是某种宗教仪式在招引我。

第二条记忆,我要说到吴伟。吴伟是我儿时的玩伴,我曾在一篇文章里写到他。这条河流其中一支源头经过我们的村庄。对于未经沧桑的少年而言,远方的迷惑终究是无法克服的,河流,无疑又是沟通一个远方与另一个远方最神秘的方式。吴伟是个实干家,他曾沿着河流的轨迹出发,一直向东,沿着河流走了三十多里,走到了远方的镇子上,这件事让他一跃成为我们的英雄。此后的某日,我们和吴伟在这条河流中游泳,站在高处的吴伟向下一冲,光滑的身子就像一条鱼一样钻入水中,再未上来。多少年了,我们偶尔还会提起吴伟,我们都说,这么多年了,那家伙一定游过了镇子,游过了县城,游过了更为宽广的河流。我们说,现在,他一定游到大海了。

没错,这条河流的指向,正是大海。而我们,不过都是一些搁浅的鱼虾。

第五岔道儿的走向

所谓县城，不过是几座村落拼凑而成的更为大一些的村落。只不过，它比村落多了几座楼、几条街而已。

无论怎么说，那条东西走向的街道都是县城最重要的一条动脉。那条街道像根扁担，被一条南北流向的河流担起来。扁担的东侧，是县政府大楼，彰显着东城区的肃穆；扁担的西侧，是五岔路口，显现着西城区的喧嚣。位于西城区的五岔路口，是县城最为喧嚣的所在，小城里最大的购物商场、最老的批发市场、最时髦的高仿品牌店，大多坐落于此。作为一座小城仅有的几处被集体认同的坐标，五岔路口被人们一次次提及，在波澜不惊的生活里，左右着许多人的脚步。

长久以来，我对"五岔"这个命名是有质疑的。站在车水马龙的路口，分明是一条南北道儿和一条东西道儿在交会，分明是一个十字架在延展，分明是四个方位割据而治，分明应该被叫作十字路口，哪里来的"五岔"？

我不是本地土著，少年时代只是在县城的另一角读了三年中学；我不是本地土著，只是在大学毕业后才又回到此处安家落户。因为不是土著，这县城里很多的典故，我其实是陌生的，当我决意在这座小城安顿下来的时候，我开始关注它的每一条街、每一棵木、每一处值得或不值得深究的所在，而五岔路口中的"五岔"是迎面而来的第一条疑问。但我不喜欢别人以一个饱学者的身份对我的疑问立下结论，不喜欢别人强加给我一个空洞的答案，因为那只是他们的县城。我希望能用自己的视线抚摸这座县城，用自己的躯体深入这座县城，用自己的内心感知这座县城。无论如何，想要了解一座城，自己才是最恰当的工具。

事实证明，这件工具是有效的。我很快用自己的脚步弄清楚了，这条路口的确拥有第五岔道儿。当我在一条不知晓名字的小道儿行进的时候，我并未预料到它的指向竟是那条被称之为五岔路口的十字街；当我从那条小道儿走出来与那条被称之为五岔路口的十字街喧嚣的人流交汇的时候，人流中也没有人知晓我内心的欣喜。五岔路口就这样在我无意的脚步中合拢，成为一个密不可分的整体。以胜利者的姿态回顾来路，只见窄小的巷子隐藏于楼宇之间，就像里面只住着两户人家的死胡同，绝不会有人想到曲径通幽、别有洞天。那一刻，我为自己一次次从那条十字路口经过却从未发现第五岔道儿的过失找到了绝妙的借口。

现在，请让我为这条岔道儿正名；现在，让我们走进这第五条岔道儿。第五条岔道儿就位于十字路口向西五六十米的路南方位。以此方位为起点，它一路向西南方向奔爬，直插与县城的喧嚣为邻的城中村。与十字路口的喧嚣相比，岔道儿竟然出奇地安静。岔道儿里行人很少，只有几个五六十岁的半老汉子和婆娘在自家门前支起桌案，以打牌来消磨时光。岔道儿两侧的营生也极富特点，远离商业区的那一侧，坐落着二三十家算命馆，墙上、门上、玻璃窗上，处处张贴着"麻衣神相""指点迷津""加持人生"这样的大字，并且，每个算命馆内都安坐着一位白发老者。以此看来，第五岔道儿可以称得上是"民俗文化"一条街了。毗邻商业区的那一侧，却是另一番景象。这一侧也坐落着二三十家商铺，只不过它们被称之为洗头房。洗头房的墙上、门上、玻璃窗上，也处处张贴着各种大字，那些大字读起来是：红色玫瑰、迷醉人生、夜色撩人……洗头房一律有门帘，帘子一律放下来，透过帘子的缝隙，隐隐约约可以瞥见商铺里的景象：房间里设置简单，能够说得出的家什，似乎仅有一张沙发和一台老式电视机，沙发上坐着一位或者两位女子，她们在用电视剧消磨时光。再往里，是一条浅色布帐，它将不大的商铺分割成两部分，据说，它拦在商铺最里面的家什也非常简单，简单到只有一张简易的床。

　　我曾骑着单车，无数次从第五岔道儿穿行而过，左右两侧每次都呈现出它们的不同侧面给我，但有一个侧面是相同的：两侧的生意都很冷清。

　　但这看似相同的冷清仔细想想其实也是不同的。是商铺总要开张，总有客来，只是客人造访的时间不同而已。民俗街这一侧，客人大多选择白日来访。白日的巷子里，偶尔会看见几辆颜色不一的小汽车或电瓶车杂乱地停放在几家商铺门前。车子的主人从巷子外的喧嚣区而来，他们在人生的路途中遇见了过不去的坎儿，遭逢了解不开的结，来求隐居在此的半仙儿指点迷津。和庙宇的神佛菩萨们相比，或许是因为在宗教界的地位低下，半仙儿们并不高高在上，他们和颜悦色地引导迷途之人坐下，认认真真仔仔细细地倾听来访者内心的不安，像是和蔼的老祖父。老祖父轻轻地和缓地点着头，用满是皱纹的手一会儿捻捻自己的须，一会儿摸摸他们的额，真像是位德高望重的老中医面对百里求医的患者。等到来访者将自己的症状和愿望表达完毕，半仙儿沉吟片刻，这才道出解救或破解之法。为了佐证他的处方是正确的、合理的、出自名门的，他还搬过那一堆泛黄的卦象书，从中抽出一本，手法熟练地翻到某一页，指给来访者阅览。那本书来访者其实是看不懂的，看了也只是求个心安，看完之后，必是千恩万谢，急忙从钱夹里抽出卦金，双手呈到半仙儿面前，然后满面春风地和半仙儿告别，坐上自己的车子，在颠簸之中驾车离开第五岔道儿，汇入巷子外的人流、车流。半仙儿送他们出去，是不会送出门口的，他依然像是老祖父一样和蔼中带着几分自持自重，面对儿孙们的离去，礼节点到为止。

洗头房这一侧,客人大多选择黑夜来访。黑夜里对面民俗街的灯盏依次熄灭,与此同时,洗头房的灯盏依次点亮。洗头房的灯光很有看头,暗红、暗黄、粉红、浅蓝,一路走过去,这些灯光像是喝了点儿小酒,昏昏暗暗地亮着,漫不经心地亮着,安安静静地亮着,让人想起元宵节灯会上光怪陆离、姿态各异的花灯。客人多是四五十岁的中年男子,看衣着,有穿西装的体面人物,也有穿工装的底层小民,洗头房姑娘对他们一视同仁,热热乎乎地将他们引入商铺里,这和喧嚣区里的大多数商家的嫌贫爱富不同。我曾刻意观察过那些客人,发现他们大多都很小心、敏感。驾驶汽车的客人会把车子停放在喧嚣区的地下停车场,徒步而来。骑电瓶车或自行车的客人,则会把车子锁在喧嚣区的某一户商家门前,也是徒步而来。在即将转入第五岔道儿时,客人们会变得愈加小心谨慎,频频巡顾四周,以防发生变故,直至确认一切正常,这才加快脚步,向着闪烁着暧昧灯光的巷子走去。他们前脚刚走进洗头房,洗头房的姑娘后脚就立刻将铺门关闭,原本懒洋洋的灯光便会立刻被黑暗吞噬,四周一片宁静。其实,宁静只是相对的,往大了说,第五岔道儿宁静的对立面是县城的喧嚣区;往小了说,洗头房门口的宁静只是为了衬托铺子的最里面那一场接一场的风暴。极个别的时候,里面的风暴还在进行,外面更为剧烈的一场大风暴已经聚集完毕,大风暴的指向当然是小风暴,我的一位高中同学正是这大风暴中的一员,他在城区的派出所工作,酒桌上,给我们添油加醋地讲述过是如何带着一帮便衣摸入第五岔道儿,如何将洗头房砸门而入,如何将一场小风暴扑灭在洗头房的床铺上。我的高中同学讲到兴奋处又喝了一大口啤酒,他笑嘻嘻地环视我们一圈,说有一次他还遇见一个人,那个人我们都认识。至于是谁,他不说。

第五岔道儿里的半仙儿都是本地人,商铺也都是自己的产业,说起方言来,敦敦实实落地有声。洗头房里的姑娘们的商铺是租来的,她们都是外地口音,说起话来,飘飘荡荡甜甜腻腻,听得人骨头发软。以职业论,以年龄论,以籍贯论,以语言论,半仙儿老者和洗头房的姑娘似乎都可视为一对矛盾,再不济,也应该是各过各的,各活各的,不相往来,但实际却并非如此。第五岔道儿的夏日黄昏,大家都有空儿的时候,你常会看到他们各自坐在自己的商铺门前乘凉。坐在自己的商铺门前,看似是一种隔离和对峙,其实不是,走近了,你能听见他们在闲聊。有时候是半仙儿在讲本地掌故,对面竟听得津津有味;有时候是姑娘在诉说自己的家乡,对面也能听得潸然泪下。

后来打听到,我小学三年级的语文老师竟也住在"民俗街",竟也做了一名半仙儿。初听消息有些诧异,后来就释解了:可不是嘛,我许多年前就知道他家住在遥远而神秘的县城,他教学之余确实是喜欢在办公室里看一些古怪的旧书。我曾数次去拜访这位恩师，忘了是哪一次了，他竟提到了对面洗头房里的姑娘。他说那姑娘命真苦，他说她父亲死得早，他说她母亲改嫁了，他说她得养活自己的爷爷奶奶，他说她得供自己的弟弟上大学，他说她爱上了她的一位客人，他说那位客人给了她诸多承诺，他说她被那些承诺感动了，他说她拿出自己的很多积蓄给那位客人，他说那位客人最终消失了。他说，她是一位好姑娘。恩师口中关于这姑娘的故事，一点儿都不新鲜，我读过的那些烂小说里，这样刻意引人流泪的段落比比皆是，我对恩师讲的这个姑娘报以同情的态度，虽然不置可否。但有一件事，要让我在心里置一声可否了——那天早晨，我骑着单车穿过第五岔道儿，正好遇见恩师口中的那个姑娘，她竟然微笑着对我说了句，早上好。那天早晨的确很好，阳光明亮地铺在岔道儿颠簸的路面上，阳光明亮地裹在我的身上，阳光就像是一个没有交集的人的一声问好，阳光透过问好飘进了心里。我在心里不停地想，一个向早晨问好的人，一个向早晨的陌生人问好的人，应该是个好人。即便，即便她的故事都是虚构的。

  很久之后，我又路过第五岔道儿，发现恩师对门的洗头房改了名字换了门面，往里瞥了一眼，先前的那个姑娘已不知去向，而坐在里面的姑娘，有一张陌生的脸。按恩师的话，我猜想，这也是一位好姑娘，不知被哪阵邪恶的风，吹到了这个地方。

县城里的三个诗人

整座县城只住着三个诗人。他们一个叫作齐贞,一个叫作鲁甲,最邋遢的那一个叫作刘星元。他们是一群诗歌的奴仆、人间的疯子和精神病患者。

他们很少正面示人。更多的时候,人们看到的是他们的身影。他们躲在一盏灯的下面,与一张椅子、一张桌子保持着某种平衡。灯光微而不弱,像神灵般笼罩着它的信徒,像火焰般抚摸着它的信徒。有时候,灯光也会像纷纷下落的尘埃,它穿过他们的身体,并以他们为模型,把他们的轮廓复制在地板上。地板上的身影,拉长、扭曲,像一幅抽象主义的不朽画作,在潦倒不堪的酗酒画家手中诞生,又迅速夭折于画家呕吐出的酒精。

桌子上平放着一张白纸。白纸上,汉字被一种神秘的力量组合在一起。那些原本自卑、颓废的汉字,因为这样的排列而饱满起来。它们仰着头,像一只只螳螂,摩擦着自己的刀锋。其实,那是一首未完成的残诗,它最精彩的部分还藏在生活里,等着他们提着思想的灯盏,与它相遇。事实上,这三个人穷得连一盏思想之灯都买不起了。他们的灵魂在伸手不见五指的黑暗中穿行,黑暗把他们也涂抹成了黑色,让他们迷失在无尽的黑洞里。

这注定是一首永难完成的诗篇。余下的日子里，他们终将一一离去，不知所终。那张白纸以及那纸上被排列成出征军队的文字，将会被永远地拦截在那里，与桌子，与椅子，与灯光，与尘埃，一起老下去。它们将会在时光里泛出越来越浓的黄色，它们组成的军队在永远保持着冲锋姿态的气焰中化为尘土，被风发表到世界上的每个角落。而人类的书籍上，那些原本应该被齐贞、鲁甲和刘星元占据的位置，将会有他人补上。要说占据，这三个被人遗忘的妄想者，也只能占据墙上的一张相框和大地上的一座墓碑。

这只是我安排文字出演的一小段倒叙。事实上，他们三人都还没有写下那首残诗。在我写下这些文字的时候，他们还像一个没有任何规则可言的三角形一样，隐藏在这座不大不小的县城里，隐藏在县城的夜晚。

齐贞住在城西。那是老城区，在时光的发酵中，时常会折射出腐败、溃烂的气息。齐贞将自己埋入一块块被叫作书籍的砖头里。砖头深处，道路纵横交错、曲径幽深，以他为起点，一直延伸到他的目光无法触及的远方。在砖头里，一路向西，他会遇见名字叫作马尔克斯、福克纳、艾洛特、乔伊斯、博尔赫斯的农夫，并向他们问路；他会和那个叫作荷马、托尔斯泰或者雨果的固执的老头儿，陷入莫名其妙的争论；他会与被叫作歌德、席勒或茨威格的绅士并排站在多瑙河的秋天里，等待黄昏的降临。有时候，他也会向东走，在想爱上春天的时候，就随那个叫作屈原的贵族子弟，去辨识大地上的那些花花草草；在想做梦的时候，就怂恿那个叫作庄周的落魄书生，一同去做化蝶游戏；在什么都懒得想懒得做的时候，就蹲在一个古老王朝的图书馆里，看着那个叫作李耳的图书管理员慢慢老去。砖头里还有一处叫作"北平原"的所在，他将一次次抵达那里，去探寻祖先、姓氏、生存、死亡以及山川、河流的来源和去向。

鲁甲住在城东。那是新城区，占据着报纸最为光鲜的版面和电视最为虚假的时段。除了诗人、小公务员，他的另一层身份是小偷。他是一个野心勃勃的盗贼，在成功偷过了小城的褶皱和时光的片羽之后，将目光瞄向了距离县城西北二十里外的安乐庄。那个轻飘飘的村子，住着他摆脱了时光的父亲和仍受时光折磨的母亲，住着一个始终长不大的灰孩子。他们镇守着村庄，让鲁甲在白日里无从下手。只有到了夜晚，趁着镇守者因沉睡而松懈的空隙，他才拿起那支被称之为笔的作案工具，一个人潜回安乐庄。他先是一点点地偷，前晚偷一草一木，昨晚就偷一砖一瓦。后来，他偷上了瘾，偷大了胆，就大批大批地偷——今晚他偷走了一座院子，明晚他打算偷走一座水库。安乐庄在他的阴谋的覆盖下，被源源不断地运往县城，运入他县城的房子里，运到他的笔下和纸上。但他依然不敢松懈，他得继续争分夺秒，他害怕村庄里流传已久的神话提前实现，害怕神话里的仙人在他未能完成偷盗大业之前，将这座村庄放入鸟笼作为宠物豢养，害怕仙人提着鸟笼乘风踏云，飞向他方。

刘星元住在城北。城北是一个几乎不存在的地方。我是说，它在这座县城的地位，约等于无。这个住在城北的半吊子诗人，除了写下了一些不痛不痒的文字，实在没有什么值得肯定的。除了那些劣质的诗篇，如果非要去介绍他，也应该是在许多年之后了。许多年后，后人将写下以下文字，作为他的墓志铭：他教了半辈子书，打过二十三个学生，他死的时候，只有这二十三个学生怀着恨意来到城北，参加了他的葬礼，为他盖棺定论。他教过的其他三百多名学生，如今都散布在这座县城的东西南北各个方位，他们今生的使命之一，就是负责把他遗忘。

截至目前，这三个混迹于县城的诗歌的奴仆、人间的疯子和精神病患者，他们都还活在人世。偶尔，他们会在县城里的小酒馆、大排档或者其他某个角落相遇——齐贞遇见了鲁甲，鲁甲遇见了刘星元，或者刘星元遇见了齐贞。像落难的胞兄胞弟，他们的眼里又重新被彼此点燃起灯火。他们只喝酒，不谈诗。他们把一座城的悲伤和颓废均分到各自的胃里，等它燃烧，等它冷却。

更多的时候，他们就散落在这座县城的某处，如微尘一般偶尔随风飘动，"偶尔"之外的时间，便守住自己的那个小角落，如顽石般静止不动。如果爬上县城中心的那座小山丘，如果爬上小山丘中心的那座塔，如果站在塔的最高处往下看，如果没有雾霾遮蔽，不大的县城就可尽收眼底。

俯瞰之下，县城就像一本铺展开来的没落史诗，街道和房屋就是它的行、它的句、它的章，而这三个隐藏其中的诗人，就是三个毫不起眼儿的汉字或标点。

作为汉字和标点，他们实在不足为诗。

作为汉字和标点，他们本身就属于诗。

火车停止了奔跑

火车停止了奔跑。不是戛然而止，而是依次地慢下来。就好像一条渐次接近死亡的毛毛虫，它用越来越微弱的力量，想要带着自己的命逃窜，却在逃窜的途中用尽了力气。它爬行的速度越来越慢，摆动的幅度越来越小，终于，爬不动了。它的触角和身体都在慢慢变得僵硬，僵硬的它像一条黑色的枯枝，横陈于大地之上。

火车一停下，车厢内的人群就骚动了起来。从远处看，透过密集的小格子车窗，车厢内那骚动的人群，就像是依附在庞大的毛毛虫身体内的细菌和虫子，他们在它的体内活泛了起来。有人从睡梦中醒来，开始闲聊；有人从座位上站起来，活动了几下筋骨；也有人带着行李穿过人群和车厢，一个人默默地走下火车，走下站台。而我往往就是那个默默地走下火车的人。

这是一座坐落于县城西北方向的小站，被县城用手拢了一下，但并未完全陷入县城的躯体内。就像是一个人身上的黑痣，它依附于人，却又独立于人。因为依附于大村落似的县城，上车的人少，下车的人也少，以至于显得冷清。月光明亮，那些明亮的月光，不动声色地撒在车站的办公楼上，撒在站台上，撒在停下来的火车上，把这些物件一一擦亮，并让人记住了它的慷慨和野心。月光撒向铁轨上却不是这样——铁轨依附且平行于大地，不断地沿着大地的脊背延展，月光那么软，铁轨那么硬，月光捶打在铁轨上，却像是捶打在软绵绵的棉花上一样，那些玉质的光华，被铁轨吸进了身体，再不释放出来，以至于火车与铁轨相交处最近的那一层虚空里，构成了一种浓密的黑。你无法理解，我是多么喜欢那一种在任意一处所在都无法捕捉到的黑。

那种黑最初来源于电影，乡下的露天电影。多皱且陈旧的幕布之上，一列火车喷着蒸汽，从我的眼前驶过。火车向着远方行驶，只留给我一个模模糊糊的背影。火车的背影沿着铁轨跑动着，它的背影越来越小，越来越模糊。整个过程，唯一不模糊的，就是火车与铁轨相交处，那一层无限浓密的黑。我的目光盯着它，盯着它将火车赶向了远方，盯着它安静地浮在没有火车的铁轨上。它是那样神秘,它的神秘,将我眼睛里欢悦或忧伤的那些小光亮,一点点吞噬了进去。

梦里,那列火车在一次次飞驰,咔嚓咔嚓,就像是压碎月光而发出的声音。火车一次次经过我,火车经过了我,却没有停下来。天地之间,只有一条铁轨横在那里,横向远方;铁轨旁边,只有一个人孤独地站在那里,望向远方。脑里心里,只有那咔嚓咔嚓的声音还在不断传来。

腊月的最后几天,邻居家的三叔回来了。三叔在甘肃当兵,一年也只能回来一次。我不喜欢他扬着脖子时的那一副趾高气扬的样子,不喜欢他与亲友们交谈时使用的时髦的普通话,不喜欢他在故事里一次次把自己刻画成一个世间少有的英雄。但我必须承认,纵然有那么多的不喜欢,我还是很喜欢他。因为,我喜欢他给我们讲火车上的一些趣事、奇闻,尽管这些故事真假难辨;因为,我喜欢他刚回来时那一路的疲惫样儿,那样子告诉我他确实是乘坐火车回来的。

三叔给我讲过关于火车的什么,我都已经忘记了。没有忘记的是三叔的承诺。三叔说,等我稍微再长高一点儿,也带我去坐一次火车。没有哪个少年能够抵挡住这样美好的诱惑,对于三叔的话,我的确是当真了。"再长高一点儿就能坐上火车"这样一个荒谬的句子在我的心里发酵、冲撞,像一种更为原始的性欲,挑逗着我的少年时代。为了长高,我在学校的单杠上不断拉伸自己的身体，在深秋的河水里不断摆动自己的四肢，我甚至听信了本地由来已久的传说，一次次站到后院的那棵老椿树下。我抚摸着椿树一遍遍默念：椿树王，椿树王，你长粗来我长长，你长粗来好做梁，我长长来穿衣裳。

三叔最终也没能兑现他随口说出的承诺。第二年秋天，部队上来的人敲响了他家的院门。他们给三叔的家人带回来一张烈士证明书和一套三叔崭新的军装。军装上金属的纽扣在阳光的摩擦中，亮出了耀眼的光芒，晃得人眼晕，心疼。在此之前，没人会想到，三叔最后一次坐着火车回乡，竟是以这样的方式。

我坐上梦寐以求的火车，已经是好几年之后的事情了。那时候正是火车的旺季，人多。我怀着兴奋中略带些忐忑的心情走进县城的火车站，走上站台，在一群人的推推嚷嚷中挤进了车厢。没有座位，但这丝毫不能消减我内心的兴奋。我的兴奋无处宣泄，只能由着一双米粒大小的眼珠儿左顾右盼。我要去的城市叫作济宁，是盛产圣人的地方，我总觉得，此一去，不混个圣人当当，也该混个贤人做做。结果是，余下的几年，那座城市以大学的名义挥霍了我的三年青春，只抛给我一张单薄的毕业证书，就把我给打发了。于是，我又回到了本地的这座小县城，并在此定居了下来。

县城是安分的，它更适合收容一个人的下半生——它擅长用这份安分消磨一个人的野心，宽慰一个人受伤的身体。对于一个生性散淡的人而言，它的安分，于我再贴切不过。我慢慢爱上了这种日复一日波澜不惊的生活，只是偶尔才会在心头蹦出一点儿不甘。这种不甘是微小的，无足轻重的，它无力改变什么，顶多是打搅了一个人淡泊的心境，来一次王子猷式的出走。当然，来去之间，最贴心贴肺的依然是火车。缓慢地向前推进的火车，于我，有一种天然的无可修饰的复古的美。而这种美，其他交通工具是没有的。

已经是绿皮火车的没落时代了，何况是一条边缘线路。沿途上车的人不多，下车的人也不多，车厢里空荡荡的，反而少了一些喧闹的干扰。这样的空，映照在心里，却是满满的富足。

我一次次把县城郊区的火车站作为始发地，一次次把火车上靠窗的座位视为路途中的不二位置。铁轨铺在大地的稍高处，而缓慢行进的火车又高于铁轨。窗外，远处，是我生活的小城。当我以这样恰到好处的高度和速度去审视一座收容自己躯体的县城的时候，它原本的熟悉渐渐消退，直至到达一种似是而非的状态。天知道我为何会如此喜爱这种微微隔膜出来的感觉，就像是一种还未彻底绽放的花朵隐约散发出的味道，我的心时常会浮起淡淡的甘美。车窗之外，我甚至隐约可以看到我生活的那个区域，它刚好出现在我背离这个城市的方位，火车一旦开动，我就只能回头看它，看着它离我越来越远。于是，像病源的转移，它由我的视线，转移到我的心里，随我踏上又一段略带颠簸的旅途。总是这样,刚刚出发,我就开始怀念。

每一次旅途都将预示着归途。一次一次,我从一座小县城的火车站出发,随着火车跑起来;一次一次,我又将目的地设置成那座小县城的火车站,安心地等待那列火车慢慢地停下来,伏在大地之上,如一只僵死的虫。像一粒微小的细菌,我又从那只死去的虫子的身体里爬了出来,潜伏到这座县城的某个角落。

那场戏刚刚落幕

买这个怎么样?要不买这个?最后他说,你总得买点儿什么吧?

看见我摇头,他眼睛里闪烁着的微弱的光渐渐熄灭了。他问,有烟吗?他问,有火吗?沂蒙山牌的香烟在他嘴里燃起来后,他就一言不发了。他叼着我递给他的烟,干起了自己的活儿——柳编的物件就放置在水泥地面上,水泥地面和物件之间,铺了一层皱巴巴的篷布。柳编的小筐,柳编的簸箕,柳编的花瓶,杂乱地摆在那里,等人问价。他坐在摊子边角处的路缘石上,低着头,一心一意编制手中的簸箩。他的手上,柳条儿白生生里带着油光,软绵绵里透着韧劲,它们像是一群高妙的舞娘,在他的手轻巧的弹动中,忽而向前,忽而向后,忽而向左,忽而向右,最后一段段地被排列在初成形的物件之上……

县城西郊的农贸市场里人来人往,我视而不见。我的目的单一、固执,只是想验证坐在我面前的这个人,是不是我长久以来所要追寻的那个人。就在昨天,路过这里的时候,同行的一位从文化部门退休的长者提醒我注意这个人。长者以无限惋惜的口吻叫出了他的名字,他的名字就在我脑中延展开来,搭成了一座时光之桥。

坐在我面前的这个人,腹微凸,背微驼,脸上像干涸的河床纵横交错,显得邋遢、苍老。我不相信他就是那个名字被印在本地志书里的人,不相信就是那个二十年前草台戏班里的名角儿,不相信就是那个甩着水袖就能把人的眼甩花、人的心搅乱的人。从他身上,我看不到一丝那个与他同名同姓者的神韵。

那个与他同名同姓的人,在本地的戏曲史上,绝对是个人物。倘若再将意义缩小一点儿,他的重要性依旧可以寻到落脚之处——在我少年时代的心里,县城这个概念的所指就是他,而他就是一整座县城。

当他还是个人物的时候,他的身份是本县最后一支草台戏班的台柱子。他唱的是花旦,最拿手的是《贵妃醉酒》。那场戏,我是从一个放映片中看到的。屏幕上,劣质的雪花夹杂着嗤嗤的声音纷纷扬扬舞了起来,纷纷雪花里,慵懒地站着一位盛装华服的贵妇人,在酒精和妒意的发酵中,贵妇人眼眸微闭,低沉沉地唱了起来。那时尚小,听不懂唱什么,只是惊异于屏幕上这个袅袅飘动的女子,她的身段是那么柔软,声音是那么连绵,就像是村前的流水,流起来的时候始终那么轻,始终流不尽。因此,当长辈们说这个表演者其实是个男人的时候,我在很长一段时间里是不相信的。

饰演唐明皇的那个人,我倒是一眼就看出来了。纵然穿戴着男性帝王的装束,纵然唱出了男性的腔调,也难以掩饰那装束之下纤细的腰肢,脸庞之上俊俏的眉眼,以及刻意压出的粗犷的声音里柔软的女腔。

屏幕上的那两个人站在一起,唱在一起,总是会让人想起"珠联璧合"这个词。确实是这样的,在长辈们边品边评的闲聊里,我听出来这确实是一对处于热恋中的神仙伴侣。显然,观众对他们俩恋人的关系是认可的。他们认为,再没有比这两个人放在一起更为合适的了:一个男扮女、一个女扮男,一个柔弱、一个英武,一个知音、一个懂律,他们不在一起,真是天理难容。

仿佛是一夜之间的事,草台戏班说不行就不行了,有本事的人各找出路,没本事的人看着别人找出路。本地一位领导恰在此时高升到邻市任职,他走的时候,顺便带走了女扮男相的"唐明皇"。听闻此事的乡党们,不禁在心里感到惋惜。当然,这些惋惜像一阵风吹过后又吹向远方,日子决不会因风而变。

变的是他。先前提到的那位从文化部门退休的长者，曾向我讲述过这段经历。长者说，恋人离去之后，"杨贵妃"从此在本地的戏曲界中消失，再难循迹。他的离去具有一种落日般的悲剧感，他最后的那场演出便是明证。依然是《贵妃醉酒》，但并不是华服出场，但却恰恰应了"醉酒"二字。那一日，晚上，月光满天满地，须发凌乱、醉意蒙眬的他不知从哪里摇摇晃晃地踱到了县城的广场上。他旁若无人地迎着那轮圆月沉默地看了良久，看了良久圆月的他竟然喉咙一响，唱了起来。先是低低地含糊不清地唱，继而又高高地撕心裂肺地唱。他唱起来无章无句，不给自己留下任何喘息的机会。他唱的是："见玉兔／玉兔又早东升／那冰轮离海岛／乾坤分外明／皓月当空／恰便似嫦娥离月宫／奴似嫦娥离月宫／好一似嫦娥下九重／清清冷落在广寒宫……"终于，他被自己这不换气的唱法憋倒在那里，昏死了过去。从此，他在本县的踪迹消逝于无——就像这些年在这座县城里消失的那些建筑、物件和手艺。

多少年后观看电影《霸王别姬》。电影里，程蝶衣在历尽沧桑之后又一次与同样历尽沧桑的师兄段小楼同台，程蝶衣扮演的虞姬唱罢最后一句、最后一字，从段小楼饰演的霸王的腰中抽出了那把剑，接下来，观众们都在心中暗想："她"就要饰演"虞姬自刎"的桥段了。而令人们想不到的是，那是一把真正的剑，那是"她"曾送给"霸王"的一把带有悲剧意义的宝剑。"她"死了，死在戏里，也死在戏外。舞台上，"她"的"霸王"，"她"的师兄，终于紧紧地抱住了"她"。幕，落了下来。

多少年来沉浸于程蝶衣的恩怨情仇之中，我的眼前常常浮现的却是他的身影。而此刻，我却觉得这种联想是荒谬的，没有道理的。程蝶衣和他，终究是不一样的。于观众而言，程蝶衣是戏中人，观众不过是看到了"她"的生生死死、哀哀戚戚。而对程蝶衣而言，"她"却将别人的故事认作了自己的命运，这戏中的戏，像洋葱，一层层被剥开，深入。最终，"她"将自己囚入了戏中戏的躯体里。

而他呢？他抛弃了戏和戏中人，用接近二十年的时光，活成了我面前的这个人。我有些失望：我宁愿我的偶像像扑火的飞蛾，在火中覆灭，也不愿意他慢慢老去，慢慢死去，慢慢变得平庸。我又有些欣慰：他还活着，带着我少年时代的诸多记忆，像一个亡命天涯的人，用自己的余生，保留下最后的火种。更多的时候，我的脑中没有只言片语，只留下一座戏台，他无比慵懒地唱完最后一个词，贵妇人般斜卧在戏台上，让世界陷于无声。

在无声的世界里，万物静止，只有幕布落下。隔了近二十年的时光，幕布终于落了下来。

谁在人群中喊了一声

当我身处人群之中的时候,究竟是同样站在人群中的谁突兀地喊了一声?

地点是一条路与另一条路的交会处。像一种魔术,两条普通的道路以垂直交会的方式经历短暂的相遇之后,便各自向着不同的方向继续延展,以交会点为中心,道路借用倍数的名义增加,让简单的规律忽然变得复杂起来,也让每个人接下来的选择变得玄妙和不确定起来。在这里,有的人将在人群中就此转道,向左或者向右,进入新的人群;也有人将会从左右两个方向走来,进入直行的人群,向着新的前方迈开脚步。作为一种松散的集体形式,除了单个的因子产生了换位,就整体而言,人群的数量似乎并没有减少,也似乎并没有增加。

时间是暮晚时分。也可能还要更早一点儿。我们的头顶之上,阴而不雨的天空被乌云塞得满满当当,不知道它们之中的哪一朵将会被率先挤出来,以闪电和雷鸣的愤怒,抱怨着同类的排拒,发泄着内心的不满。总是这样——灰蒙蒙的天空,掩盖着我们对时间的日常把握,让我们对自然时间的准确刻度产生了偏差,天气湿滑,我们的心理倾向也跟着滑动,提前对时间进行了某种我们未能察觉的加速度处理。

那时候，我正在低头赶路，我的脚沿着柏油路，沿着指向线，沿着人群中其他人的脚步，机械地向前驱动着，叫卖声、劲歌声、拆迁声、汽车喇叭声、政府宣传车里传来的公告声……各种声音或此起彼伏，或组合交响，我们时而被这嘈杂的波浪吞没，时而又被它吐了出来。

就在这时候，毫无防备地，喊声从一直都在沉默的人群中炸了出来。

那喊声就像是一尾鱼从平静的湖心一跃而起，在低矮的空中甩了一下尾，转了一个身，又迅速俯冲进了水里，把自己隐藏了起来。肇事者已经无迹可寻，可它的痕迹却留了下来，水纹沿着圆圈，一圈圈向外荡去，整个水域便都荡漾了起来。那喊声就像是一枚小小的蝴蝶百无聊赖地扇了扇翅膀，便生起了近乎于无的风，风在万物的助力下不断铺排、延展，吸纳着所过之处的能量，最后在数千里之遥摇身一变，幻化为一场摧枯拉朽的龙卷风。那喊声就像刚在街头上发生的一起交通事故：两辆正常行驶的小汽车被突然冲出的电瓶车晃了一下，电瓶车迅速驶离，两辆同时选择躲避电瓶车的小汽车却来了一次亲密接触。电瓶车已经没有了踪迹，两辆小汽车却还要完成协商、理赔、修补的后续程序，仅仅"协商"两个字，就会将更多的车与人堵在这一截道路上，每个路过的人都会因这偶然而或多或少地改变着自己命运的轨迹。

然而，面对这些后续的影响，那名肇事人——喊声的持有者，他却已无影无踪了。喊完之后，他把自己藏了起来，藏在人群之中继续赶路。人群中，少数几个匆匆赶路的人因这声音错愕地抬起头来，寻找着声音的来源，然而这只是徒劳之举。

那个喊出声后又把自己隐藏起来的人，他为什么要喊呢？

或许是遇见了多年未见的熟人？半生故交皆作古，梦醒子然是此身——或许是因为孤苦伶仃半生的他，遇见了此生中某个极为重要的人了吧。最好是老情人——年轻的时候，因为一些无法言说的因素，他抛弃了她，虽然同居一城，但因为愧疚，他选择了刻意躲避，因为刻意躲避，他切断了与她的任何关系、任何联系，也切断了回顾往事的途径。现在他已中年，甚至老年，年轻已然不在，生活却还在不断加压，隔着那么长的岁月，那些刻意排拒的情愫，愈发清晰了起来。有些梦境开始夜夜将他拉入时间的渊薮，他如溺水者，想爬上岸来自救，又执迷于那深水中的诱惑，在诱惑里，他贴近了自己的年轻。而在现实生活中突然间出现在眼前的她，无疑是他与过往世界的唯一联系，是一根拯救他的稻草。蓦然相见，他激动地喊了一声，无法自持地喊了一声。然而，喊声刚脱口，他就开始后悔了：他老了，他不想让她看到自己现在的样子；她也老了，她肯定也不想让他看见自己现在的样子。不管经历何种恩怨纠结，他们只配、只应、只适合活在以前，活在彼此的记忆中，多少年了，在现实生活之中,他们彼此都没有为对方预留下一个合适的位置。如此,他便只好选择沉默——即便那一刻内心正涌动着翻天巨浪,最后也终将慢慢地自我平息。

或许是遇见了踏破铁鞋无觅处的仇人。是杀父之仇还是夺妻之恨?多少年了,从一个城市到另一个城市,从一个地点到另一个地点,他寻找着仇人的影踪,蛛丝和马迹却像时光的合谋者,与许多旧事和旧物一样,它们出现的频率越来越低,迹象也越来越散乱。近些年,对于复仇,他甚至已经不再抱有幻想,这个词,它只是一种支撑他活下去的信念,至于是不是能实现,他没有丝毫信心。甚至,他已经不愿意去实现了——作为信念,只有挂在高处,它才能给人以力量,一旦变现,这些年支撑起的空中楼阁就会倒塌,像一名富翁失去了所有的资产,他也将变得一无所有。当然,他也不打算与仇人以及时光和解。这么深的仇恨,这么久远的岁月,已经不容他把一些东西心平气和地解决了。他想,那么,就这么维持下去吧,就这么存在下去吧。然而,在人群中,在多少年后他终于发现了仇人身影的时候,他还是忍不住喊了一声,当他喊出声音之后,他就已经后悔了,不是怕打草惊蛇,而是怕支撑他的信念就此坍塌。于是,他最后选择了隐藏,选择了沉默——他就当没有看见那个人,任那个人匆匆消失于人流之中,直到看不见了。他就当仇人还没有出现,他重整旗鼓,即将要再去寻找仇人,开始新一轮的复仇之旅。

那声音也或许来自我自己,只是我不愿意承认而已。你知道的,我身体里一直藏着两个我。或许就是其中一个我没与另一个我商量,擅自做主地喊了一声。

喊出声音的或许是那个少年的我:是莽撞而自卑的少年,无论是在学校还是家庭中,都以主角的名义被排斥在可有可无的边缘位置,多少年了,时光轻易溜走,阴影却始终占据着己身,家长的唠叨、老师的辱骂、同学的嘲讽以及文山题海的埋葬,压得我无法喘息,我需要一个机会表达,倾吐自己对于世界对于生活的不满,但我的胆怯和自卑又牢牢掐着我的喉咙,让我无法叫喊。这一次,是我身体里莽撞的部分占了上风,隔了十多年,我于失控中喊了出来。没想到,突兀的喊声把我自己吓了一跳,于是我迅速闭上了嘴,装作若无其事的样子。毕竟,我的另一部分性格反应过来后,绝不允许我做出这么出格的行径。

喊出声音的或许是那个日渐麻木的我:我在位于鲁南的这座县城里生活了十数年,我知道,我还将继续在此生活下去。籍贯同在此城,身体却已飞到大洋彼岸的作家王鼎钧先生说,故乡是祖先流浪的最后一站。我认同这个观点,并且相信,这座县城将会成为我儿子的故乡,但却不是我的。在这座小县城里生活,于那些沙砾般琐碎的生活或顺从或抵触的摩擦中,我渐渐呈现出一种麻木的状态，浑浑噩噩，日复一日。即便如此，我仍于某些个瞬间透过生活的镜像，提前预知乃至预支了自己的衰老，感知到一个人因某种缺失而促生出的矛盾与渴求。借助这些蹩脚的文字，我检测到自身的衰弱、缺失、矛盾与渴求在不断延伸，让我既焦虑不安，又无可奈何。或许，那一声喊，只是那个日渐麻木的我在毫无征兆的情况下，做出的一种拯救自我的尝试。显然，我失败了，失败到连我自己都不敢当面承认，我就是那喊声的来源。

也或许，只是一个无聊的人，无聊到他只是想单纯地喊一声。

其实我知道，每个与我相向而行或擦肩而过的人，都有可能是这喊声的持有人和所有者。在这样一座藩篱遍布、人情淡薄的小城，我们每个人都在按照自己的轨迹或他人的指令，小心地活着，麻木地活着，努力地活着，可人毕竟不是机器，至少，不全是机器，这其中的一小部分人的一生中，总会有那么一两次抬头看天的机会、低头思考的机会，迟疑的机会、抵触的机会——一旦被他们识破了"我们为什么要活着"，总会有一些与平时截然不同的声音被创造出来。尽管，这声音或许是无效的：于己无益，也不能影响他人。

因为这喊声，我暂时停顿了几秒钟。我侧头问与我并行的陌生人，问她是否听到了那喊声。问完之后才打量她：她是个时尚女子，二十七八岁的样子，穿着颜色靓丽的衣衫，衣衫上氤氲着呛人的香水味儿，渲染得这个闷热的傍晚更为闷热。女子顿了一下，继而以摇头示意我，并配之以警惕的表情。哦，是我唐突了，唐突到她一定以为这是一种蹩脚的搭讪方式。她继续向前走去，我却因暂时的停顿被旁边的人赶超了过去，被后面低头走路的人撞到了后背——作为对不守规则者的惩戒，我得到了背后之人的两句骂声。

尽管如此，我还是被那最初的突兀喊声搅动得心情激荡，由此延伸出的想象和思考变得愈加荒诞起来。

最荒诞的那个想法是，我甚至觉得，这一声喊，并非来自现场，而是来自历史，来自远方，来自内心不灭的灯盏以及对灯盏的向往。我是说，那喊声，可能来自屈原、来自鲍照、来自杜甫，来自狄金森、来自曼德尔施塔姆、来自博尔赫斯……他们，或者他们中的某一位，只是在向着人群中的我一个人喊，不关乎其他人。他或者他们，只是于这死气沉沉的嘈杂中，用一声破空之音，隐晦地道出了自己如何能受困于文字、并于文字的燃烧中涅槃的密语。遗憾的是，这些天才，他们高估了我——我行动迟钝，思想陈腐，文笔生锈，梦想已经是很遥远的事情了。假如真是这样，我想我的选择将是装聋作哑，因为我羞于承认现在的自己。

这声喊本身就是一种矛盾的混合体。从喊声的高度上分析，这一声喊好像压抑已久，它是一种不屈服的呐喊，是燎原前的星星之火,既有燃烧别人的企图,也有焚尽自己的意向;从喊声的音色上判断,这一声喊又好像是一个气鼓鼓的皮球泄气时尖利的声响,它正以破损的方式,表达自己的恐惧和绝望。

一声喊叫在人群中炸开——于整个生活而言,毕竟只是一段无关痛痒的插曲,即便那些被惊动的人,也没有谁会将此视为哪怕是一天、一时甚至一刻的主题。至于那些没有被惊动的人,他们的生活更加简单,他们将继续向着既定的方向走去。而我,或许只是上帝走神时暂时遗漏的一粒杂质,趁着他尚未回过神来,我会迅速将头脑中那些不合时宜的想法清零,紧走几步赶上前面的人群,与他们融为一体。

世界空旷而无边,这一声突兀的喊叫,最终也会消融于周而复始的生活中,它与我们以及我们的生活,似乎本就没有任何关系。

去往火葬场的路上

我又看见了那辆车。

那辆白色的"全顺"高大、宽阔,像一匹飘忽不定的骏马,在县城坑洼不平的街道上扬起一串灰尘向前驶去,在前方道路的某个分岔口一转就不见了踪迹,只留下我还站在扬起的灰尘之中,只留下空空的街道还在等着尘埃落定。

第一次遇见那辆车，是在族中一位旁支叔祖的葬礼上。那辆车从远方风尘仆仆地赶来，在院门前停下。从车上跳下来的那两个工人，与旁支叔祖的儿子们照面打了个招呼，就像货物一般将旁支叔祖的躯体装进了一个宽大的塑料袋里，手脚麻利地把装有旁支叔祖躯体的塑料袋抬上车，然后绝尘而去，只留下身穿孝服的孝子贤孙白花花一片铺在地上，久久不起。那辆车再回来时，旁支叔祖的躯体没有了，交换他的是一抔被焚烧过的灰土，它被小心而郑重地装在一个小方盒子里，像一团现形了的空气，轻微到一个人就可以轻易地捧起。当然，只有一个人有资格捧起这抔土，那个人是我的旁支大伯，他是旁支叔祖的长子。

没错，那辆车的目的地，正是火葬场。

我们这座县城的火葬场，位于城区的东南方位，和近处的县城并不接壤，与远处的村庄也稍有距离。作为一种特殊的存在，它大概是这座县城的居民最不愿意提及的地方。作为一种高级生物，人总是对死亡充满着畏忌，非到万不得已，绝不与之构成某种联系。爱屋及乌，与死亡相互牵连的东西，人们也都是选择避让。譬如那辆殡仪车，以我的观察，殡仪车在马路上行驶，其他车辆要不就是加快速度远远地甩开它，要不就是减缓速度尽量避开它。一辆殡仪车就像是一座磁场，本着同性相斥的原则，当行人与它相逢，人体以意识的形式转化为动作的形式，从而以社会学诠释出物理学的内涵。与殡仪车相比较，火葬场应该可以称得上是更为巨大的磁场，它所放射出的磁性，范围应该更广阔。事实正是如此，我用仅有的几次与火葬场的相遇，印证了自己的推想。我再来重复一次我的所见：县城主干道之一的南环路本是东西路径，却在东南边缘的方位，微微向南一撇，转道东南，并在前方数百米处右侧横逸斜出，分化出一条水泥小路。说是小路，其实也不小，宽度可容两辆大货车并行，而沿着这条小路一路向南，恰好就途经火葬场门前。通常而言，作为连接县城和东南方位数十个村庄最为便捷的通道，路上应是行人来往穿梭，车辆络绎不绝，但事实并非如此，无论是从县城去往那数十座村庄，还是从那数十座村庄去往县城，大家都心照不宣地选择了绕路而行。

但是，不是每一次都可绕道而行。在我的人生经历之中，至少有两次没有绕过。一次是参加单位领导父亲的追悼会，另一次则是参加朋友父亲的追悼会。两次的共同点是，追悼会的主角我都不认识。但这并不重要，重要的是我来了，来得恰如其分，来得心安理得。站在会场之中，仰视被挂在墙上的放大的陌生主角，心中说不上悲，但也绝不可表露出轻浮。以死亡的名义与我们相见的人，总是值得敬畏的，我心中有些惭愧，为我迟迟未至的敬畏之心。但悄悄用余光瞥视众人，我发现，我伪装出的肃穆和悲伤也像面具一样扣在他们的脸上，我们心照不宣,共同促成了一场成功的追悼会。事后想想,我竟真的有些敬畏这位或者那位陌生的亡者了。他让我们忙里偷闲,促成了一场盛大的聚会,让我们在他的名字和遗像的庇护下,有足够的时间和早已认识以及刚刚认识的人握手寒暄、互相恭维,在无聊的等待中谈论天气、饭局、职务变动以及县城的小道儿消息。以背离尘世的死亡之名,影响着生者的社会交际,他们的确了不起。

在主持人的引导下,我们面对亡者而立,我们向着他的遗像告别,向着他的名字告别,向着他的经历告别。这些都不是最重要的事情,最重要的是,我们要向着他的某个子女告别,我们因他的某个子女而来,也因他的某个子女而返,我们说一定要保重啊领导,一定要保重啊兄弟,我们都懂得你的悲伤。说出这句言不由衷的话的时候,我们一般都会心虚地瞥一眼其他人,发现其他人的悲伤也和我们一样,看起来如此浓重,浓重得快要从脸上滑下来了。每当此时,我们就会稍稍心安。追悼会一结束,我们就迫不及待地与相识的和不相识的人彼此挥挥手说再见啊再见,就像树倒后的猢狲,四散开去。自始至终,我们要送走的那个人都与我们素不相识。

在我大学毕业刚回县城的日子里,火葬场这个词于我而言是陌生的,它冷冰冰地躺在字典上以及民政部门的工作资料里,我与它彼此绝缘。但我终究是认识了它,以一种错误的诗意的形式。

　　我第一份工作的地点在东城区，天气晴好的时候，举目向东南，我会看见远处会有一缕轻烟升起来。从县城方位和距离上猜测，轻烟脚下的位置，应该是相距县城不远的几个村庄，我于是认定那缕轻烟必定是村庄的农妇做饭时燃烧柴草所飘出的炊烟。有些词语是隶属于传统和诗歌的，这些词语在文化或民俗史中穿梭数千年，依然长盛不衰，对身负文化乡愁的人而言，它们就是神佛菩萨面前的香火。炊烟恰恰就是这样的一个词语，它被众多的先贤写进不朽的诗文中，构成国人独有的一种文化基因。当一个半吊子诗人或处于迷途中多愁善感的乡下人在陌生的县城与炊烟隔空相望，炊烟必定会施展出所有的文化情感，慰藉你的心灵。心照不宣，我爱上了它，我在那本留在身边多年的笔记本上一次次写下关于它的诗句。直到有一天我确切知道了那缕轻烟的脚下是什么地方，那缕轻烟里包裹着什么。

　　我不再去吟咏那缕轻烟，但却又对它充满了疑惑。一个人一生的爱何其富饶，一个人一生的恨何其旺盛，一个人一生的苦何其深重，我想不通，一个人的身体里包裹着那么多的经历、年华以及名位、权势、屈辱，但他身体里燃出的烟火，怎么会如此轻，如此淡。面对那些断断续续的轻烟，我在想，这又是一个怎样的人完成了自己圆满或不圆满的一生，他对自己留给世间的这缕轻烟能打几分,他是否认同这种烟消云散的上路方式?

小区里的老人,拖着衰老的榆木似的病恹恹的身子,给我们讲生死之事。和其他那些对死亡讳莫如深的老人相比,他好像已将生死置之度外,并不畏忌自己也快要走到时光的尽头,就好像世间唯有他快要碰触到死神的镰刀了,这是一种足可付之于言谈的资历和成就,比一生中所获得的其他荣誉的叠加更值得推崇。他说的是火葬。他说,火葬就要执行的时候发生过许多既可怜又可笑的故事。比方说他认识的某某为了免去烈火焚烧,居然和儿子商量偷偷掩埋,悄无声息的,连葬礼都免了,他儿子却被某机关和众乡党怀疑弑父。他说,化成一缕烟有什么不好,以后就在云彩上养神,多舒服!他说,烧成一抔土有什么不好,以后就在土地里睡觉,多安静!后来连续多日不见他,再后来竟从另一位相熟的人那里得知,他去了火葬场。此刻再来想想他说过的话,觉得很有道理。但当我抬头望天,我不知道哪块云朵里藏着他;当我俯首向地,我也不知道哪片土地收容了他。

看开的已经看开,看不开的死亡会让他看开。死亡注定是一场蓄谋已久的安排,无论是谁,怀中紧紧抱着的生可能千差万别,但最后到达的死却别无二致。终究会有一辆车带着你从某个村庄或小区出发,穿过街道、车辆和人群,扬起落叶或灰尘,到达县城东南方位的火葬场,在那里化成烟,烧作土。轻烟上升,并在空中飘散,最终,你的身体里会有我,我的身体里也会有你。骨灰捧出,那捧出的骨灰没有人能鉴别是否附加着杂质,是否我的腿骨被遗失在别人的灰烬里,你的牙齿被抛弃在我的身体里。

那辆车把我们载了过来。当它把我们载过来的时候,就没有打算将我们完完整整地载回去。我们的完整不属于同事,不属于朋友,不属于亲人,也不属于我们自己。我们的完整只属于高处的天空和低处的大地。

天空之下,大地之上,总有一辆车行驶在去往火葬场的路上。躺在里面的那个人或许看到了末路,或许看到了新生。或许他什么都没有看到,只是安安静静地躺在那里,没有既定的出发地,也没有既定的目的地。这辆车从哪里来,他就从哪里来;这辆车送他到哪里,他就到哪里。

褶　皱

一

　　这座县城的中心区域，盘踞着一座山。虽名为山，其实不过是一座七八十米的低海拔小土坡，坡顶位置，矗立着一座十一层的八角阁楼塔。塔非古物，乃是三十多年前为警示一场菜贱伤农的冲突事件而立，最底一层的前后两面，各镶嵌着费孝通和程思远两位先生题写的塔名。因为小山的扛举，这塔便也成了县城的制高点。

　　在还未因安全问题封塔之前，我曾有过一次登顶的经历。虽是白日，塔外的光线似乎并不能完全侵入塔内，黑暗长年累月地盘踞于此，只在浓淡上会因时间或外部天气的变化而稍有增减。在昏暗中，顺着锈迹斑斑的铁质扶手，沿着混凝土浇筑的旋转式楼梯，我摸索着前进，每一步都走得格外小心，空气中飘荡着细碎的尘埃和陈腐的气味，它们施加予我的压迫之感，让我想起某一年参观某座地下王陵时，在地宫里行走的经历。时间是个欺软怕硬的家伙，它有时会因周围环境压迫或挑逗式的渲染而加速或延缓，孤身一人在塔内摸索行走，我似乎受到了时间的戏耍，在某个标准的时段内，它暗暗放缓自己的脚步，不动声色地收拢着暗色调的静默气氛，并于静默中，以八面墙壁为后盾向我缓慢而持续地施压，让恐惧的层次更为丰富。

　　登临塔顶，站在这座县城的最高处凭栏远眺，一座县城的表里风光尽收眼底。山脚下便是护城河，此河名"泇"，现今却一片沉寂，似乎是一段不流动的水，它南北走向，从北部的山区一路劫掠所经之处的溪涧，蜿蜒绕过我的父母之乡，继而前行数十里，以自然的名义将整座县城分割为东西两部分。自然之名的尽处，便是人为手段的初处，这些年的造城运动，给这一座县城赋予了东西两副面孔：西部是老城区，似时间静止，它大抵还维持着十多年前的布局和面貌，就如一位被人遗忘的老祖母，榨尽毕生的心血供养完儿孙之后，力竭之躯便被抛弃了，每天，承接落日便成了她聊以自慰的消遣；东部是新城区，是腾飞之翼，是时代之光，是太阳升起的方向，机关单位向着那里迁移，教育资源向着那里汇聚，商业中心向着那里攀爬，医疗机构向着那里兴建，房地产也向着那里铺展，它年轻，朝气蓬勃，集万千宠爱于一身，原本只是十多年前的荒芜之地，如今早已经高楼林立，其中在建的几座，几乎要与塔顶齐平了。

都说登高望远才能一目了然，但当我登临塔顶后，却对这句话生发了质疑。尽管因有山丘和高塔的托举，让我对表层的大部分事物一览无余，但我依然无法将我想要望见的某些事物擒至眼前。我曾就读过的学校被银行大楼屏蔽着，我上班的地方被沿河生长的几排树木遮挡着，我搜索着老城区，寻找着自己生活的地方，明知道就在某个方位，但它却被一些高层小区、综合商城和农贸市场的建筑阻隔着，我看不到。那些建筑、那些街道、那些树木、那些桥梁、那些土坡，它们相互配合，把县城分割为一个个或平躺或伫立的"火柴盒"，遮挡着我的视线。每个"火柴盒"都自成一个相对完整且封闭的空间，县城虽小，但"火柴盒"却繁多，它们各自用自己内部的风貌以及与其他同类相似却不同的脾气秉性，组合成这座复杂的县城。居高临下，我知道自己虽久居于这座城，但我的脚步却尚未跋涉到它的深处。

顺着楼梯，我从塔顶一步步旋转着走下来。一回生二回熟，因为有了登塔的经历，下楼时熟稔了许多，光线似乎也明亮了不少，这才得以将目光撒向四周。四周的墙壁上，隐约可见密密麻麻刻写着的捐款建塔人的名字，除此之外，还遍布着"大好风光""到此一游"之类的无聊之词和"此生不渝""情深缘浅"之类的爱恨之语,他们的名字、他们的言辞以及他们标注下的不同日期,安静地守在墙壁上,矗立于这座县城的高处,等待着与更多的登塔者相遇。多是普通的名字,如你我的名字一般普通。"普通"二字往往是与"大众"这个词画等号的,它的覆盖面极为广博——这些捐款人和涂鸦者的名字可以做证,我甚至找到了四五个与我生活中认识的人一致的名字,但我知道,按照建塔时间和涂鸦者标注的日期算,守在塔壁上的名字,几乎不可能是我所认识的那几个人。那一刻,我很想知道他们究竟是谁,现在藏身何处,以什么谋生。尤其是那些写上姓名、写下爱恨的涂鸦者,我很想知道,他们究竟是实现了自己写下的希望,还是背弃了自己刻下的誓言。虽然知道无法找到他们,但我知道,他们中的绝大部分,肯定亦如我一般,就生活在这座县城,生活在那些由各类事物组合而产生的某个褶皱里,十数年甚至数十年一成不变地活着。我以己为镜,映照他们,其实就是映照自己,作为生活于这座小县城的平庸之辈、普通人物,我的经历和见闻,或许就是他们之中许多人的经历和见闻。

说起来,自结束求学生涯以及短暂的漂泊际遇之后,我在这座县城已经生活了十多年了。十多年里,我在县城择业、恋爱、结婚、生子,一些人不时闯入我的生活,并成了我的亲人。因为这诸多的牵绊之人、牵绊之事、牵绊之物,我放缓了自己的脚步，容忍且接受了自己和任何人的平庸，生活的油腻从日复一日的折腰中浮上来，对这座县城的关系，也从寄存渐渐过渡到了更为牢固的安居。

与以往相比，我似乎是越来越了解这座县城了，然而对这座县城了解越多，我又反而觉得对它越不熟悉。我越来越希望以县城理所当然的一分子的身份，去重新认识这座城，观察这座城，甚至爱上这座城。然而我发现，尽管抱定了这样的心思，并在这种心思的驱使下进行了某些试探，却始终不能完全走进它、解读它、品评它——在县城里去寻访县城，就如骑驴找驴、坐山寻山，总有一些细节会被另一些细节遮蔽，总有一些真相会被另一些真相掩埋；与此同时，一些事物和现象会被我们自身认知的过滤器自然而然地大事化小，一些情愫则会经由我们自身认知的放大镜而欲盖弥彰。

尽管如此，我依然乐此不疲。咫尺之间的巨大陌生感勾引着我，在县城，我放逐自己，周游全境，向着那些对我而言还相对陌生的区域探进，并且盲目坚信，这或许不是有意义的探索，但却是有意思的尝试。

二

隔三岔五，我就会往城中村里跑。

事实上，我们一家几乎就住在城中村里。我购置的是一套二手房，所在小区已有二十多年的建龄，小区面迎主干道，其他三面却被一座城中村所围裹，如一块方砖嵌于墙壁之上，只余下一面与外界相呼应。小区的西南角原本是一堵围墙，在我来此居住之前，就已有两三米宽的墙壁被隔壁的村民推倒了。隔壁的许多村民居住的地方远离出村的主干道，却与我们小区仅一墙之隔，墙壁被推倒后，他们常常从此处穿行而入，由小区大门而出，融入县城的喧嚣与繁华之中。他们把车辆停在小区内的车位上，把被子晾在小区内的缆绳上，天气暖和的晴日，还时常将孩子带到小区里玩耍。这些村民待人诚朴，若在小区里相逢，隔着老远便会以微笑或点头来致意，反而比居住在小区里的邻居们更显得亲切，也或许正是因此，他们虽与我们共用一个小区的设施，但包括我在内的诸多业主，均没有人觉得有什么不妥。然而，当我试图沿着他们外出的足迹反向走进他们的村落时，却遭遇到了心理上的压迫和挑战。

如果把行政中心和商业中心视为整座县城的神经中枢，那么城中村就应该是依附于神经元上的轴突和树突。作为这座城的末梢组织甚或不光彩的沉疴毒瘤，城中村在主干道和主建筑这些光彩物类的遮蔽、驱赶和切割下，自缩为一个小小的空间，一处相对独立的群落。它们以矮山和浅谷的身形，以羊肠小道或死胡同的名义，不时拦截或延展着局外之人以及时间的脚步。

作为相对私密的空间,居住在这里的人习惯了无外人探访和打扰的状态,而我却恰恰充当了不速之客。

有时候,我会因贸然闯入一处相对独立的地域而被人提防甚至敌视。作为陌生人,走进这里就已经会引来本地人疑惑乃至警惕的目光了,而我却往往假装无视,甚至会得寸进尺地向他们问路。虽然那些警惕的目光施加于身会引起我轻微的不适之感,但我是能够理解的。我熟悉那种目光,回老家的时候,一些不认识我的乡亲也会如此待我。我也了解这种目光的来源:早些年,流窜于我乡的几股盗贼渐渐猖獗了起来,他们趁着无人,就会用"铜知了"擒鸡,用氰化物针剂射狗,得手之后,便迅速装车逃窜。那些长相陌生的青年,装作是走街串巷的生意人,骑着摩托车在村子里穿行,往往是白天踩好点,晚上才行动,屡试不爽的偷窃带来的利润,把他们的胆子渐渐喂肥了,以至于后来,白天也照样动手行窃。再后来,连鸡和狗也填不满欲壑了,他们就开始偷羊。三十多岁,骑着电瓶车东瞅西看,且并未长着一张人畜无害的脸——无论是在我老家的乡党还是在城中村里的村民眼中,我大概天生就具备了梁上君子的特征吧。

儿子长到一岁多以后,我便常骑着电瓶车带他去上早教课。早教课每周三节,均安排在周末,上完课后,我便会带着他闲逛。对儿子而言,一切都是陌生的,而陌生几乎便是新鲜的代名词,往往只是随意闯入一条陌生的巷子,他便会觉得,自己擅长魔术的老父亲揭开的是一方新世界。有时候,魔术失灵,我们刚闯进巷子就遭遇了死胡同,父子俩便只好返回来,重新选择其他的路径。

这个我以精血铸造出的小人儿,他是我的魂我的魄,亦是我的盟友和后盾,因为他的加入,我摆脱了孤军奋战的尴尬,也消解了别人对我贸然造访的戒心。他们只会认为,一位年轻父亲急于让自己的儿子见见世面,甚至,他们还会对我们露出笑脸。有这个小人儿在身旁撑腰,我得以心安理得地搜索着城中村里的事物,有时候,借助小人儿好奇的目光,我甚至重新发现了一些司空见惯的事物不同寻常的意义。咯咯大笑、快速奔跑、仰头眺望、低首凝视……我呼应着他的每一种声音、每一个动作,而这些举动并非敷衍,皆是出自我的本心。

在我们居住的小区背后的那座城中村里,我们遇见了一座早已沦为飞鸟栖息之所的旧水塔。条石砌成的高大水塔矗立于一片空地之上,腰身处白漆刷出的特殊时代的标语虽已斑驳,却依然醒目。太阳西坠,我与儿子站在水塔的阴影里,抬着头目送一些鸟禽从塔窗里疾冲出来,飞向我们的目光捕捉不到的区域,亦用目光迎接另一些鸟禽从外面飞回来,距水塔不远处开始减缓速度且曲线飞行,扑棱两下翅膀,就将自己的躯体搭在了塔窗之上。某一刻,儿子因无法抑制的欢悦而放声喊叫起来，于近乎可以忽略不计的短时间内，那些藏身于塔内的鸟禽自狭小的塔窗一涌再涌，纷纷扑向天空，其势若垂天之云，惊得我们目瞪口呆。我们想象不到，水塔里居然潜伏着这么多背负羽翼的生灵。

在另一座城中村里，我们则遇见了一座有意思的院落。这是一座被暂时或者永久遗弃的院子，一处收容诸多时光的废墟。与偏远的乡下不同，从理论上讲，作为县城扩张的后备领地，藏身于繁华背后的城中村存在更多的拆迁转机和危机，它们的躯体虽然杂乱，但寸土寸金，因此很少见到荒芜的院子。当然，以上只是我自己的一些浅薄的见解。身为幼儿，儿子自有一番专属于他那个年龄段的见解。他还不懂得"荒废"这个词的含义，或者说，他并不觉得"荒废"便等同于被人遗弃，等同于无人理会。他用喊声和手势表达着对长满院子的杂草和野花们的喜爱，杂草和野花们则随风摇摆，向着我们点头示意。我们完全可以穿过那道形同虚设的小门走进院内，但是我们没有。站在还不及儿子高的院墙外，我微曲着身子，将右手尽力向下探，儿子则努力地向上举着左手，我们就这样手挽着手，在某个不长也不短的时间阶段内沉默不语。那一刻，我想到了顾城的诗句——草在结它的种子，风在摇它的叶子，我们站着，不说话，就十分美好。

在两座城中村相接处的一片树林里，我们还遇见了一座楼阁小庙。庙身高不过三尺,庙门宽不过数寸,体虽小,质却不精,全身上下,皆是由水泥浇筑而成。深秋里,被秋风卸落的叶子铺满了地表,也堆满了庙门。我用手扒开落叶,歪着脑袋向里面看,儿子也有样学样,从另一侧歪着脑袋向里面看,把我挤到了一边。我们看见,庙内中堂位置,坐着一尊塑像。塑像并不威严,也不悲悯,他只是一个普通的瘦弱男人,孤零零地端坐在里面,空洞的眼眶平视前方,与我们对视,看不出挂着怎样属性的表情。既然端坐庙中,也应该算是一方神灵吧,但我竟无法猜测出他究竟是哪路神灵。本县泥塑有些名气,从风格上看,我猜测这尊神灵便出自本地匠人之手。我曾买过一个本地匠人捏造的孙大圣,儿子很喜欢,时常抱在怀里,有一次摔了一跤,怀里的大圣也随之摔碎了,他为此还大哭了一场。至于置身于这小小的庙宇之中的神灵,他似是被人遗忘了,要不然,不会看不到香火的痕迹,信徒们也不会容忍落叶塞满庙门。初塑之时,他也应当风光过一阵,而如今,他却好似身陷囹圄,又似避难于此,显得落魄至极。人们先是创造了神灵,接着又抛弃了神灵,就如孩童们对待自己的玩具一般。我在想,总有一天,儿子的那些于某个时间阶段内最喜爱的玩具,也会随着时光的流逝而慢慢蒙尘吧。我还在想,在儿子心中,我是否也只是一个稍微独特一点儿的玩具呢?

在城中村,经常会看到如我儿子大小的孩子在水泥或沙石地上玩耍，看护他们的祖辈则在一旁聊天或干些简单的活计。这时候，儿子总是会嚷着下车，加入同龄人的阵营之中。儿子模仿着其他孩子的做法，或捡起石子，或扬起沙土，或堆砌小山，不大一会儿，全身就沾满了尘土。一开始，我曾制止过，却终究拗不过他的哭闹。他玩得那样认真，那样畅快，天都快要黑了，我也已催促了数次，可他还是不愿意离开。每次带着脏兮兮的儿子回到家，妻子就会埋怨几句，我顺耳听着，并不反驳。

那时候，儿子虽不足两岁，却对一些感兴趣的事物念念不忘。每次外出，他总是嚷着要去看大楼。他口中所谓的"大楼"，其实只是特指那个被废弃的烟筒，六七十米的身高矗立于一堆民居之间，格外醒目。我们试图从不同的方位走近它，每一次都是在数十米外被死胡同拦了回来。最后，我们向附近的居民打听，才寻访到一条不足两米宽的巷子，顺着巷子前行数十米，空间豁然开朗，我们已然站在了烟筒脚下。一位正在整理菜畦的老人告诉我，这里曾是国营面粉厂，破产之后，地盘几乎被各类新建项目盘剥殆尽，只余下这一个大烟筒。另一位坐在轮椅上晒太阳的老人，曾是面粉厂的职工，他听到我们聊起面粉厂，也掺和进来，叙说了面粉厂旧日的辉煌，他们那代人的青春，还在他久已衰老的口齿之间翻腾。我与儿子仰首望着烟筒，空间这么小，我们需尽力高仰着头，方才能把它的整个躯体纳入视线之中,这让它显得更为高大,而我们却渺小如蚁。

多少次啊,儿子玩着玩着就打起了瞌睡;多少次啊,我们的电瓶车骑着骑着就没有电了。我把儿子抱进固定于车上的简易宝宝椅里,将耳朵凑在他的口鼻间,他细微的呼吸和鼾声让我心安。离家尚远,沿途,我们还需要穿过很多街道,遇见很多曾引诱儿子驻足的事物。我就这样推着车子,缓慢地向着家的方向挪移。那时就在想,许多年后,我们沿途所见的建筑以及依附于这些建筑存在的事物,必然会皆成废墟和陈迹,甚至会彻底消失,但我依然会清晰地想起它们,想起这对年轻的父子联盟的时光。

三

我自偏远的乡村长大,妻子则是自县城的城中村里长大,虽然都是村庄,但因地理区位不同,所涉猎到的事物便存在着诸多的差异。譬如,妻子随口说出的县城之内的某个地标,我并不知道它究竟处于哪个具体位置。何况,她脱口而出的,往往是一些早已消失的事物,这些事物消失之前,我从未与之发生过哪怕一星半点儿的牵连。

我岳母也是如此。她在这座县城生活了大半辈子,从未离开过。她总是不习惯喊某个地方经过重建或改造之后的新地名。

她口中所说的老法院，早已成为另两家单位的办公场所；她口中所说的种子公司，早已是一片居民区；他口中所说的北大棚，早已是一处商业街……就连亲友们问我岳母，我们一家现在居住在哪里时，岳母也总是以我从未听说过的"木材厂"应答。

有一次，我路过一处位于城乡接合部的棚户区，发现了一架跨于小道儿之上的拱形门，铁质门柱上，锈迹翻卷出了无数短短的倒刺，正上方的门框上，书写着"铁锨厂"三个字。几个字的漆色多已逃逸，虽然也生了一层厚厚的锈迹，但因油漆对时光稍微长久的抵触，便使得它与其他地方的成色稍有不同，这才得以辨认出那三个字。周围是闹哄哄的小型农贸市场，看不到一点儿厂房的遗迹。我从未听说过县城里曾有过这样一家铁锨厂，事后问岳母，岳母则确认了它的存在。她告诉我，二十多年前的确有这么一个国营的厂子，我妻子的远房表叔和表婶，都曾是那里的工人，他们在那里相识相恋，正在谈婚论嫁的时候，厂子就突然倒闭了。

有时候也会想，再过些年，我现在司空见惯的地名会不会也将无影无踪，而我是否也会发出诸如"又有一个地名消失了"的感慨？事实上，虽然时间上有早晚，但经历却并无二致，随着县城的拆迁与建设，我也已开始遭遇一些妻子和岳母所遭遇的事情了。譬如说，我曾亲眼看见过一条街巷的消失。

现在新建成的福裕小区，几年前的名字是福安巷。有时候，骑车带着儿子路过那里，我便会停下来，看一看那些陌生的楼宇，借助记忆在不同的地点上去寻索一些消失的事物。然而，毕竟早已旧迹全无，我无法做到确切地将眼前的地标与记忆中的地标一一对应。这条巷子在不同的时代因不同的原因，曾数次易名。在彻底消失之前，它最后的一个名字叫作福安巷。它是县城最为古老的巷子之一，但也并未古老到唐宋元明清。几十年前，它随着县城的设立而建。县城作为百里空间里一处聚集人与物的核心区域，吸附着各个乡镇以及乡镇所辖的众多村庄的人物和资源，将他们招引或驱赶到自己怀中，让他们充实着自己的肠胃。与大多数事物的发展史一样，刚开始，此处才刚建了几间房子，住了几户人家，后来来此建房定居的人越来越多，房子一字儿排开，便有了这条街。人走街，街承人，日复一日，年复一年，人上了岁数，子孙满堂，便成了老人；街有了毁损，坑洼不平，也就成了老街。

福安巷横亘在两条主干道之间，像一截攀附于两条大动脉上的小肠，显得可有可无。主干道上车水马龙，行人如织，人稍微走得慢一点儿，就容易被剐蹭到。巷子里却什么都是慢吞吞的，不喜欢与谁攀比，也不着急与谁赛跑，就这样自顾自地按着自己的步子走着、活着，根本就不在乎这个世界的匆忙。巷子不长，在街口遇见邻居，两辆自行车并排而行，边骑边聊，话还没说几句，就到了位于巷尾的家了。有时候聊得兴起，就各自扶着自行车,接着聊没有聊完的话题。巷子很窄,这家的杏子、桃子,一不小心就长到了那家,那家也不恼,就任它们那么长着,等到桃和杏成熟的时候,出墙的果实,树主人一颗也不摘,全都留给邻居家。家家都有小平房,平房与平房之间相隔一步之遥,天气好的时候,就在上面晾晒衣物和粮食。天说变就变,这会儿还是晴空万里,那会儿就已是阴云密布了。风来雨至之时,那家正收拾晾晒的东西,看看这家人不在,平房上却还晾晒着东西,就顺手给收拾了,等这家人回来了,便给送过来。狭窄的巷子里,最不安分的是那些藤蔓植物,它们沿着矮墙攀爬,爬到墙顶之后,便蓄力一冲,一下就跳到了另一家的矮墙上,继续攀爬。福安巷的地面坑坑洼洼,平时走路,避开那些坑洼之处就可以。最愁的是下雨天——那些或迅疾或绵延的雨,汇成串、汇成流、汇成镜,水铺在街面的脸上,储在街面的眼中,贴着街面行走,它与老巷子一起构建出无数眼大大小小的陷阱,而你却永远都摸不清水洼的深浅。老街坊们却对此了如指掌,在福安巷,你与任意一位老街坊一起走上一遭,他随意走动,你却要起转腾挪;他气定神闲,你却气喘吁吁;他的鞋还是干的,你的裤子却已经泥迹斑斑了。孩子们却不这样想,他们期盼一场雨很久了,雨一下起来,他们就在水洼里奔跑、嬉戏、乱喊乱叫,雨声、笑声、脚步声搭配在一起,永远是福安巷最时尚、最年轻、最恒久的音符。

福安巷是个聊天的好地方，隔着一条巷子的两家女人，各自在自家院子里干活儿，有一搭没一搭地聊上几句，便觉得干活儿的手也熟练、起劲儿了，活计一会儿就干完了。纵有院墙，却不隔音，如果她们谈论的话题恰好够味儿，便会有路过的行人被聊天的内容吸引，也会停下来，加入群聊。聊着聊着，那行人便忘了时间，也忘了自己要去干什么，等到聊天结束，这才一拍大腿，懊恼不已。巷子通透，天好的时候，谁家有点儿针头线脑、剥豆捡杂之类的小活计，便到巷子的一角去做。那些闲来无事的婶子大娘们看见了，便围了一圈儿，边帮着干活儿，边聊些家长里短。婶子大娘们"聊功"多不俗，话头层出不穷，从不冷场。这么一聊，天就短了，月亮就不知道从哪个角落悄没声儿地升了起来。

你在别的地方看到过的天真稚气的涂鸦，福安巷里也有，那是住在巷子里各个院落的孩子们或精心构思或随意为之的"天才之作"。在福安巷，那些红砖砌成的墙壁是天然的画布，那一支支白黄红蓝不同颜色的粉笔是神奇的魔法棒。日复一日，这一群孩子在墙壁上画着，画着画着就长大了；年复一年，另一群孩子在墙壁上画着，他们的父母也曾在他们涂鸦的地方描绘过自己绚丽的童年。

最让我念念不忘的，是与福安巷有关的情和谊。大学毕业，结束一段漂泊岁月后，我回到了这座县城，临时与另几个年轻人租住在位于巷内的某座小院里。房主婆婆的儿子比我们略大几岁，硕士毕业后留在省城工作，一年难得回来几次，我们鸠占鹊巢，就住在她儿子的房间里。或许是看见我们就能想起自己的儿子吧，她有时候做了饭菜，会喊我们一起吃，喊不动，就亲自来拉扯你的胳膊，你若再拒绝，她便会不高兴。有时候，我们脱下的旧衣服还来不及洗，她就顺手给洗了，让我们颇不好意思。那时候，在举目无亲的县城，她是我们的一种依靠。巷子里的其他街坊同样良善，住得稍微久了，低头不见抬头见的，大家就都熟悉了，有一次我室友李公林急缺钱，只好红着脸向以贩菜为生的邻居赵哥借，赵哥二话不说就掏出了六百块钱。

住在福安巷的时候，总觉得时间是那么慢，似乎一片叶子落下来，也需要慢慢地飘慢慢地飞慢慢地落。然而现实是，似乎你随便养一只猫，猫还健硕，人却已经熬老了。或者，你抬起头看到从巷口走来的某道有点儿陌生又有点儿熟悉的人影，才发现自己只是打了个盹儿，邻居家那个少年就长大了。

后来，便听说福安巷要被拆除了。消息传来时，似乎也没有产生什么波动，大家以前该怎么活现在还怎么活。直到村干部挨家挨户通知搬迁后，大家这才各自收拾东西，各奔东西。再后来，巷子就被拆了。之后，数载春秋，几度辗转，我在远离福安巷的某个方位安下了一个小家，上班下班，娶妻生子，按部就班地生活着。偶尔会路过福安巷,现在的那里高楼林立、众声喧哗,全无旧时模样。但有些东西是不会改变的。有一次,在菜市场,突然听见有人在背后喊我的名字,转过头一看,是曾经同住在福安巷里的黄学明。我们菜也不买了,就近找了家小馆子,点上两个菜,要了一瓶酒,从彼此一直聊遍了我们所知的任何一位老街坊,从太阳西坠一直喝到月上三竿。交谈之中,我们频频说到的词语是早已消失的"福安巷",而非如今的"福裕小区"。

一个名字,不过只是一个代号而已,如果实物一旦消失,那么描摹这种实物的名字又能持续存在多久呢?我想试着从福安巷那里寻找答案。

四

我看见了一缕烟。

读完几页书,写完一些字,我总是习惯性地站在书房的窗台前往外看。所居之地是处老旧小区的三楼,楼层不高,视野便不阔,许多风景被诸多的建筑物遮蔽着,只存在于我的想象之中。丰富这些想象的是一些声音——人的交谈声、犬的猎吠声、垃圾车一成不变的单调提示声,这诸多单一或复合的声音,绕过一切遮蔽物,最后又穿过细密的纱窗,扑进了我的耳蜗。

有时候，我信赖并感激这些声音，它们能将我依然还臣服于文字脚下的心境迅速地拉回到生活中；有时候，我厌恶且痛恨这些声音，它们斩钉截铁地告诉我，我依然还是那个藏身于柴米油盐酱醋茶中的平庸的我，并未因书页羽翼般的加持而做到自由滑翔。

但是那一日，当《哈扎尔辞典》用最后一页的最后一个字将我驱离之时，当我揣着略带悲伤的心境站在窗台前往外看时，一缕烟歪歪扭扭地出现在了面前。那是春末的某个午后，彼时，妻儿正在卧室里酣睡，书房里一杯喝了一半的凉咖啡与一颗啃得只剩下果核的苹果，各自散发又相互媾和的气味弥漫着，说不上好闻，也说不上难闻，但是很符合那时的心境。窗外几乎无风，亦无平素里的任何一种杂音。就是在那时，我看见了那缕烟从对面楼层的背后升了起来。县城的西部郊区是工业区，时常可见一些白得惨烈、刺目的烟柱从巨大的烟筒里直冲天际，或许是因为脚下巨大的机械推力，它们在冲出烟筒之后的很长一段距离内，都保持着垂直的姿态。这些工业白，就像是《星球大战》里的光剑，似欲将比它们的成色稍逊一筹的云朵刺穿。但是对面楼层背后的那缕烟却不是这样，那缕烟是淡灰色的，虽然几近无风，可近乎 S 型的躯体仍勉强软塌塌地挂在半空中，几缕颜色更浅、身段更细的烟正在自它的躯体上逃逸，似一个窝囊无能的君主，完全无法约束臣子们的反叛。新赶来的烟还在有气无力地向上拱,早先的烟却已开始慢慢扩散,慢慢被更为广阔的虚空稀释。盯着它良久,终于确信,我确实看到了炊烟。尽管身揣着多年农村生活的履历,勉强掌握着用土锅烧火做饭的本领,但当我确认那是炊烟后,心中还是怔了一下。

炊烟,一种约定俗成的旧意象,它应该出现在唐诗宋词里,出现在桑种农耕里,再不济,也应该出现于类似我老家的那种地方,而不是县城。虽说县城也不过是个略微时髦一点儿的大村落,但它毕竟冒领着城市的名衔,取火设施相对齐备,而且它还以环保之名设置着可以掐死任何一缕炊烟的专责机构,因此,我才在初见那缕炊烟时,迟迟不敢确认它的身份。事实上,即便是我那个身处偏远之地的农村老家,如今也都选择了更为便捷的煤气,很少有人再去储备和燃用柴火烧火做饭了。炊烟姓柴,替代掉柴火的煤气,烧不出那缕看似轻飘飘的烟。

自那日之后的很长一段时间里,只要想起来,我便会站在书房里向外眺望,其间两次看到了从楼层背后升起的炊烟。很多次都萌生了想去对面楼层的背后看看的想法,看看究竟是谁将那缕炊烟搬到了县城,但最后都因为各种琐碎的事情耽搁了。大概是半年之后吧,反而是一次无目的的闲逛,促成了我与那片区域、那缕炊烟的相逢。那日,我带着儿子去一位高中同学家玩儿,回程时,为了抄近路,我选择了小区北面的一条巷子。这条巷子狭而长,如一道曲折的羊肠,盘踞于两座粘连于一处的城中村腹内。一路拐弯抹角，在还有二三百米就要冲出巷子时，我们遇见了一缕烟。算算方位，恰好就是我在书房里看到的那缕。

烟是从距离巷子不远的一处院子里升起来的，我们循烟而往，院门大开，里面居然坐着两张熟面孔，他们正在烙煎饼。煎饼，是我们这儿的一种主食，用小麦、高粱、小米、玉米等粮食的粉末和成面糊，用一种圆形平面、中心稍凸、名为鏊子的铁质炊具烙制而成，在我们这儿的乡下，包括我母亲在内，几乎每位农妇都是烙煎饼的能手。煎饼大如锅盖，皮似薄纸，方便折叠，口感筋道，几乎任何菜品都可以卷进里面。这对五十多岁的夫妻以此为业，常推着脚蹬三轮，在我们小区的门口卖煎饼。有时候是男人出来卖，有时候是女人出来卖，也不吆喝，只在三轮车上立了一块长条形木板，上面写着"煎饼"二字，卖完了就收摊儿离开，藏进县城的某个褶皱里，如一滴水消失于湖泊之中。他们的煎饼粮食味儿浓，韧劲儿也足，我与妻子都是买他们的，这样一来二去，他们或许不认识我们，但我们却认识了他们。女人正坐在鏊子前提揭一张刚刚烙好的煎饼，男人则在帮忙添柴烧火——我终于找到了那缕炊烟的出处。

据我所知，这里是一处即将遭遇拆迁的城中村，村子里原来的居民大多在新城区买了楼房，这里的房子就坐等着官方的拆迁。一些来到县城讨生活的乡下人，多选择临时租住在这里，一来是因为便宜，房主们也想在房子拆毁之前挣点儿钱，租价便会比其他的地方低许多；一来是因为有院落，空间大，可以储存和制作流程简单的商品，这给那些做小本买卖的租户提供了诸多方便。我猜想，这对夫妻大概也是如此吧——他们怀揣着烙煎饼的手艺，从乡下来到了县城，蜗居于这座县城的褶皱处，在租住的小院里烙好煎饼后，再拉到街上叫卖，简简单单且清清白白地过着日子。

有时候我觉得，一定有一位经天纬地的幕后人物，正在借助诸多普通人有意或无意的力量，悄悄把我的故乡搬进县城。他不急不躁地实施着自己的谋划，从不因搬运的缓慢以及所搬运来的事物的微小而灰心丧气，那一砖一瓦里，那一石一木里，那一餐一饮里，皆是对乡村生活的收纳。事实上，故乡旧时的诸多传统皆已不复存在或即将不复存在，以我们村为例，已经很少有人再去劳神费力地去烙制煎饼了，村里人更喜欢到铺子里买机器烙制的煎饼吃，这样更方便。而在县城，几乎每一条街道上，我都会发现几个推着三轮车卖手工煎饼的摊位。手工煎饼、手捏泥人、蓝印花布……在县城，我反而寻到了诸多如今的我乡早已式微甚至消失的事物，找到了一个个小巧的复制版的故乡。

春天里，骑车带着儿子沿着濒临护城河的小道儿一路向下，垂钓者、仰泳者、撑舟者，老碾台、旧石碑、仿古长廊，堆烟杨柳、争艳野花、出水翔鱼……每看到一种令他感到新奇的事物，他就会用手指点，大喊大叫。每当这时，我们就会停车驻足，等看够了才上车离开。在我们骑到县城边缘即将回程的时候，儿子用手指向一处，喊叫着让我停下。那是一处小院。与我在县城里见到的其他院子不同，它的围墙矮矮的，似是不为遮蔽或掩盖什么，纯粹是为了装饰而存在的，这使得父子俩不用居高临下，也不用登门入户，院里的风光便可一览无余。院子里种了一畦韭菜、一畦卷心菜，其他地方被各色花卉占据着，挨挨挤挤，却不杂乱。儿子向着院子兴奋地喊着爷爷，但内屋的门锁着，无人应答。我父亲在临近村子的地里辟出了一小块菜园，种了几样菜，也种了一些廉价的花，他绕着菜地用石头围起了矮墙，垒砌了一间房子用以放置锄头、镰刀之类的工具。不久之前，儿子曾跟着自己的父亲和爷爷在那里玩耍，他揪了一朵花，拔了几株苗，还在捉蝴蝶的时候摔了两跤，弄得全身都是泥土。此时，这个小家伙一定是想起了自己爷爷打理的那块菜地。或者说，他或许是误把这里当成了爷爷的菜地，他相信自己的爷爷就住在院落里的小屋内。那一刻，我突然觉得，这或许就是故乡以及故乡的意义。

之前已经说过的，我住在一处老旧小区里。究其原因，没钱购置新房是其一，喜欢这里的生活气息也是其一。有段时间，经常在早上五六点钟听见鸡的打鸣声,刚开始以为自己是误听,反复出现之后,便存了一探究竟的心思。我居三楼,鸡鸣却来自高处,于是沿阶攀上从未光顾过的四楼和五楼,爬上楼顶,终于在阁楼的背阴处,发现了三只拦在笼子里的鸡。它们见有人逼近,死命地扑棱着翅膀想要从高处逃离,却被铁丝生硬地拦了回去。其他居民也陆续发现了这几只鸡,有两户甚至还与养鸡者交涉,交涉的具体内容不得而知,反正自那之后,我再未在小区内听过鸡鸣声。养鸡者姓陈,我称呼她陈阿姨,她和自己的老伴儿住在楼下车库里。老两口儿本住在乡下,为了方便照顾怀孕的儿媳妇,便在儿子的要求下来到了县城。孙女出生后,儿子儿媳依然要她继续留下照看孙女,恰好又有人给她老伴儿介绍了到附近的另一处小区干门卫的工作,老两口儿索性就将车库简单打扫了一番,长久地住了下来。那两年,我经常见到陈姨坐在半开的车库门口择洗青菜,孙女则趴在一旁的椅子上画画。

陈姨爱占小便宜,小区沿街是一家小型的私立医院,医院的水龙头设在小区内,好几次,我看见陈姨推着三轮车去那里接水,用来洗菜、洗衣、做饭。她还总是将脚蹬三轮停在车库前公用的机动车车位上,小区保安说了几次,但似乎也没有什么效用。再加上她在楼顶养鸡这件事,居民们对她颇有微词,甚至有两个居民曾与她吵了几架,但均不是陈姨的对手。陈姨一手掐着腰,一手向着对面指点的动作,常让人胆怯。骂过之后,转过天来再遇见,陈姨却又开始主动与人家搭腔说话,看不出彼此之间有什么嫌隙,这便让对方不好意思了,也就抱着不与她一般计较的心思,将矛盾搁置了下来。即便如此,但也不得不说,陈姨是个热心人,有孩子烫伤了,她会主动拿出自己藏了多年的獾油给涂抹;偶尔回一趟老家,拿回来的青菜,她也会慷慨地赠予这些邻居;有一户邻居是位单亲父亲,早出晚归地工作,对上小学的儿子的照料便顾不上,陈姨则经常喊那孩子到她所住的车库里吃晚饭。或许是这些小事的混合发酵作用,大家对陈姨的态度渐渐有了改观,去她门前闲坐闲聊的人多了,多是与陈姨年龄相逢的大妈们,她们坐在一起择菜、缝衣,聊着家常,偶尔互赠一些常见或不常见的吃食。至于与她吵架的人,则明显少了。

即便是再普通的人,说是日复一日年复一年地过着清汤寡水的日子,但其实哪能始终一成不变呢。陈姨生活的变数发生在数月之前——数月前,因为她的孙女被送到了市里的一所小学读一年级,她儿子便把这里的房子卖了,搬到了市里居住,从此,我也就再没见过陈姨与她老伴儿。曾听小区里的几个邻居聊起这对老夫妻,一个说,他们老了,也快干不动了,应该是跟着儿孙去大城市里享福去了;另一个则说,孙女大了,不用再照看了,应该是重新回到乡下侍候庄稼去了。虽只是一些没有真凭实据的推测,但普通人的生活路径,便也大致不会跳出这猜测的范围吧。是去了市里也好,是回了乡下也罢,都不妨碍我们这些邻居想起她或聊起她。只是,与别人稍有不同——我想起她是因为想起了诸多生活于乡下的亲人,他们与她有着类似的毛病和癖好,也有着相同的朴实与高尚。在县城,她一直以在农村生活的方式生活着,这貌似简单的异行,对我而言极为亲切与可贵。

我其实是想说,初来之时,陈姨就已把故乡搬进了县城,如今,无论是去了市里还是回了乡下,陈姨都帮我把故乡留在了县城。虽然只是零星的不成体系的故乡,但那也依然是故乡。

五

出小区大门右转,两三百米后左拐,前行数十步,便是一处农贸市场。

这处市场并非官方认定的贸易场所,而是自发形成,依附于周边的村落和老旧小区而存在,不受任何政策上的保护。不但不受保护,还偶尔会被组队前来的城市管理者们驱赶。管理者一来,商贩们就跑。城中村的小道儿错综复杂,急匆匆装上货品后,骑着三轮车的商贩们随意一拐,就消失在了城中村,等到风头避过去,便从不同方位陆续赶过来,重新摆起了摊位。

无论是管理者还是商贩,都是在为稻粱谋,看似矛盾对立的双方,其实也保持着一种从未说破的理解关系,一方并不认真去追,另一方也未真的去逃,你来我走,你走我来,大家都尽了各自的义务,干了该干的事情,这也就足够了。

在此摆摊的商贩,有些是专门靠此谋生,有些则是业余的买卖。靠此谋生的,大多开着小货车或机动三轮车;干业余生意的,则多骑着脚蹬三轮或电动三轮。讲究一些的摊主,会在地上铺上一层对折的帆布,将货品分类摆放于帆布之上;大多数的摊主则是用蛇皮袋铺地。市场不大,货品却繁杂多样,其中的大部分货物是从城南的小商品批发城批来的。我也曾在城南批发过商品,我与妻子订婚和结婚、儿子降生与满月,所需的烟酒糖茶,皆来自那里,实话实说,与去超市里买比,的确省下了一笔钱,因此便明白,农贸市场里的这些货物只是从城南转运到了城北,就提高了不少身价。另有一些商贩却是自产自销,他们多是城郊村落的老年人,闲不住,就在自家的地里种了些菜,虽然没有批发来的菜显得油亮,但是因价格略低,也颇受买者的青睐。这些老人有时还会在摊位上摆一堆荠菜、苦菜、蒲公英之类的野菜,据他们说,这些皆是从菜地里自行长出来的,因为知道城里人爱吃,就挖出来试着卖一卖。

此处开市早,清晨五点钟,就已经有人开始摆摊了。对我的生活而言,结婚是道分水岭——结婚之前,一个人吃饱全家不饿，常常一觉睡到大天亮，啥都懒得干；结婚之后，买菜就成了我的必修课，每天早上都会到那处农贸市场里逛逛，看看有无合适的食材，有就多买一点儿，没有就少买一点儿，日日如此，月月如此，也就成了一种习惯。如此一来，竟然与其中几位商贩混了个脸熟，他们就开始喊我小刘，我则依据猜测出的不同人的年龄，喊他们大爷大妈大哥大姐。

陈大哥的摊位专售海货。都是些风干的海鱼和海虾，鱼虾身上积着一层细碎的白盐。摊子上常摆着一种颔宽体肥的鱼，大概有二十斤上下，被陈大哥视为镇摊之宝，若有人看中了，便让陈大哥切下一块，三斤两斤地提走。还有一种寸把长的小鱼，杂乱地堆放在纸箱子里，我祖父常去邻村的集市上买一些，在炉子上烤一烤，用来下酒。陈大哥却是生吃，到了饭点儿，他便向着路对过儿的烧饼店喊上一声，让送来两个烧饼，就着虾皮和小鱼干，也能吃得有滋有味儿。

靳奶奶的摊位专售爆米花。靳奶奶负责卖，她儿子大军负责炸，母子俩以此为生。大军患有唐氏综合征，长相与常人不同，智力上也有些缺陷，但他炸爆米花的技术却很纯熟。他把洗净后晾干的玉米粒倒进架在炉子上的爆米锅里，边烤边快速且均匀地转动，几分钟后把爆米机从炉上移下来，用扳手扳开某处关节，"嘭"的一声，白浪翻滚，炸好的米花便悉数跃进了早已准备好的帆布袋里。我儿子喜欢看大军炸米花，看完之后，总是央求我买上一包。

孙大爷的摊位上不仅卖菜,还卖杂货。三人之中,数他的摊位最长,摊位的三分之一摆放着他自家种出的蔬菜,剩余三分之二,则摆放了诸如老鼠贴、老花镜、收音机、钥匙扣之类的物件儿。自我第一次光顾孙大爷的摊位算起,差不多已经五六年了,五六年里,货物还是那些货物,似乎就没怎么更新过,自然也很少有人掏钱购买。虽然那些货物上落满了一层薄薄的灰尘,似乎是被时间忽视了,但孙大爷依然会将它们摆出来,日复一日,年复一年。我曾在他的摊位上淘到过一本本地二十多年前编著的旧书,书上收录了一篇我启蒙老师的短文,于是便买了下来。

我甚至还在这处市场摆过一次摊。前年秋天回老家,父亲往我后备厢里塞了两大袋地瓜,吃不了,又没有地方储存,便冒出了拉到市场售卖的心思。去得晚了,根本就找不到地方摆摊,正踌躇间,陈大哥喊了我一声,匀了一点儿空地给我。没想到,定好价格后,你三斤我五斤的,不过一会儿,竟全卖了出去。剩下的几斤,便送给了陈大哥。

买者与卖者的关系从生到熟,往往先是基于货品的优劣,之后才是人品的高低。我从来都是买这些熟人的东西,反复的实践告诉我,这是一种既省时又省心的选择。但是后来,有几次,我东西都挑好了,却终究没有买成,即便他们热心地告诉我下次再给钱,我也没有接过来。一旦形成长久的买卖关系,不买他们的,总是觉得不好意思,因此,我只好远远地避开他们,在他们视线的盲区,买了其他商贩的商品,之后又绕了一段远路回到了家。之所以没买熟人们的货品,不是质量原因,也不是价格原因,而是我实在没法支付货款——我只带了手机,而他们却没有收款二维码——电子支付迅速霸占了我们的生活,如今是一部手机走天下,大多数时候,我们已经不需用实物性的钱币支付了。其至,我们的手头早已没有一张实物性的钱币了。

社会的发展便是如此,一旦成为趋势,作为普通人,只能被夹裹于其中,顺着澎湃之水泥沙俱下。明明谈好的生意,却因为无法使用电子支付而告吹,陈大哥有些无奈。为了生意,他只好换了一部智能手机,开始使用扫描二维码的功能收钱。一两个月后,他兴奋地告诉我,还是使用二维码收款方便,说自己当初咋就没想通呢。

陈大哥与时俱进,我却又开始反其道而为之了——我从银行里取出来一些钱币,专门用来上街买菜。因为我发现,孙大爷、王大爷、常奶奶这些已逾古稀的老人,他们虽然也陆续在摊位上张贴了收款二维码,但他们揣在兜里、挂在腰间的,却依然是老年人专用手机。也就是说,那些扫码支付的虚拟钱币,可能并未进入他们自己的账户。据我所知,事实上,他们中的一些人，最后是得不到这些辛苦钱的。每当别人拿起手机要扫码支付时，那位经常在市场最东侧卖菜的金奶奶总是会问上一句："有零钱吗？"如果是回答有，金奶奶便会请对方用纸币支付，如果是回答没有，她也不再多说什么，买菜的人扫码付款之后，金奶奶伸头看看他们的手机屏幕，便会将菜递过去。后来听市场里的其他商贩说，金奶奶守寡多年，一个人拉扯着遗腹子长大，但这个她含辛茹苦养大的儿子却极不省事，吃喝玩乐嫖五毒俱占，整日张手向金奶奶要钱，可着劲儿挥霍着老人家好不容易攒下的积蓄，若是不给，便会毒打亲娘。还听说，金奶奶摊子上张贴的二维码，便是她儿子的——卖菜的收益全都进了那不肖之子的腰包，等金奶奶向他讨要一些用来贩卖蔬菜时，他总是极不情愿地拿出其中的一小半来应付。或许正是因为如此，金奶奶才希望买菜人交到她手里的，是实实在在的、能看得见摸得着的纸币。

我知道你可能会说，不过是换一部手机的事，不值得这样大加感慨。然而你可能不知道，在你看来一学即会的智能手机操作方法，但在那些老人看来，往往不是仅凭阅历和毅力，就能融会贯通的。便捷的支付方式，固然是时代进步的表现，但"进步"这个词并不具备全民性，它以自行的推广标准，礼貌地拒绝了小部分人的参与。这些被限制入场的人，往往滞留于旧的生活方式里，是新时代的脱节者。

我想起了自己的文盲母亲——在我们看来，她所做的一些事情往往显得笨拙而好笑，却很少设身处地地体会到其中的辛酸和艰难。我小时候，她带着我去乡里赶集，集市上没有公共厕所，大家有了内急，便都往卫生院、学校、政府大院这些地方跑。那时候，我多次充当为她指点方向的明灯，先把用红漆刷出的"厕所"两个字指给她看，再把同样用红漆刷出的"男"和"女"两个字指给她看。那时的她母仪全无，只是一个接受教导的小童子。这几年，她随着我的一位远房叔叔在工地上打零工，为了能够准确标记工时，她用铅笔在墙上画了两排火柴梗模样的线段，长而粗的线段代表的工时是一天，短而细的线段代表的工时是半天，等到发工资的时候，她就对照着那些线段确认。都说文字的发明是人类文明的标志之一，但是你看，文明不是照样抛弃了我的母亲嘛。因为没法搭上文字的快车，她只能采用类似结绳记事这样的古老记录方法。

即便是我们这些看起来与时代同频共振的人，或许也并不觉得生活总是朝着便捷的走向迈进吧。有时候我觉得，我们似乎已经被所谓的智能绑架了智商，似乎一说到"智能"二字，就想当然地觉得一定是新的好的。譬如说，无论是工作还是生活，每行一事，似乎都会被要求下载各类APP（应用软件），原本轻而易举的事情，反而因智能技术的介入而曲曲折折。数次去不同的窗口单位办理不同的业务，他们都强调正在推行智能化服务,需要我先在智能手机上如此这般操作,他们再怎样接洽,接下来我再如何申请,他们再怎样办理。原本只需几分钟的操作流程,竟足足花了半个多小时。其间,我数次表示无须智能操作,走正常手续即可,对方不说不行,只是一味言说手机操作如何方便。他们语言得当,服务周到,你没法挑三拣四,只得对着手机再接再厉。

复述以上所遇,聊发以上所感,并无诋毁什么的意思,只是想说,尽管有些事物的发展是大势所趋,但每个个体都存在着固有的难以更改的独特性,所以希望可以容许一部分人"不图上进",留给他们可以不改变生活现状的空间与权利。君子喻于义,小人喻于利,我是小人,为别人争取不必与时俱进的空间,说到底正是为自己争取可以不被裹挟而行的权利,因为我不知道,许多年后,我们会不会成为今日的他们。

六

有人从背后喊住了我。

县城很小,熟人很多,被人喊住是常有的事情。但是与以往被人喊住不同,这次背后响起的竟是我的乳名。

乳名,用奶香擦拭出的符号,是亲人与故乡辨识我的依据之一。然而那些知晓并使用乳名招呼我的亲人,不是长年身居故土,便是去了大城市里打工,我从未听说过他们之中有谁生活于这座县城。因此,便想当然地认为,那声音应该是在喊别人,尽管如此,还是忍不住回头看了一眼。只回头一眼,我就已确定,他的确喊的就是我。

喊我的人叫顾有亮,我祖母娘家的孙辈后生,我的远房表哥。说他是后生,乃是以我祖母为参照物算的,其实他已知天命,比我大了将近二十岁。此刻,见我转过了头,五十多岁的他,站在马路牙子上,正在对我微笑。他继续喊着我的乳名说:"真的是你呀,多少年不见了!"

他说的多少年不见其实是整整六年。六年前,因妻子与人通奸,他一气之下将奸夫揍成了重伤,法院以故意伤害罪判处他有期徒刑八年。前段时间回老家,听祖母说起她的这位侄孙。祖母说:"有亮出来了。"祖母叹息:"出来是出来了,可是家却没了。"诚如祖母所言,家的确已经四分五散——他妻子自知理亏,从此带着儿子销声匿迹;他父亲心肠郁结,在他入狱后的第三年生了场大病,追随他早逝的母亲而去;原先挤着一家人的老宅院早已杂草丛生,不见人烟。他虽因减刑早出,却已是孤家寡人。

他看着我笑,我便也看着他笑。虽然脸上涂抹着笑意,心里却浮动着疑惑——我不知他为何会出现在此处。他们村与我们村是邻村,虽说是邻村,但其实分属两县,按照惯例,讨生计的人各奔自己的县城,但他显然超出了这种惯例。

我们见面的地点,是一处自发形成的人力资源市场,位于城乡接合部。十七年前我初到县城读高中时,它就处于城乡接合部;十七年后的今天,它依然处于城乡接合部。从字面上理解,看似毫无变化,其实内质已经沧海桑田,彼时的参照物早已不再是今日的参照物——随着县城的迅疾扩张,这处人力市场数度被向外驱赶,越迁越远,直至如今这处所在,而曾经的几个据点,早已成了中心城区。据说,新一轮的城市规划即将开始,到那时,或许这处人力市场还将继续向外迁移。

我之前在一所偏远的农村小学教书,学校距县城四五十里,我每天五点半起床,六点十分准时到达某处路口,等着搭乘同事的私家车。这处人力市场,是我们的必经之地。说是市场,却只是一处十字街口,才六点多,街口西侧的道路两旁早已挤满了黑压压的人群,他们约定俗成在这里等活儿,而一些需要临时用工的公司、工厂乃至个人,也会约定俗成地到这里物色工人。这些人工种复杂,木工、瓦工、包装工、水电工,应有尽有,即便没有专长的技艺,也可以凭借着一股子力气扛举重物。一旦见到有车辆缓慢停下,摇下车窗,这些人便一窝蜂似的围上来,询问要什么工,干什么活儿,等谈妥了价格,便坐着雇主的车子离开,或者根据雇主的需求约定好时间和地点,到时候再自行赶过去。他们一般是从早上五点多钟开始陆续聚合，到了十点多钟，如果还未被雇主选中，就会陆续散去。他们就像是一只只麻雀，饥一顿饱一顿的，所得往往只够勉强养家糊口。马路牙子地面小，人群总是会向着本就不怎么宽裕的路面扩张，这便严重影响了来往车辆的通行。每次车子缓行到此处，那些人就会围过来，同事便会踩刹车、按喇叭，有时候还会忍不住骂上几句。他或许是忘了，就在不久前，他装修新房，也是在这里寻找到的装修工人。据他说，两个装修工很是卖力，比找装修公司干得快不说，价格上还便宜了将近一半。他还以过来人的口吻告诫我说，装修公司大多就是个空壳子，签下活儿后，也到这里临时雇佣工人，倒手之间，价格自然就上来了，等我装修的时候，如他那般直接到这里找几个工人就行了。

询问之下，所料不错，有亮表哥果然是在这里等工。我们乡的俗语说：一表二不亲，再表是龟孙。"龟孙"二字太难听，具有恶毒的侮辱性，我在转述这句话的时候，常常将这两个字改成"路人"。诚如斯语，祖辈原本的五指之亲，到了我们这一辈，便显得淡薄了很多，聊起天来各有顾忌，只是刚起了个开头，就想着要如何结语了。简单的交流中，我们心照不宣地绕过了诸如牢狱之灾、丧亲之痛之类的敏感而沉重的话题，我只是聊了聊自己的现状，他也只是谈了谈自己这段时间的打工经历。他告诉我，他重又慢慢拾起了当年做木匠和泥水匠的手艺，干起了装修的活计，偶尔也会去建筑工地上当个小工，给人家打打下手，自己孤家寡人的，挣的钱，够花。他还夸口说，等我装修房子的时候，他包了。末了，我们各自存下了对方的电话号码，便挥手告别了。

之后不久，我二爷爷便过世了。我回家奔丧，忙完之后，向祖母说起了这件事，祖母未作评论，只说了一句，你照应着点儿。那时候我还没结婚，住在用父母的积蓄和自己的盈余购置的二手房里。房子不大，但也有三室一厅，一个人住，未免显得太过浪费，想起祖母的叮嘱，我便给有亮表哥打了个电话，说起了我现在的居住条件，请他来与我一块儿住，他却拒绝了。他说自己与工友一起在县城西郊的某处租了个院子，离人力市场很近很方便，房子敞亮、宽阔，住起来很舒服，让我不必担忧。倒是并未担忧什么，只是有些疑惑——他说的那个地方我熟悉，皆是挨挨挤挤的棚户区，哪能称得上敞亮和宽阔呢。于是便明白了这是他的托词，大概是不愿麻烦我。后来又打电话请他来家里吃饭，他推托了几次，最终也没有来。但是十天半月的，他总会给我发一条短信——"工作忙不忙？""该买一套新房子了吧？""快结婚了吧？"……内容皆是询问我的近况。

一年多之后，终于明白以自己的工资收入，在相当长的一段时间内，是没有能力换一套新房了，于是就与未婚妻商量将那套二手房重新装修，当作结婚的新房。这事确定下来之后，我给有亮表哥打电话，请他来给装修，他却告诉我，已经不干装修了，现在在蔬菜批发市场里干装卸。他让我别着急，给了我他之前工友的电话号码，并说他先压压价，等第二天再让我拨打他工友的电话。第二天联系他的工友，价格果然要比自己一头扎进人力市场里雇用的工人低一些。

两个工人知道我是顾有亮的表弟，装修期间，不时与我闲聊，张口闭口就是你表嫂如何如何。我大为惊奇，以为是他那销声匿迹多年的妻子回来了，询问之下方知，他们口中的我表嫂另有其人。据说有一位开着小汽车来人力市场招工的中年妇女，有一批菜要往南方发，急需几个装车的工人，选过来选过去，有亮表哥和其他几个人被选中了。有亮表哥干活儿实在，舍得出力，便得到了中年妇女的青睐，就问他愿不愿意在那里打长工，他自然说愿意，于是就留在了蔬菜批发市场。时间长了，中年妇女觉得有亮表哥是个踏实人，便亲自当了回红娘，将自己寡居的姐姐介绍给了他。中年妇女的姐姐无儿无女，有亮表哥则是无牵无挂，到了这个年龄，便真的就是搭伙过日子了，而过日子，图的就是安安稳稳。于是，这事也就水到渠成了。房子装修好之后，我便在老家订了婚。有亮表哥也去了，他满面春风，旁边立着一位中年女人，说起话来很是和善。据我母亲说，前些日子有亮表哥带着那女人回来，顺便收拾了一下老宅子，看样子以后会经常回来住。他还去看了我祖母，对我祖母说，现在不用自己干活儿了，指挥着别人干就行。

当然,回来的不只是有亮表哥,还有他那个销声匿迹的妻子。他妻子也要组建新的家庭了,这次回来,只是为了补办一个离婚手续。虽然是他们俩的儿子开车带着她回来的,但有亮表哥却未能见到自己的儿子。听村里人说,他儿子只是将车子停在了村头,并未下车。他或许早已习惯了没有父亲的生活,既然习惯了,便也就接受了,不想再去改变什么。

这样也好。过去的皆已过去,一切都将重新开始。至于父子之间的隔阂还会不会持续下去,则又是另一个故事了,我还没想好如何去讲述它。甚至,我还没想好要不要去讲述它。

七

在护城河广场,我遇见了一个戴面具的人。

护城河广场西靠山丘,东接河流,似一张包裹着甜蜜物质的糖纸,进出之人只能通过南北两个狭窄的通道进入,是一处相对隐蔽的所在。虽说与其他四通八达的无死角广场相比,这里的确要僻静许多,但毕竟未负"广场"之名,天气晴好的时候,仍会有不少人前来游玩。游玩的人里,除了散步的老人们,便数带着孩子的家长和跟着家长的孩子居多。

小商贩善于抓住时机,叫卖各种货品。他们专往人堆里钻,公园、集市、广场,都是好去处。其中不乏戴着卡通面具来售卖卡通面具者，他们总是会先将塑料面具一捆捆地分类叠放在一起，叠在一起的面具看起来并不厚，一只手也能轻松拿起，但实则有数十件之多，卖出去，便是一笔不少的收入。奥特曼、皮卡丘、喜羊羊、美猴王、猪八戒、熊大、熊二……围过来的孩子各择喜好，背后的家长尚未付完款，他们便急匆匆将刚到手的心仪面具戴在了脸上，或开始模仿面具人物的动作，或相互追逐。有时候，大人受到感染，也会多买一张自戴，陪着孩子玩耍。

但我遇见的这个人脸上的面具，却与那些可爱的卡通面孔截然不同。眼前的这个人，他戴着的是《V字仇杀队》里的主人公V戴着的那种面具，面白须黑尖下巴。电影里，那个名唤"V"的神秘怪人身披黑斗篷，脸上罩着留有八字胡的笑脸面具。他策划周密，身手敏捷，为了达到推翻专制政权的目的而不择手段。在剧情的波涛里颠簸，作为男主角的V，总给我一种如虫噬般越钻越深的寒意。但我总觉得，V传导给我的寒意，至少有一半来自那张他从未揭下的面具。在那张面具上，无论是尖下巴还是八字胡，无论是白惨惨还是黑黢黢，都在努力扭合出一种诡异的笑。事实上，"诡异的笑"是那张面具唯一的标志性表情，面具背后的人脸上，那些平平淡淡的喜乐与悲伤、温暖和阴戾，全被这副诡异的笑遮掩或稀释了，你无法从面具之前探究面具背后，一个人的真实意图。

我眼前的这个面具人，他并未做出影片中的任何一个危险动作，只是沉默地坐在广场一隅的木椅上，刻板地保持着垂手前倾的姿势，自我发现他始，便未做丝毫可以用视线察觉出的更改。我不知道他来到这里多久了，也不知道他保持着这个姿势多久了，因为在我携子踏足这一片区域时，他早就已经坐在那里了。于沉默中保持着某个姿势，往往是思考的温床和倚仗，所以我猜测，他或许是在想什么事情，但我却无法从他的面部表情上来猜度他所想之事的心理色彩。

他的对面，是一尊大理石雕像，雕刻的是两千多年前这方土地的兰陵令的形象。兰陵令荀子颀然而立、目视前方，左手持卷、右臂负后，一副书生打扮，绝无官僚气息。此时无风，兰陵令的帻巾却早已飘扬于虚空之中，一只鸽子便立在那帻巾之上，"咕咕"叫了几声，其他两只则卧在雕像的底座上，并不回应。的确，兰陵令荀子是百里之宰，也是一位博学大儒，他雕像的背后，是一堵半圆形围墙，墙壁上镌刻着《荀子》各篇。圣人的教诲虽铭之金石，却少有人观读。突然想起，这位老先生曾说要"善假于物"，物有百种千种，面具这种小东西自是其一，不知道老先生雕像对面这位头戴面具的人，算不算所谓的善假于物者。即便他不算，他旁边另一尊雕像的原生人物也应该算吧——这尊塑像的形象是位身披甲胄的武士，在这座小县城的不同角落，坐落着数处他佩戴着狰狞面具策马冲锋的雕像。这位名唤高长恭的武士，曾以帝国宗室子弟的身份受封为兰陵王。史书上说他"貌柔心壮，音容兼美"，是个美男子。对于帝国武将而言，天赐一张虽姣好却无威的面皮，或许并不是一件好事，无奈之下他只得另辟蹊径，扣上了一张狰狞的面罩。唐代音乐理论家段安节说，戏有代面，始自北齐。在做代面之戏时，表演者需佩戴面具，用舒缓或激烈的肢体语言，演绎人物的悲欢故事。代面，亦是书信别称，山水迢遥不得相见，只能鸿雁传书，代替面谈。或叮咛，或泣怨，或指责，或激励，展开信笺，一个人的面目、口吻、形态，便全都浮现于读信人的脑中。但毕竟只是代面，词语本身已经将事物的根本属性道破说透——无论是乐舞剧试图借助面具更为形象地演绎人物，还是期望透过字里行间去描摹触摸所思之人更为体己的气息，总是隔了一层，不得亲见。

还有京剧里的脸谱。这另类的面具，是脂粉和油彩演绎出的魔术技艺，赤橙黄绿青蓝紫，一张普普通通的脸面，一经不同颜色质地的油彩的勾画涂抹，便开启了生旦净末丑的千姿故事、百态人生。红脸忠勇正直、白脸奸诈阴狠、蓝脸性情刚猛、黑脸刚正耿直……似乎只要揪住颜色这一主要特征，就能分辨出好人坏人，一眼望去，戏方开场，便已结束。然而，作为一个色盲者，我并不能分辨出其中某些人物的品性。戏里不能，戏外也不能。

我想起读书时代为参加学校文艺会演而排演的一出话剧，在剧中，我侥幸得到了一个小角色。作为大反派的帮凶，我是即将被一剑穿胸的小人物，因为无足轻重，他们只是用一张白纸挖出了口眼鼻的孔洞，只是在白纸上左右各写下了一个潦草的"坏"字，再用胶带粘贴在了我的脸上。在排演中，我站在大反派的背后，向着正面人物叫嚣，那一众正面人物里，有一个我们很多人都喜欢的女同学，我的脸浮动着甜蜜的笑，我的嘴却向着她呐喊出威胁的言辞——我把恶毒的台词浸泡在甜蜜的心思里，继而又将其抛出，不在乎几秒钟之后，我便会被她"刺死"当场。作为"死尸"，我一动不动地躺在那里，配合着主要人物继续演出。历尽悲欢之后，有情人终成眷属，作恶者终获严惩，而我，却像是一件被人遗弃的垃圾，卧着身子，闭着眼睛，背对着观众，等待着落幕，等待着闭灯。我知道，落幕闭灯之后，我必须要迅速爬起来，借助遮蔽物逃离舞台，再开启幕布时，"血腥"早已被冲刷干净，我也已无须再上场。就如王安忆创作的长篇小说《长恨歌》里的王琦瑶，她的一生，早已被许多年前的一场戏看穿，她的故事看起来虽然才刚开始，但其实早就已经落幕了。我参加排演的那出戏虽然终因拙劣而未能登上学校文艺会演的舞台，但它却让我借助一个小角色，指证了自己。

啰里啰唆，说的好像都与面具有关，又好像都无关。如果这种联系有些牵强，那我还是将话题再强扯回当下吧——当下，面前这个佩戴着面具的人，丝毫没察觉或者说不关心我的心思已经跋山涉水去了远方，继而又从远方一路兼程地赶了回来。他依然静静地坐在木椅上，保持着垂手前倾的姿势。

或许是因为刚才那些杂乱思绪的影响，我开始警惕起来了。我扯着儿子的手臂，将他拉到了距离面具人稍远一点儿的位置。现在，我不确定面前这个看起来呆板的人，下一刻会不会一跃而起，向着我和我的儿子做出偏激的事情，毕竟，那部收容并刻画了这副面具的影片以及我的诸多思绪，给我留下了新的复合型阴影。事实上，我只能算是一个后知后觉者——尽管退后数步之后与面具人拉长了一段距离，但我发现，我们父子俩依然是人群中距他最近的两个人。一开始，其他游客就默契地与他拉开了距离。

他是谁，为何会来到此处，为什么要用这样一张面具疏离于众人？这些轻飘飘的心思只是想了想，就飘走了。此刻，我更关心"他究竟会不会对我们构成威胁"这个问题。事实上，面具本身就是"威胁"和"被威胁"的异化产物之一。我们总是老生常谈，总是说生活在这世上，人人都戴着面具。面具是补偿给怯弱之人的武器，是雪中送炭；面具也是助力勇武之人的底气，是变本加厉。作为一种既可以划分到实用类、也可以划分到装饰类的器具，面具昭示着该昭示的东西，遮掩着该遮掩的东西，但就是不愿让人看到未曾昭示和未曾遮掩的东西，不愿让人看到真相。

说起面具，我知道你们肯定会想到这世间的多面人。说"多面人"这个词毕竟是见外了，其实置换成"你我"，也丝毫未篡其义。我们都是多面人，如贩售面具的商贩，每个人都怀揣或手提着一摞有形无形的面具，"见人说人话，见鬼说鬼话"说的就是这些面具，"说一套做一套"说的也是这些面具。

我们往往以面具的多少以及是否能够灵活佩戴和使用面具，来评判一个人的优劣，谁坐拥并使用着众多面具，谁便是这世间的精英。如此说来，在护城河广场，面对这位来历不明的面具人，或许让我感到恐惧的只是数字而已——因为我尚不知道，我对面的这个人，究竟是比我多了还是少了一张面具。

指向牌

一

那时候,夜色已经开始缓慢地聚拢过来。你知道的,所谓夜色就是那种白日里被我们称之为"影"的东西,在太阳威力四射的时候,它们躲在树下,躲在墙后,躲在身侧,但从未选择逃遁。到了傍晚,余威渐失的太阳尚未挤入山峦,影们便开始蠢蠢欲动,先是借助寄主的身躯将自己不断拉长,不断膨化,进而彼此勾连,直至融为一体,色彩也开始悄不作声地由浅转浓,层层渲染,最后把所有的事物包裹起来。

身披暮色,在这座陌生小城的某个陌生的路口,我握着手机,沿着根本就不存在的不规则的圆一圈一圈地绕着——绕过尚未亮起的路灯,绕过正在收摊儿的补鞋匠,绕过几棵法桐树,绕过几只眼睛渐亮的流浪猫……我的眼睛或高或低或左或右地扫视着，不知道是不是因为暮色的遮蔽，我始终都找不到电话那头朋友告知我的那个指向牌。

那是一个蓝底白字的指向牌，金属质地，嵌在一根高大的电线杆上，上面写着"光明路"三个大字，找到它，并沿着它的指向向前走上三四百米，就会与一座地标建筑物相遇，接下来，再借助下一个指向牌向着下一程进发。电话那头，朋友的语言简单、直接、不容置疑，十多分钟里，他以生活于这座小城十多年的资历提示我，动用所有关于这条街的记忆帮助我确定目标。我很惭愧——他口中表述得如此清晰的指向牌，却在我眼中丢失了踪迹。我的眼光向着四方迷茫地撒开，却始终寻不到那个醒目的指向牌。朋友无奈，最后只能撂给我一句话：你先在那里等着，下班后我去接你。

夜色更浓了。站在浓浓的夜色之中，分不清东西南北的我开始不安起来。在此之前，我已经迷路了，除了前后左右这些以自己的身体为参照物可以轻而易举分辨出的指向词外，东南西北这些方位词已经失去了意义。嘈杂的人流和车流在我身体的每个侧面穿行而过，我站在最喧闹的尘世，却又似被整个尘世排拒在外。幸好，以我为中心，四外的路灯、车灯、霓虹灯已经依次亮起，各类灯光交织在一起，互相较量着亮度、持久度、穿射力以及色彩的绚丽，显得杂乱和热闹。多彩的灯光聚集于某一范围之内,点缀着这座小城的一隅,这些与我生活的小城别无二致的景色,让我这个外地人多少感受到了一丝温暖。

越是司空见惯的事物,我们越是所知甚少。这或许是人自视高贵的思维在作祟。当我们置身于陌生的环境,那些俗常的事物作为我们不曾密切关注的生活经验,反而让无助的我们有了值得依靠的东西。在这座陌生的小城,找不到指向牌的我,迷失方向的我,便把这些灯光视为了缓和不安情绪的稻草,并对平日里被我所忽略的它们进行了仔细的观察。我发现,无论多么强烈的灯光,终究还是无法与漫无边际的夜色相抗衡,光线如一把冰冷的利刃强烈地刺出,只是把夜色挤压到不远处,在此过程中,贴着光线的夜色在以柔和、持久的力量,龟速般锲而不舍地稀释、蚕食着那些耀眼的光芒。灯光之外,在更广阔的区域内,浓重的夜色依然以绝对主角的身份占据着这座小城。

这样的观察结果又开始挑动起了我刚刚平息下来的不安情绪。因为我突然从类比中看到了自己的处境。在此之前,如果我的目标是那个被朋友描述得清晰无比的指向牌的话,如果我能在天黑之前迅速地找到它并且根据它的指示迅速离开的话,我就不会被困在这里,更不会在这座隐形的孤岛上观察那些可笑的事物,思索那些肤浅的问题。从我自身的经验上来看,观察和思考并不是什么好东西,它们怀揣叵测之心,把我引入了新的困顿之中。这新的困顿依然来源于我的思考——我猛然发觉，无论我是否找到了那个在与朋友和我的对话中如呈堂证供般存在无误的指向牌，无论我是要向左向右向前向后走去还是静止不动，我都会走向黑夜。也就是说，在时间面前，其他因素都失去了它们的属性和功能，在时间的威逼下，指向牌被置换为黑夜。作为一种谁都可以无视却又无法避免的指向牌，无论我愿不愿意，黑夜都会把我领入另一种方向的深处。黑夜以它巨大的身躯关照到了这尘世间的每一种事物，它以黑漆漆的大口明目张胆地将我们吞没，根本就不需要图谋不轨，也不必暗怀鬼胎。

就在我胡思乱想之际，朋友骑着一辆电瓶车在我的旁边停下了。我从他的语气里体会到一丝无奈——他朝着某个方位用手一指说："就是那个指向牌，不是很好找吗？"顺着他的手指，我抬头看去，只看见一根电线杆，杆上线路纵横交错，与它们身侧的暮色融为一体，又以近乎漆黑的颜色与不远处淡一点儿的夜色稍微分别开，就如一个悬在空中的鸟巢，随风摆动。只是，电线杆上根本就没有指向牌的踪迹，"光明路"在黑夜里不知所终。朋友显然也发现了这个情况，他的手指依然僵直地指向那里，干咳了两声，骂了句脏话，就不再说什么了。我跳上他的电瓶车，车子载着我们笨拙地向着黑夜的深处驶去。

事情就是这样，当我们把道路的属性交付于指向牌，便把信任也同时交付于它，然而当一个指向牌不知所终之后，道路也就这样凭空消失了。

这只是一个讲了半截儿的故事。有些故事就是这样,没有头和尾,只残余其中的某一片段,如一枚断钉深深刺入你的生活。只是我没想到,由指向牌打造的这种断钉在之后的日子里还在不断刺入我的生活。

二

我们几乎不可能真正去熟悉一条路。

很多时候,我们以"路是人走出来的"这一信条来宣示自己的决心,却在潜意识里夹杂了自负、狂傲和无知的成分。在这一看似无懈可击的信条的迷惑下,我们自以为扣住了路的命门,探寻到了人生的真谛,岂不知,我们已经被那条路明目张胆地绕进了歧途,深陷于路中却不知自拔。

每一条路都是一种独特的存在,遗憾的是,我们常常把所有的路都梳理出它们的共性,以共性去遮蔽它的特殊所在。指向牌就是这种共性的产物。然而,总会有一些不规矩的具象或者抽象的指向牌,逃离人们附加给它的属性,用另一种态度立于道路旁边,或解答着我们对于道路的困惑,或扰乱着我们对于人生的认知。

数年前,我在一条路上迷了路。那是一条山路,平时少有人走,沿着崎岖的山路走了一段,弯弯曲曲地绕过一片长在乱石堆中的荆棘之后,我突然不知道该如何向前走了。不是无路可走,而是道路太多,让我不知该如何探脚。我的面前,从不同方位延伸出来的水泥路、黄土路、砂石路汇聚到了一点,就如一个爪子或一条支流繁茂的河流,显得杂乱无章,抬眼望去,那些道路沿着山势起伏缠绕,现于荒山,隐于密林,不知最终抵达了一种怎样的所在。

在我眼前的道路交会处一侧,斜立着一根枯槁的枣木,通过没有被扰乱的坚硬土质可看出,枣木原生于此,只是被人为地拦头砍断了。断头位置,有人用两枚铁钉钉了一块木质的牌子,近乎腐朽的牌子上,歪歪扭扭、密密麻麻地卧着一些黄色油漆涂刷出的大字,部分字迹已随着木质的腐烂而脱落,只余下一些模糊的印迹,需要仔细辨认。仔细观察了很久,最后确认这竟是一个指向牌,指向牌上那些潦草的随意为之的字迹和线条,竟是这座山上各个景点的名字及路径。字迹与字迹、线条与线条、字迹与线条之间相互逾越,根本无法确切地提取出有效的信息。在此之前,我其实早就知晓这座山是一处尚未开发完毕的风景区,本地一位地产商曾斥巨资打造此山,其间却因为经济问题陷于囹圄,风景区也便随即烂了尾。我并不关心开发商的命运起伏,但这座山上的烂尾风景区却让我的行程陷入了一种迷茫的困境——我在寻一条路登临山顶,开发商却给了我一个无法参破的指向牌。

沉思良久不得其法,索性就抛开了指向牌,随意选择了一条小径向着高处爬去。其间,裤子被荆棘扯破了两道口子,手臂也被树枝划出了一道血印,终于爬到了一处所在:悬崖。站在悬崖边上,无法前行的我想起了杨朱,想起了阮籍,想起了他们的失路之哭。"率意独驾,不由径路,车迹所穷,辄恸哭而反。"如果我也算是一个文人的话,或许也会如他们般面对穷途末路而放声哭泣,然而我不是,所以并没有生发出那种悲哀、绝望的情愫。我看到的是美:在更远处的那座山平缓的躯体之上,一轮降了四分之一的落日用最后的光芒点燃了天际的云彩,飞鸟的羽翼擦过燃烧起来的云彩,它的身上便也被镀上了太阳留给尘世的最后一抹光芒……世界上所有的美都是短促的,我还想看到更多,太阳却已如发现了我这个偷窥者一般,一转眼就跳下了山顶,跳入了山的背后。天地似乎静止了,万物因忽然没有了太阳的照耀而茫然无措,连风都忘了吹拂,连草都忘了生长,连我都忘了呼吸。

在此之前,我绝不会想到,那条把我引入歧途的道路,它竟于无意中泄露了最美的风景。我在想,倘若我眼前有个清晰可辨的指向牌,就决不会转入此间来,也决不会窥见和感受到那轮落日以及落日带给我的冲击,我或许会根据指向牌的指示,走向那些未完工的拙劣人造景点,在景点解说牌上看到几段穿凿附会的民间故事，一再将旅途引入庸俗。

有时候我们心中的道路越多，反而越让人感到迷茫。面对那么多交织在一起的箭头，你会停止不前，也可能会选择其中一个看起来比较靠谱的指向行走，结果，却往往走入一条歧路、一种未知之中。

我并非是在排斥一条明确的道路，也并非不能理解杨朱和阮籍面对穷途末路时的孤独和悲恸，我只是对指向牌的存在产生了疑虑，不知道它是在引领我们到达，还是在明确的方位中故弄玄虚，并在将你戏弄一番之后告诉你：此路不通。在某座小镇，我就曾遭遇过指向牌这样的戏耍：我被一个清晰明确的指向牌引入一条巷子，却被一堵新砌的墙壁拦住了去路。就如我的目的地不欢迎我一般，墙壁与指向牌合谋，一个以冰冷的面孔阻挡了我对前方的向往，一个用暗揣的鬼胎戏弄了我对道路的认知。

如你所见，面对一个指向牌，我没法完全把控要走的道路。

三

大概持续了两年的时间。在那两年里，我隔三岔五便去看望他。

他是我的忘年交，退休之后，就投入当地民俗文化的整理、挖掘和研究之中，编撰了两部关于本地历史和民俗文化方面的书籍，我之所以在二十岁之后对栖身的这座小城充满了兴趣，与他不无关系。

倘若你熟悉我所栖身的这座小县城，熟悉这小县城的街街巷巷，你总会看到，有一位白发老人时常在那些百年古巷里穿行。他手执一部颇为专业的相机，对着一面晚清墙壁上的浮雕拍，对着一间民国旧居拍，对着一位比他更老的老人拍。有时候，他也会用手无限惋惜地抚摸一个旧时的石雕狮子或一片挂在墙头的灰瓦，他的手触到一段裂纹时，就会因凹凸不平而轻抖一下，就像是自己那颗经历过沧桑世事的心颤了颤。

老先生住在城中村。这座城虽说只是个小县城，但也早已呈现出极为繁华的面目，人流车流川流不息，高楼大厦鳞次栉比，盛世之声喧天彻地。去往他家，需要先穿越这些嘈杂，然后再避开那些拥挤，才能拐入一段时间的回流处，在相对安静、古朴一点儿的时光里，敲开他的院门。

在去往他家的小巷与大街的相接处，有一个简易的指向牌。除了第一次去他家时，我曾认真寻找并看到过它，此后，对它基本是熟视无睹，甚至往往忽略了它的存在。在我还不熟悉道路的时候，一个指向牌的功用性被放大到了极点，但当我一旦熟悉了这条完整的路径，指向牌的功用价值便已消失无踪。

那两年多的时光对我而言虽算不上珍贵，却能让我时常不自觉地回忆起来。在拥挤、闭塞的城中村，在其貌不扬的小院里，在一壶清淡的竹叶青的映衬下，老先生将他拍下的这座小城的照片拿给我欣赏，将他所藏的线装旧书交给我阅读，将他收集的当地旧物摆出来任我把玩。有时候，我们也会谈谈生活，主要是听我谈我的困惑和想法，无论听到我怎样极端的牢骚，他都是宽容地笑笑，从不以经验丰富的长辈自居，任意给我指点迷津。

那时我还在教书，暑假到来后，我用了将近一个月的时间去南方溜达了一圈，回来后，手提着从南方带回来的一盒茶叶去看望他。沿着大路转入小巷，穿过指向牌，走到第一个巷口右转，走到下一个巷口再左转，再向前走上四五十米，就到了他家门口。这条路太熟悉了，以至于我刚走进巷口，穿过指向牌，便被眼前的景象镇住了：我的面前是一片废墟。那些倒塌的房屋堆积起的废墟之上，推土机还在不断施展着自己的铁臂，向着余下不多的完好的房屋挥去。或许任何物体的属性都是相对的，譬如原本那些坚固的砖木房子，在我们看来能够承受数百年的风吹雨打日晒尘磨，在推土机面前，却不堪一击。在推土机的推搡下，房屋接连不断地轰然倒塌，破碎的桌椅、凌乱的旧衣、蒙尘的玩具，它们有些被压入废墟之中，有些被弹到废墟之上，以无主的状态散乱地分布着，只有塑料袋在风中翻滚，不受制于命运的突变。推土机的远处，几只脏兮兮的小猫或在废墟的空隙里穿梭、嬉戏，或卧在一个角落里，不为眼前的机器轰鸣声所动，不知道它们原本就是流浪猫还是被迁走的住户遗弃于此地的。在大时代，人尚且不能掌控自己的命运，何况是这些小巧的精灵呢。

那个上午，我想借助自己数年来形成的方位意识找到老先生家的所在，却发现根本就不可能做到。房屋尚未拆除时，那些房子与房子紧密地勾连着，只余出窄窄的巷子，这家的藤蔓植物往往会漫过墙头隔空飞翔几步，就轻易扒住了那家的墙头。在这方不大的区域里穿行，就如行走于迷宫之中，好几次，我都敲错了门。而现在，房屋俱成废墟，再没有什么可以迷惑脚步的东西存在，然而，这看似一目了然的场地，却更让我感到困顿。他的家究竟在哪里呢？面对一片狼藉，搜索无果的我束手无措。

倘若那个指向牌是弓，我便是它射出的一支短箭，当我就要命中目标时才猛然发现，我根本就无处落脚。

我知道，道路毕竟只是一种途径，与它相匹配的是过程，它不是我们所要抵达的目的地，我们只是借助它到达了某个终点。恰恰，指向牌指向的正是某段道路的终点。与指引我去往忘年之交家的指向牌将我置于无的放矢的状态中不同，另一个指向牌将我引入了另一种目的地和思考之中。

那个指向牌就在我家附近，金属的柱子举着金属的牌子，中间用两枚螺丝钉固定住，我散步的时候，时常与它擦肩而过。有一次路过它时，我发现原本平举的牌子居然坠了下来，致使标示方向的箭头直指大地。仔细观察才发现，其中的一枚螺丝钉以及和它配套的螺丝帽不知所终，仅剩下的一枚螺丝钉也与螺丝帽呈现出松动的迹象，这就使得指向牌失去了托举之力。

闲来无事，我尝试把牌子举起来，重新固定了一下螺丝，又从附近捡起一个塑料袋，将它拧成一股绳，穿过失去螺丝之后露出的孔洞，把杆子和牌子拴了拴。过了几日，再次路过那里，拧成绳状的塑料袋已不知去向，余下的那枚螺丝钉与螺丝帽也重新回到松动的状态，指向牌依然耷拉着脑袋，将箭头指向大地。

我没有再去做什么，因为我从中隐隐感受到了一些东西。这一个固执的指向牌，它似乎就是想以这样倔强的方式传达它对自己使命的理解，它超越了对生活中方位导向的解读，以指向牌界的哲学家或者智者的身份，回答了人生这门大书最本质的问题。难道不是吗？无论这个人是功盖天下的英雄还是碌碌无为的脓包，是尸位素餐还是郁郁不得志，是短命者还是长寿人，都跳不出三道，逃不出五行。无论路途多么迢遥，每个人从呱呱坠地，就确定了他的终点，这个指向牌只不过是借此道出了人生的归宿。

我们都会走向大地。这个失修的指向牌已经提前告知了我们答案。

显与隐

一

我蹲在一个狭窄且密闭的空间里,保持着俘虏的姿势,偶尔皱眉、咬牙、攥拳,让表象的用力深入肌理、渗入内脏,以便卸去一些累赘。尽管盛夏的烈日关照不到这处阴暗之所,但空气依然是燥热的,燥热的空气中弥漫着的异味,让我极为焦虑。从体内渗出的汗水沿着我面孔上凹凸的皮肤奔逃、汇聚,最后又以微型瀑布的姿态摔到了地面之上,与从冲水槽里溅出的水流汇于一处——它们虽然质地不同,但泾渭并不分明。

面前的隔板与水泥地面之间,是不足十厘米的空隙。透过空隙,我陆续看到不同的鞋子走了进来,又在消耗完极短或稍长的时间后走了出去。当各色鞋子背对我站定时,被不同人抛弃的液体便会以不同的冲力外泄。有些如高压水枪，突突突突，紧束而旺盛，有摧枯拉朽之势；有些如漏水的龙头，滴滴答答，流时漫长，流势却平缓；有些则深谙通感，于汩汩不休的流淌中，似乎是在用声音构建一个渐次向外散开的扇形物。液体们涌动的声音止息后，有时候，我会听见那些鞋子的主人发出的不同音色的声音——如舒服的呻吟，如沉重或轻微的叹息，如痛苦的颤声……

我的置身之地是十多年前县城老汽车站内的公共厕所。出走与回归、别离与重逢，诸如此类的故事经过时间缓慢的围剿和彻底的稀释，具体事件已经不能详述，但那些猛烈或浅淡的感情，却已与汽车站合二为一，汽车站就此成了一类感情的依托之物。或许正是因为如此，当老汽车站要被拆迁前，我专门去了一趟，隔着一条街远远地看了看，抽完一支烟后才转身离开。老车站被新建的高楼三面环绕着，对比之下愈显老态，在车站与高楼的缝隙间，藏身着诸多的小卖铺、小旅馆以及载客三轮车，它们是车站的衍生与寄生之物，是藤壶般无法清除的累赘，以世情生计之名拦截着交通枢纽的运转，从车站里启程的客车，需先缓慢穿过这些樊篱，再缓慢汇入主干道上的车流中，然后才能歪歪扭扭地拐向西环路、南环路、东环路和北环路。堵车严重，车次又时常晚点，这让我养成了上车前必如厕的习惯。有几年时间，在不同的城市之间辗转，我逐渐了解了独特的厕所广告文化。在不同的城市汽车站的公共厕所内，在樟脑球与尿液混合的剧烈气息里，在一个个隔板后面的小小蹲位间里，流水般你来我往的公共空间里的小广告，却又以隐秘的性质、夸张的方式，扭曲或实录着我们以及我们身处的时代。

我们身处于广告轰炸的时代，声光电、影视歌以及报纸、传单、广告牌，天上地下、虚空实体，它们多维一体，它们形式多样，它们密不透风地包裹着我们的生活，继而又驱使生活包裹着我们。虽无统一的标尺，但不得不承认，广告载体亦分高端与低端、现代与传统。以我所见，在相对低端与传统的广告载体里，公厕、网吧和电线杆，是三具庞然大物。倘若再行细化，三者相比，在保持受众广泛的前提下，公厕广告更具隐蔽性，而与其他的公厕广告相比，汽车站的公厕广告则是集大成者。

在汽车站，与公共厕所一墙之隔的公共候车室尚是一个外展型的无死角空间，在这样的空间里，每个人都是公共秩序的参与者和维护者，每个人都分摊着作为社会人应当分担的责任，在这里，法制和道德的硬约束与软约束，共同造就了大多数的正人君子。而在与公共候车室一墙之隔的公共厕所，法制和道德的约束往往是被打了折扣的，它以让许多人感到羞耻的便溺之名，既明显又隐晦地为来往行人构建了一处暂时性的私人世界。至少在某个时间段，一个蹲位只专属于一个人。就如出门前要化妆,就如在聚光灯下要微笑,就如回乡时要身着锦衣,我们的教育、我们的心理,明令或暗示我们必须喜欢、应该趋同那光鲜的一面,而刻意掩饰那些"藏污纳垢"的处所和行为,岂不知,"藏污纳垢"才是我们生活的常态。便溺之地作为聚光灯无法光照之地,虽然只是仅容一人的空间,却让我们拥有了更为广阔的自由,在这里,天性或恶念不但未受到狭小空间的拘束,反而被这狭小的空间庇护了起来。

既公共又私密,这或许正是公厕小广告得以风靡的原因所在。公共与私密共存,同时也决定了那些广告的性质——多是违法小广告,深谙生活的"潜规则",既想广而告之,却终究见不得光。

二

公厕内,那些小广告以及小广告所在的环境几乎是一致的。在短短数分钟的时间里,你蹲坐在公厕里,公厕里的广告则在蹲守你。前侧、左侧和右侧,三块原本乳白、银白或雪白的挡板上,遍布着斑点状、水线状、瀑布状、叶脉状以及无法描述其形状的污渍,甚至,那些污渍是多层的,污渍涂抹着污渍,污渍掩盖着污渍,污渍修改着污渍,就连那些或贴或印或写或刻在挡板之上的广告,亦未曾避免污渍的袭扰,广告附着广告,广告之上的污渍也现学现卖，层层堆砌。这是一块另类的调色板，暗黄、土灰、暗红、猩红、深蓝……这么多不规律的颜色，有些来自人的躯体，有些来自水的调配，还有些来自广告颜料的蔓延，置身其中，总是生怕被它们擦碰到。它们让本就狭窄的空间更为狭窄，让本就局促的姿势更为局促。

每个广告都极为小巧，长不过八九厘米，宽不过四五厘米，简直就是对身份证和银行卡的仿造。广告载体的材质五花八门，有的是防水贴纸，有的是印刻图章，有的是用粗笔绘就，有的则是用利器硬生生划出来的。与居民小区里极为单一的"开门换锁"和电线杆上最为醒目的"出租房屋"不同，公共厕所蹲间里的广告内容涉及的行业极为丰富，在卡片大小的空间里，密密麻麻的汉字总要托举着几个醒目的大字，如众多的矮山托举着高峰，如众多的民众膜拜着领袖。那些大字，是轻松贷款、车房抵押、诚招代孕、重金求子、包生男孩、无痛人流、人间仙境、算无遗策、易学大师、华佗再世、驾考包过、重金求缘、快速脱单、刷卡套现、刻章办证……这些广告里，总是有几个名号"任他风吹雨打，我自岿然不动"。

一些所谓的老中医也会时不时地凑一凑热闹。这些人真是手段了得、"口段"亦了得的人物，虽是不同的小广告，虽然附的是不同的电话号码，但专业技能却是一样的高超。有的说自己"专治癌症"，有的说自己"包治百病"；有的自称"当代医圣"，有的自称"华佗再世"，有的自称"中华一绝"。我虽是凡体凡胎，但却未患得一二重疾，不能实证小广告上写的绝伦的医术，更不敢说这些人是在诓骗那些身负恶疾的众生，便姑且相信，世上多有仙骨，民间确有真人。

即便是在公厕蹲位间这样的"灰色地带"，在非法小广告充斥的狭小空间里，也总会看到零星的"公益广告"。与铺天盖地、密密麻麻的小广告相比，此间的"公益广告"严格秉持着它们的公益性特征——偶尔出现，不同寻常。在省城汽车站的公厕里，我面前的挡板上，一个卡通苍髯大汉的形象面对着我，大汉着古装，却单手握着一把现代步枪，他的枪口指向我，让被塞在这小空间里的我似被劫持了一般。我忍不住笑了两声，后来突然意识到这里毕竟属于公共空间，便硬生生将笑声压了下去。走在省城的街道上，我在想，那位在厕所里涂鸦的人物，或许就隐藏于众人之中，或许某个与我擦肩而过的普通人，就是一位隐姓埋名的艺术天才。还有一次，在邻县汽车站公厕内的挡板上，我看到了六排字，三排在前挡板上，三排在左挡板上。前挡板上的三排字全都是"许婷，我爱你"，其中的"爱"字并非汉字，而是用红心代替；左挡板上的三排字全都是"许婷，我恨你"，其中的"恨"字是个别字，被写成了"狠"。这里面一定藏着一段刻骨铭心的故事吧，只是，我这个匆匆过客无意深究。

无论是那些无利可图的"公益广告",还是那些居心不良的非法小广告,都不会见容于清洁工的眼睛。厕所虽具有隐蔽性,但其主体毕竟属于公共空间,在公共空间里粘贴、涂绘这些东西,往轻了说是有碍观瞻,往重了说便是缺乏公德心乃至违法犯罪。等到这个地方创建文明城市的时候,等到这个车站创建文明单位的时候,等到反诈骗工作进入白热化阶段的时候,它们都会被铁铲和流水清除,被新一层的油漆覆盖。总有一次,你面对的将是干干净净的公厕,干净得似乎那些小广告和涂鸦压根儿就没有存在过一样。

三

那些拙劣的公厕野广告,绝大多数是可以与诈骗信息画等号的。然而,总有那么几个人固执地选择相信它们。有的人是出于欲望——他相信,走进小广告里,他们的生活将会好一些、更好一些。有的人是出于绝望——他相信,小广告里藏着他们最后的希望之光。

我曾在一家医院门口看见过一个三十岁上下的女人。她的一只手攥紧了一个带有这所医院标识的塑料袋,从医院的惯例以及塑料袋的厚薄分析,里面躺着的应是一张彩超片。她的另一只手臂承担着她的头部以及整个上躯的重量——她趴在自己的臂弯里,剧烈地抽搐着,放肆地痛哭着。那么多人走过去——那么多人从她身边稍微停了一下,甚至停都没有停,就走了过去。他们要赶往自己的私家车里,赶往医院的大厅里,惊雷未启,雨却已落下,他们各自寻找着自己的庇护所。然而那个蹲在医院门口埋头痛哭的女人,那个疑似被死神提前宣判的女人,她并不知道雨已经落了下来,或者说,她没有任何心思来抗拒这场来自天空的馈赠——她内心深处的一场瓢泼大雨已先于一场自然之雨泛滥成灾。绝望有多粗暴,崩溃就有多彻底,在绝望的人眼中,死亡有无数种可能,但生存微弱得却不值一提。

我老家有位老人,得了"孬病",去社区的卫生室,被卫生室的医生劝到了镇里的卫生院,镇里的卫生院也束手无策,便又劝老人去了县里的医院。县医院拿出了诊治方案,但价格高昂,老人家承担不起,便让儿子租了一辆车,送回了村子。口口声声说是认命,其实哪能看着自己一天天往鬼门关里靠呢,于是他开始转投中医,自己琢磨搭配出诸多的偏方,偏方里的药物都是附近的山野能采到的,并不需要花费钱财。我回乡时若逢阴雨天,常能嗅到草药在砂锅里翻身、于空气中发酵的味道。我未亲眼见过他熬药的样子,却凭想象写下了一节关于他的诗句:我见过的最沉默的人/他将熬药视为使命/还有那么多草药没有下锅/忧心忡忡的他/常常为此忽略了疾病和生死。其实哪能忽略疾病和生死呢?多熬一服药,他就能多一丝生的希望。任意一服中药、一张偏方，都可能是他在死亡逼近前那尚未绽放的光。

还是转回到那些厕所小广告身上吧。虽然绕了一大圈，其实并未完全跑题，因为，在写下这两个人物的时候，我忽然有了一个想法——倘若将小广告里的文字推到他们面前，他们会不会在绝望中重新点燃哪怕是一星半点儿的希望？我不相信他们每个人都会选择拒绝。事实上，在经历过绝望之后，突然看到希望，即便那光是火，他们也会选择完成一次飞蛾般的焚身。在绝望的驱赶下，在希望的吸引中，人是盲目的，盲目的人总认为，他于沉溺之际抓住的任意一棵稻草，都是救命的稻草。

我的邻居是做小生意的，因为一次的不可抗力，他的资金链断了，他向银行借贷，但银行告知他需要找两个担保人。亲戚朋友同学，无一人敢为他担保，无奈之下，他只能给从公厕看到的小广告上的号码打了个电话。因为资金的注入，邻居的生意很快就起死回生了；因为没有及时还债，邻居的生意又很快就再次黄了。借贷公司的几个员工隔三岔五就来敲他家的门，敲不开门，就在门上喷涂了各种咒骂的文字。邻居无奈，只得躲了出去。迄今为止，我已经有一年多没有见过他了。

之前本地曾发生过一则极具喜剧色彩的新闻——三名男子合伙铸造假币，原本计划大赚一笔，结果在投入了十九万元的成本后，却只造出了十六万枚一元硬币。三人原打算售完这些假币后就另谋出路,结果其中一人在张贴小广告时被民警当场查获,民警顺藤摸瓜,其他二人也相继落网。这事后来被媒体曝了出来,引发了全网的调侃和嘲讽。至于故事更为细节的地方,唯有本地人知晓——本地坊间传闻,三人均是游手好闲之徒,之所以走上制假道路,就是因为其中一人在邻县车站的公厕里看到了"制造假币、广进财源"的小广告,这人用手机将广告拍下来,拿给其他二人看,结果三人一拍即合,联系了广告厂家。至于后来他们销售假币的时候,为了隐蔽,理所当然地也选择了去公厕投放小广告。

这些故事,有我耳闻的,亦有我目睹的。在我有限的耳闻目睹里,与小广告相关的故事,远比我落笔成文的要多得多。小广告的背后,骗子的伎俩看似拙劣,然而,却总是不时有人抛出自己的信任,最后落入骗子们构织的陷阱之中。那些人在受了骗之后,却又不敢声张,生怕在他人面前丢人,生怕成为别人的谈资。守住秘密,成为他们最后的一道自尊防线。

四

对我而言,那些张贴小广告的人是神秘的。他就像幽灵般无处不在,却又时时隐身。他迅速游走于臃肿复杂的人群,在无人留意的恰当时机,潇潇洒洒地将一张贴纸拍下,将一枚印章盖上。

目光所及，几乎没有一个居民小区是小广告无法攻陷的。电梯上的小广告随着你升随着你降，楼道里的小广告伴着你上伴着你下，房门之上，你一遍遍地撕，他一遍遍地贴。甚至，刷洗完房门后的你才刚转身进门，再出来时，门上就出现了一张崭新的卫浴小广告。有时候恨得咬牙切齿，真想抓住他们胖揍一顿，但是你却连他们的影子都看不到。

以己度人，我大概能体会到公厕清洁工心里的感受了。与居民小区相比，公厕尤其是车站公厕的人流量更巨，作为一厕之长，厕所即是他的阵地，干净即是他的职责，而那些妄图以小广告和涂鸦干扰这一圣洁事业的人，都是他的仇敌。日复一日，他需要不停地揭，不停地刷，不停地铲，以此来守住自己的城池。然而，清洁工力有尽，广告意无穷，清洁工清理的速度，总是低于广告张贴的速度——这也有幸让我们饱览了如此丰富的广告内容。有时候，也会有做好事不留名的"热心巾民"出现，在东部沿海的某座城市，如厕的时候，我发现有几个小广告上的电话号码或微信号，被黑黢黢的圆点盖住了，仔细一看，居然是用烟头燎出的一个个洼洞，烟头一燎，小广告的核心信息固然残缺了，然而受损挡板的内部肌理也已一清二楚。真可谓杀敌一千，自损八百。

不知是不是敏感作祟，我总感觉自己或许长了一张为非作歹的脸。在本县汽车站，每次如厕和出厕，那位清洁工大爷都会将我上下打量一番。他的眼睛微闭，眼光斜射，如防贼一般防范着我。几年里，我总是背着一个双肩包，这让他的防范之心有了载体——他肯定疑心，背包里也许藏着"老中医"等等。我怀疑，倘若我如厕的时间过长，他必定会踢开挡板，看看我究竟在搞什么名堂，是不是他"朝也思暮也想"的贴广告的仇敌。

事实上，我曾与小广告从业者有过一次特殊的经历。在某个位于华北腹地的小县城的公厕内，只有两个蹲位间，我在右侧蹲位间，他在左侧蹲位间，我们一墙之隔，却共用其中的一块挡板。或许是因为一直保持着沉默状态的缘故，虽然我比他先到，但他似乎并未发现我的存在。我先是听到了"嘶嘶"的声响，似是拉拉锁的声音；继而是听到了"嗤嗤"的声音，似是抽纸张的声音；最后又听见了"嘣嘣"的声音，因为震动的缘故，这次我明白了，这是他在拍挡板的声音，而且是在拍我们共用的那个挡板。一入侯门深似海，一如公厕就拥有了自己的小天地，在厕所这种既公共又相对隐私的空间里，无论干什么事，别人都看不到管不着，但前提是，你的所作所为不能影响到别人。然而，拍我们共用的那个挡板，显然已冒犯到了我，我为了表达不满，咳嗽了一声。一声咳嗽之后，厕所内寂然无声，静得能明显听到门口未关紧的水龙头滴答的流水声。这样的寂静大概只维持了十多秒，隔壁便重新响起了声音。这次是扭转门闩的"咔嚓"声，是关闭门板的"哐当"声，是脚步渐行渐远的"啪啪"声。如厕完毕之后，刚要转身离去，却又鬼使神差，忍不住打开隔壁的门板，向里面看了一眼，只一眼就看见，于众多泛黄中已见"衰老"的小广告间，赫然张贴着一张崭新的写有"白粉迷药"的小广告。

那是我唯一一次接近公厕小广告从业者，但遗憾的是，虽相隔毫厘，却终未能一见，因此，我无法从体貌、形态以及神采上描摹这一群体的共有特征。甚至，我连以偏概全、管中窥豹的资格都没有。当我走出公厕时，这座城市以及附身于城市的庞大而松散的人群骤现，那个刚在我隔壁贴下一张小广告的人，他早已如一滴水隐藏到了江河湖海之中，如一张小广告躲避到了成千上万的小广告之中。

那个张贴小广告的人，他拥有着群体里每个个体该拥有的特征，他以人类这一更为广泛的集体身份明目张胆地告诉你——我就站在你的视野之内，但是你永远都无法把我分辨出来。

肇事者

一

意外总是潜伏于常理之中,缓慢或迅疾地孕育着、发酵着,只待掐准恰当的时机,便以迅雷不及掩耳之速,以泰山决然压顶之势,突然爆发,或摧枯拉朽,或旋乾转坤。在此之前,或是因为它将自己藏匿得过于隐秘,或是因为受限于自身感知的迟钝,我们很难去预测即将发生的那些摆脱常理约束的质变。就像刚才,我就极其突然地目睹了一起交通事故的发生。

这场事故对责任双方而言固然是场意外,对我而言似乎也未尝不是。有时候,似乎意外的属性并非奇迹,并非小概率事件,在它从潜伏中跳到光天化日之下后,就会连锁发生,如多米诺骨牌。这是另一场相比较而言微不足道的意外——事故发生后,我们这些目睹者几乎是一致性地迅速而有违常理地跳过了车辆的损益，将目光聚焦到了肇事者身上。肇事者有些特殊，它是一头骡子。

尽管不是重点，但仍请允许我将事故的来龙去脉加以交代。在护城河大桥西侧的主干道上，那头拉着地排车的骡子，在所有事物中最先遭受到了意外的冲击。那头负重累累且行进在一段不算短的上升坡面上的骡子，它许是气力突然不足，许是被周围的什么事物吓了一跳，许是什么都没有发生，只是想用自身为饵玩一次洗涮世人的游戏，总之，在所有人都未能预料到的时机里，它一个失蹄，便拍倒在地，紧接着，失去前拽之力的地排车开始了反叛，迎合着路面的坡度持续下滑。尽管驾驭骡车的人向着骡身及时挥出了皮鞭，暂时抑制住了地排车继续下滑的趋势，但最初的波动还是以环环相扣的共振效应激发了出去，堆积于地排车里的建筑钢管如滚木礌石，早已冲开木质挡板的拦截，撞击到跟在后面的小汽车上。受损小汽车的车主跑到车前，先是看了一眼损毁的保险杠，继而又扭头看了一眼肇事者，竟一时不知该怎么处理，显然，对于这样的事故，他之前并未预料到。同样感到不知所措的是另一位驾驶者——那个五十岁左右、黑瘦的中年男人，他把肇事的骡子猛抽了几鞭，将它驾驭到路边，从骡车上匆匆忙忙又踉踉跄跄地跳下来，刚要举步向着小汽车奔去，又突因想到了什么而停下，用缰绳将骡子拴在了旁边的绿化树上。随后,黑瘦的中年男人紧跑了两步,停在了受损的小汽车面前。那款受损汽车价值不菲,在这座县城里,已经算是高档货了,不知道骡车的主人对这些有无了解。骡车的主人先是蹲下,用手摸了摸保险杠凹陷的区域,继而又站起来,半躬着身子,向着汽车车主不停地说着抱歉的言语。陈述所见,我用了一个很普通的词——跟跟跄跄。在这场事故里,这个词归属于驭骡者,然而,我从未在之前遇到的那些驭骡者身上,看见过如此狼狈的动作。之前所见,驭骡者都是脚步稳健者,无论是举手扬鞭还是抽鞭袖手,无论是弹腿上车还是跳步落地,都显得极为熟稔和潇洒。

在这场事故中,涉事双方均表现出了或多或少的慌张、无奈以及不知所措。即便是如我这样路过的业余或者职业看客,脸上也都或多或少地涂抹着好奇、疑惑甚至幸灾乐祸的粉彩。然而,本该身处旋涡之中的肇事者却与我们截然相反。此刻,肇事者已经安静了下来,它用长长的鬃尾有一搭没一搭地扫着身体,对刚才所发生的一切,丝毫不感兴趣。它就这样迅速从旋涡中抽身而出,把后续的麻烦抛给了驾驭者,就像是在外面闯了祸的纨绔子弟,若无其事地转身走进自家的高门大院,将处理这些麻烦的活计全部抛给了当家的父兄,自己则怀揣着事不关己的心思作壁上观,甚至连壁上观都懒得观。

这起事故最终是怎么解决的,我并不清楚,因为我早已提前离开了，因为诸多对一些人而言微不足道的小事还在等着我去赴约。每天，我都要按部就班地上班下班、买菜做饭、哄娃养家……这些琐碎之事以结绳之状驱使我如骡马一般奔走于自己的生活轨迹里。在小人物的生活里，固定的轨迹预示着行止的安全，它死板、无趣，却让我不敢躲，不能躲，也不愿躲。背离既定轨迹，或许会让我体会到暂时性的欢悦，然后欢悦之后，迷路的我、失路的我、出轨的我，又将何去何从？因此，作为微不足道的小人物，我克制着，隐忍着，趋同着，尽量不让自己的生活发生"交通事故"，哪怕这"交通事故"只是一些小摩擦。一起由骡子引发的意外事故，如果非要与我牵扯上什么关系，那它也只不过是既定生活里的一个小波澜，是我生活里的对立参照物，它的作用，便是警示我要更为安分，更为守己，更为规规矩矩。如此而已。

只是我没想到，这起无关我分毫的交通事故，还是给我留下了浅浅的后遗症，最为明显的症状，便是让我零零碎碎地想起了一些与骡子有关的故事。

二

在诸多的词语组合里，"驴子拉磨"是个相对固定的短语，以这个固定短语为基座，我们还创造出了几个颇令人认同的歇后语。读高中时,遇见过一道歇后语补充题,题干就是"驴子拉磨"。语文老师讲解时说,答案可以是"任人摆布",也可以是"跑不出这个圈儿"。

我们每个人原本都是一个相对独特的知识收容器,但有时候,我们又会被不断收容进来的同质知识左右着、修正着、曲解着,让我们的相对独特性被更多的普遍性所稀释,更改着色泽、质地,逐渐融入且适应了整个群体,也逐渐泯然于众人。比方说,在我微不足道的知识体系还未趋同群体知识之前,我的实有见闻中,最先学习到的是"骡子拉磨",而非"驴子拉磨"。拉磨的是我邻居家豢养的骡子,我至今仍不能知晓到底是骡子还是驴子更适合从事这项工作,从众多人的经验中提取出的汉字短语中猜测,似乎驴子更为适合,但在物资贫乏的时代,"选择"二字本身就意味着奢侈,对于普通人而言,根本就没有被赋予是奴骡还是役驴的选择权,更不要说骡与驴兼得的痴心妄想了,于是,他们碰见哪个牲畜就只能擒住哪个牲畜来为自己效劳。就如在濒临溺毙的困境中,只要能有一株苇草被我们抓住,那就是抓住了希望,至于那株苇草能不能承载住我们的重量,危急时刻,困境当前,我们无暇顾及。

继续来讲述这头骡子的故事。邻居家是开磨坊的,因为只收取磨下来的糟糠或者极少的钱币作为酬劳,磨坊的生意甚是兴隆,本村及附近村子的乡亲,都会来此磨面。阅读过几位作家回忆儿时乡村磨坊的文章，他们说，作为乡村以及乡村生活的重要组成部分，磨坊里人声、畜声与磨声交织协奏出的，是一首乡村高山，一曲乡情流水，不啻那降入凡间的天籁，令人迷醉，纵然世事变迁，纵然沧海桑田，仍令人心心念念，无数次午夜梦回，那声音、那场景，总是会一次次接引自己于怀乡中还乡。不知道这些句子是他们真情实感的复制输出，还是因浓郁的回忆而扭曲变异出的虚假再创作，反正放置到我身上，迟钝的我体会不到这样的感情。更确切地说，我其实很讨厌磨坊，讨厌磨坊里传来的声音。

邻居夫妻俩很勤劳，凌晨四点，他们就开始了一天的劳作。与其他行业一样，磨面也要讲个先来后到，但在邻居家，那先来者确实太过"先来"了——有些乡亲太过忙碌，白天错不开时间，往往是晚上将粮食送来，嘱托明早帮着磨，邻居夫妻俩也总是先磨完这些"隔夜粮"，才会去磨当日送来的粮食。必须承认，邻居越是勤劳，声音便越是嘈杂、频繁。是等候着的磨面者发出的忽高忽低的嬉笑怒骂声，是往来磨坊的人们杂乱的脚步声，是粮食在石磨的碾压下喊出的绝望的悲恸声，这些声音常常吵得我睡不着觉。虽然骡子拉磨时自身几乎不发出声响，但它却是这诸多声音的旋涡中心，是这些声音有力的助推者，也是打乱我正常生活秩序的肇事者，对我而言，它就是一个不可饶恕的污点，代表着一种不能原谅的罪行。我想"清污",我想"复仇",然而它却长居磨坊,只是偶尔晃荡于院内,我又能拿这头深居简出的畜生怎样呢?所谓的泄愤也只不过是爬上墙头,用眼睛向着邻居家的院子狠狠地剜几下,除此之外,别无他法。有一年年末,我终于抓到了"复仇"的时机——不知为何,邻居居然破天荒地将骡子拴在了门前的榆树下,见四下无人,我捡了一根杨树条儿,悄悄摸到它的屁股后面,蓄足力气,挥起杨树条儿狠狠抽向了它。遭受抽打之后,它并未如人或其他牲畜一般用喊叫声来释解疼痛,而是伏腰起跳,将其中一只后蹄踹向了我。幸亏我站得稍远,跑得迅疾,未被踹飞在地,饶是如此,骡蹄踹来的那一刻,我还是感到左胳膊上顿了一下。当时并未在意,但到了晚上,胳膊便开始疼了起来。避开家人,我脱下衣服查看,才发现胳膊上烙着一块红印,印呈椭圆形,稍微高于周围的皮肤,用手一触,忍不住龇牙咧嘴。幸亏是冬天,幸亏穿了厚厚的棉袄,倘若是夏日,我怀疑自己会伤筋动骨。虽然疼,但我并不敢告诉大人,毕竟这完全是我自己无事生非,结果也只能咎由自取。伴着疼痛,我在心里咒骂着那头骡子,用上了从村妇骂架中学来的恶毒语言,那语言里密布着很多涉及生殖的字眼——尽管那时,我尚不知,与村妇骂架不同,因为被咒骂的对象极其特殊,我其实是从某种程度上陈述了某种事实。除了关乎生殖秘密的谩骂,我还咒它骡失前蹄,咒它一生拉磨,咒它天天遭受皮鞭的抽打。甚至，我还以死亡诅咒它，咒骂那骡子早死早托生，托生下来依然是畜生。

不久之后，邻居家的骡子果然死了。尽管邻居说是老死累死的，我却忐忑不安——原本，谩骂和诅咒只是一种让自己的口头或心尖爽利的自慰器械，而它一旦迎合了后续发生的事实，便从时间顺序上篡夺了验证、丈量事物的先知身份，也会让施咒者或幸运或无奈地背负了伦理上的凶手之名。

贫瘠时代，无论我们对牲畜如何倚重，待它们死去之后，仍然不能免遭刮斫之刑。那一年，邻居家将死了的骡子挂在门前的榆树上，请来村里的屠夫用尖刀剥皮，以备斫骨断肉，大锅炖煮。被脱去皮囊之后，它怎么看都不是一头骡子，倒像是麋鹿之属。悬在榆树杈上的它，羞耻地并拢着包括那条曾经踢中我的后腿在内的两条后腿，似乎在隐藏着什么。许多年后我定居县城，在县城的街道上，我发现很多肉铺喜欢将牛羊等牲畜挂在专用的金属架上，现杀现刮，现割现卖，以示新鲜。我喜食肉类，但这样血腥的举措总是让我不适。虽然我无法判定这种不适算不算是矫情的体现，但是我却明确知晓，这种不适的源头，可以追溯到多年以前邻居家的那头骡子死去之后仍未能幸免于刀斧的际遇。

和睦的邻里关系常常需要在小处培养、维持，几句问候、几样食品、几次举手之劳，都是保养这种关系的好肥料。那次，邻居家为了继续保养好这种和睦的友邻关系，给我们送来了一块煮熟的骡肉，我母亲将肉切成片儿，摆在盘子里，让我们蘸盐吃。我吃过驴肉，本县的某个乡镇，肉驴生意声名远播，俗语"天上龙肉，地上驴肉"则是他们最响亮的招牌，但恕我直言，其实味道并不出色。对一种食物的喜与爱、厌与恶，往往是在与另一种食物的对比中实现的，虽然我始终没有向邻居送来的骡肉伸出筷子，但我依然坚信，与骡肉比，驴肉确实可称为珍馐。我是说，因为想入非非，邻居家送来的那块骡肉，让我干呕了很久。

一些东西看起来很重要，但也只是看起来重要，其实它们并未重要到受益者不能失去这种重要的程度。骡子死后，邻居家的磨坊依然存活了好些年，他们将石磨掀了，上了一套机器设备，代替那对原始的组合，继续咀嚼着粮食，折磨着粮食，分离着粮食。与骡和磨比，机器的轰鸣声更甚，新的肇事者变本加厉地折磨着我的睡眠。两害相权，我很想念那头已经死去的骡子。

三

在我的视野里，一头骡子能够闯入的人类社会的最大群落，便是县城。这些年，各地纷纷出台"限畜令"，先是省会城市，继而是普通地级市，如今，一些县城也开始效仿，以通告、通知和告诫书的名目，排拒了牛马驴骡等一批大型畜类的进入。或许是还没来得及跟上时代的步伐吧，我所在的这座县城，尚未有明文的限畜举措出台。

这是一个急速发展的时代，在更为广阔的空间里，几乎每座县城都在紧急谋划着如何在水平范围和垂直高度中扩充自己，而对建筑物的破立之举，便是实现这一规划最为快捷的方式。在县城，诸多的建筑性作业几乎日夜不休——既日夜不休地拆迁着，也日夜不休地建设着。

在我所居住的县城里，时常可以见到拉着地排车行走的骡子，它们往来于各个工地之间，为不同的施工队运送建筑材料。地排车内，或整齐码放或杂乱堆积着钢筋、木材、铁管、沙土、水泥、卡扣、空心铁柱等建筑材料，这些材料往往会高出地排车的挡板很多。材料里以钢筋最细最长最韧，往往是五分之三的躯体躺在车斗内，五分之二的躯体垂在车斗外，那垂在车斗外的部分，又总是耷拉在地面上，钢筋与路面摩擦着、撞击着，发出嗤嗤啦啦的尖锐之声。或许是早已适应了这声音，拉车的骡子总是充耳不闻，只沉默地低头走路。一些机动车和电动车同向超越了它，并呼啸而去；另一些机动车和电动车逆向擦过了它，也呼啸而去。喇叭声、刹车声、油门轰响声甚至是路人的谩骂声相互交织，这些声音有的纯属无的放矢，有的则指向明显，正是对骡车的警示。拉着地排车的骡子却以事不关己的态度自顾自地前行着，不紧不慢，并不因外界的提醒而左右自己的步伐。除非是确实把路走偏了，除非是驭车者皮鞭抽下来，它才会将方位校正过来。驭车者多是来自县城周边村庄的农民工，与几家建筑队有着良好的合作关系，包工头一个电话打过去，他们便会赶着骡车前来，在不同的工地间周转往返。

妻子的舅姥爷早年间做过包工头，县城里，许多建筑是他带着人垒砌修建的，许多建筑也是他带着人捣毁拆烂的，这其中不乏他亲手建起又在许多年后亲手拆毁的建筑。对骡车产生兴趣之后，我向他请教为何要用骡车运送建筑工具这个问题，我的配套问题是——用机动车运送建筑材料岂不是更迅速更方便？妻舅姥爷则告诉我，小型机动车车斗要比地排车短小，有些建筑材料过长，无法运送这些物品，而大型机动车租金又过高，没有哪个包工头舍得花这样的冤枉钱。除此之外，他还提到了骡子的可靠度，他说，与其他能够运送货物的大型牲畜比，骡子性情温顺、吃苦耐劳、易于驾驭，并不比机动车辆逊色。不知是刻意隐藏还是觉得无关紧要，妻舅姥爷并没有告诉我，骡子其实是天阉者，而我却总是固执地认为，骡子的品性，与这一点不无关系。

作为驴和马杂交后的产物，骡子是我们咒骂用词里"杂种"的原型之一，在机械类运输工具尚未大行其道之前，它绝对是运输工具中的翘楚,是两种大型畜类家族联合贡献出的骄子。甚少咳嗽、可堪负重、耐力持久……它几乎集合了父系和母系家族身上所有的优点。这是一次质的创造,是生育史上的奇迹。然而,这种看似完美的代际蜕变,却需要付出不可逆的毁灭性代价——不孕不育。这四个字,是人类以及其他动物身体里偶然可见的隐疾,但放置到骡类身上,竟然成了绝对性的标配。因为这四个字,对于它们每个个体而言,诸多的优点只能聚集于自身,不可继承。蜕变只能到此为止,惊艳只能到此为止,妄图继续优化的雄心也只能到此为止。作为特殊功能障碍者,尽管那些器官是完整的,但是器官的作用早已经丧失,开国雄主即是亡国之君,它们只能一次又一次依赖驴、依赖马、依赖父系和母系的基因,创造自己、成就自己,最后再毁灭自己。无论是作为个体的骡,还是作为群体的骡,家族传承始终是遥远的幻想,它们永远都不会成就自己族类独有的长途辉煌。

或许是因为事先就被命运完成了代际赓续上的阉割吧,我们几乎无法从骡子身上窥见鲜明的激素特征,一旦参破了这一点,那些为它们量身定做的夸赞之词,便更像是对它们的羞辱了。驴咴叫,马嘶鸣,无论是在自由驰骋还是在遭受奴役之时,无论是在内心欢悦还是在背负悲伤之时,其他动物都会选择用自己的声音去表达、去享受、去深思、去反抗。然而,骡子却甚少动用自己发自肺腑、吐于口舌的声音——对此,一些民间故事也常会选择它们编派杜撰,用调侃的腔调叙述着它们的失语。骡子,它们臣服于命运的胯下,就如宫殿深处的那些不全者一样,臣服于黄袍人的脚下。

那么,请让我重新回到那起由骡子引发的交通事故中。既然安分守己是骡子的固有标签,那么肇事或许并非它的本意——在被不可逆的命运阉割之后,它只需沉默,只需俯首,只需规规矩矩,只需负重而行,若无意外发生,将永远不会成为世间的肇事者。

第三辑 | 滞留在县城的人

废墟之上

一

拆迁是迅速的。仿佛一夜之间,这座县城的躯体上就凭空出现了那么多大小不一、形状不同的疤痕。它们坦然横亘于大地之上,似乎是在以新的身份排拒着什么,也似乎是在以旧的名义祭奠着什么。

这些疤痕,大多用高高的喷刷着公益广告的铁皮围了起来,但仍会留下一些出入口。这些出入口除了供工程车辆和施工人员进出外,还肩负着潜在的窥测通道的卧底身份,以确保好奇者投来的目光不会被屏蔽掉。其实,即便没有这些通道,贴满广告的铁皮也根本掩盖不了什么。在这个世界上,很多东西的消失并非无声无息,何况,这些废墟与你同处一座小城,有的曾是你上下班的必经之地，有的曾是你租房生涯中的暂居之地，有的则曾是你生命中某个重要事件的发生之地。

在这座县城里生活，想不注意到那些废墟几乎都是不可能的。在尚未沦为一片片废墟之前，它们被笼统地称之为城中村，菜市场、煎饼店、门市部、理发屋……它们以城中村人间烟火的名义，严丝合缝地左右着我们细碎的生活。城中村，一种顽固的存在，它们以相对独立的姿态被城市包裹，也像一颗颗杂质一般抵在城市的肌体上，扼于城市发展的脚步上，让这庞然之物如鲠在喉，不吐不快；如疾在身，不除不愈。然而，作为城市的肌体与肌体之间的缓冲地带，城中村虽"藏污纳垢"，却也用自己并不多么久远的历程，保留着这座小城的缘起和传承。只是，在更为巨大而猛烈的发展潮流的挟裹之下，它们终究没办法于自然消亡中寿终正寝。

截至目前，在我所居住的小城，五座城中村的拆迁工作已经悉数完成，然而重建却遥遥无期。透过铁皮围墙的缝隙向内窥测，一片片偌大的废墟之上，只有零星的一两台耷拉着臂膀的挖掘机停在某户人家被推倒的旧居之上，证明这处土地还未被城市的改造者们遗忘。与周边的街道、学校、医院这些地方的热闹相比，围墙之内，砖石瓦砾到处堆积、垃圾废物随处可见的废墟之上，一切都显得那么安静，仿佛这些废墟已被人间遗弃了数十年、数百年，仿佛这才是它本来的面目。

事实上，废墟之上并不是平静的：一场雨下来，不知从哪里飘来的草籽就会落地生根，把这错误的一生，托付给注定艰辛的历程，在散碎成粉末的水泥中生长着，于蹊跷的缝隙里抬起头；这些静默的废墟里，还藏纳着诸如猫、狗之类的生灵，它们被这喧嚣的城市以及城市发展的脚步和呵斥声驱赶到了这里，只要废墟还存在一天，它们便会在此处苟延残喘一天。除此之外，我知道，还会有人在深夜偷偷向里面倾倒工业或者建筑垃圾，那些无证的渣土车或者农用三轮车，专抄县城里的羊肠小道儿行驶，如幽灵般出现在位于不同方位的废墟里，一不小心就惊醒了藏在废墟里的生灵。有时候，车辆的喘息以及倾倒垃圾的声响，也会惊醒一两个在废墟里过夜的流浪汉，这些流浪汉往往会在夜幕降临之后才来到这里，准备在还未彻底倒塌的某座房子里熬过又一个夜晚——废墟之上，总有那么一两间房子是稍微完整的，它们被城市的改造者称之为钉子，它们的主人曾在拆迁进程中选择抗拒，并在抗拒中慢慢妥协，作为与拆迁者谈判的资本和筹码，这些房屋最终还是会被主人们抛弃。那些可怜的流浪者，大多会选择这样的房子居住。

从破败的城中村到崭新的楼房，在改造者们看来，这是一个完整的改造链条，此时的废墟只不过是一个过渡，一处见不得光的所在，只是暂时有碍观瞻，这也正是为何要在废墟周围临时搭建起围墙的原因之一。有趣的是，月亮从来都不懂得人间的规矩，它的光亮，从不光顾那些灯火通明的楼宇，却慷慨地铺在了这些人间灯火无暇顾及的废墟之上。这是许多年不见的月光啊，这是从唐诗和宋词里走来的月光啊，那么皎洁而轻柔的月光，它与一座座废墟交汇，抚摸着残破的废墟以及废墟的残破，似乎只需这样，废墟就已完成了不朽的重构。

如果废墟也有思想，当我写到这里，我觉得废墟们应该说些什么了。然而废墟什么都没有说，它们以沉默示我示你示众生。

废墟之上，只有那些与它暂时交汇、暂时并存、暂时相濡以沫的事物，却身负喻指，妄图蛊惑我以一支笔诠释着一些可贵或卑贱的道理。我将这些废墟之上的蛊惑者视为神迹。

二

是一只布娃娃——被碎砖石瓦砾挤压着腰身的布娃娃，被风吹雨打日晒尘磨的布娃娃，被时光的恶意刻意羞辱的布娃娃。

布娃娃栖身的所在，是一处坐落于城北的废墟，就在前年，这片区域还是一处坐落着不规则的瓦房、平房以及充斥着药房、小吃店、起名社、理发店等店铺的城中村。这里距离我居住的小区不远，散步的时候，我经常绕着这处废墟走。有几次，因为好奇，我曾猫着身子穿过被人掀开一角的铁皮围栏，进去走了走，看了看，其中一次，我遇见了这只布娃娃。

该如何去描述这只布娃娃呢？如你所见，就是一只普通的布娃娃，普通到每个有孩子的家庭都会有那么几件。布娃娃是个女孩儿的模样，许多年前的样式，绒布的面料之下，原本蓬松的填充物已经不再具有曾经的弹性。这都不是重点，重点是，它被推土机推倒的两面墙壁牢牢钳在中间，吊在低矮的空中；重点是，它的身上落满了尘土，尘土如散碎的时光，腐蚀着它的身体；重点是，它的一条腿不知被什么扯掉了，那么剧烈的疼痛折磨着它，但它依然在笑。

这只与我四目相对的布娃娃，让我想起了电影画面中那些被炮弹掀翻于壕沟之中的士兵。他们遍体鳞伤，却没有死亡。但是，死亡已经离他们很近了。死神持着镰刀，向着他们缓慢地走来，一步步收割着沿途的倒卧者，眼看就要降临到他们的头顶，而他们只能绝望地等待着，除此之外，别无他法。这只被钳在两面墙壁之间的布娃娃，这只被遗弃在废墟上的布娃娃，它的命运亦是如此。

站在废墟上，我揣测着这只布娃娃此前的命运。

我猜想，就在这一片废墟之上，就在废墟上的某个方位，就在曾经的某座院子里，一定曾住着一位小姑娘，布娃娃就是她的玩具。那只布娃娃，或许是她某一年的生日礼物，或许是一次考试后的奖励，也或许是她在商店里用撒泼打滚的方式向家长怄来的。总之，自那之后，那位小姑娘，她拥有了另一个自己：她快乐时，布娃娃就在她身边，陪着她快乐；她悲伤时，布娃娃就在她身边，陪着她悲伤。

她曾经一定很珍视它：洗得褪色的布料便是明证，胳膊和身体的接触处那重新缝合起来的粗糙针脚便是明证。应该是在她七岁或者八岁的时候，应该是在某月的某一天，应该是醉酒后的父亲、淘气的弟弟或者突然有了矛盾的小伙伴，他们中的某一人，恶狠狠地将布娃娃的身体和胳膊撕成了两半。她一定抱着它哭了很久很久很久，久到旧的眼泪已经在地面和她脸颊上干涸，久到再也没有新的眼泪可以从红肿的眼中滑落。于是，她找出了针线盒，用自己笨拙的小手穿针引线，将布娃娃的两部分重新缝合到了一起。

只是后来，她长大了，而它没有；只是后来，它被遗弃了，而她正是遗弃者。

我在想，倘若这只老式布娃娃也有感情，那么玩具工厂赋予它的这一张固定不变的甜甜的笑里，是否也藏着苦？

如果不是因为偶遇了这只布娃娃，我都已经忘了我也曾有这样一件被自己倍加珍视的玩具。那是一把塑料玩具手枪，因为一次期末考试上升了几个名次，过年的时候，父亲奖励了我那把枪。周围的小伙伴里，只有我有这么一把手枪，因为这把手枪，我暂时有了众星捧月的地位，率领着一群七八岁的孩子在村里村外疯跑打闹，偶尔也"大发慈悲"，让他们摸一摸枪身，或者更进一步，奖励他们中对我恭维最甚的一两个人执着手枪带着其他人冲锋。然而，就是这么一件曾被我无比珍视的东西，也快要被我遗忘了，仿佛它根本就未曾在我的生活中出现过。

谁的童年里不曾拥有这么一两件心爱的玩具呢？只是，我们都长大了，只有它还在某个角落里替我们收容着童年时光。

儿子一岁多了。我和妻子给他买了好多玩具，他最钟爱那只毛绒皮卡丘。我们呵护着他这个小不点儿，他则呵护着更小的小不点儿，他咿咿呀呀口齿不清地与它说话，陪着它睡觉，把它视为自己的孩子一般。但我知道，儿子与皮卡丘的这种情感未必持久。再过些年，儿子的玩具会更多，这其中的哪个玩具会代替皮卡丘，成为他的新宠呢？再过些年，儿子会逐渐长大，他会把哪些曾经钟爱的玩具陆续抛弃呢？再过些年，我们所居住的小区也将面临拆迁，儿子现在珍视的玩具，也会被我们遗弃在房间的角落里，伴随着楼房的倒塌而埋身于一片废墟之下或裸露于风吹雨打的废墟之上，不知道到那时，儿子还记不记得他某段生命时光里，这些最为重要的玩伴？

玩具还是玩具，依然未变，我们却已在多少年后与它们告别，不挥手，不回头。现在，我只能这样宽慰自己并为自己辩解了：那些用玩具堆积起来的童年，也不过是一座废墟，无法支撑起一个人的一生。

于是，我们把它们留在了废墟。

三

签订完拆迁协议之后,居住在这里的居民陆续搬走了,他们已提前在县城的各个角落找好了满意或不满意的容身之所。只有他们豢养的猫留了下来。

于是,猫也就成了流浪猫。

这些流浪猫似乎比四散而去的主人们更恋家,它们守着那些老房子,看着它们被主人们遗弃,看着它们被推土机推倒,看着它们以集体的名义沦为一座座废墟。这些无家可归的流浪猫,就守着这些废墟,白天在废墟上嬉闹,夜晚就躲在砖石瓦砾搭建起的孔洞里,日复一日地活着。

原本都是家猫,备受宠爱,大概是养尊处优惯了,虽一时落魄,但骨子里的贵族气质是暂时改变不了的。甚至,与其他生灵相比,它们天生就具有一种不同寻常的气质,虽然脏兮兮的,但由内到外的优雅、魅惑、诡异,丝毫不改,并未给人没落的感受。它们以个体的名义成群,但不结队,高傲地独行于废墟之上,像神灵巡视着自己的领地。一旦嗅到危险的气息,它们也会躲避、后退,但它们的退避是不慌不急、不紧不慢的——轻巧地跃开,灵动地滑走,等退避到稍微安全的地方,它便会转过头看你,就像是存心捉弄你一般。

我害怕与那些邪魅的眼神对视。有一次，加完班回家已是凌晨，骑单车路过护城河时起了风，毗邻河岸的废墟上，塑料垃圾们随风飘起，这些轻浮者露出本性，以云朵自居，任意篡改着被夜幕包裹着的天空，最后又在风的背叛中，坠入河里，心有不甘地慢慢沉入这座城的最隐秘处。不知道是风还是我惊扰了这午夜的神灵——距离我两米开外的废墟孔洞里，一只周身黝黑的猫就这样毫无征兆地蹿了出来。它从一块石板之下迅速翻到了石板之上，背对着我，前爪搭在石板之上的碎石上，脑袋却转了过来，与我对视。夜黑，但猫的毛色却比夜色更黑；猫的毛色黑，但猫的眼珠却又比毛色更黑。那被纤细的眼圈囚禁的眼珠，不是那种生硬、静止的黑，而是类似于一种在小小的区间里流动的光，在路灯的烘托中，猫眼里的流动之光折射出居高临下的傲气，散发着野玫瑰般的魅气，氤氲着不可名状的诡气。

我沉默，猫也沉默，万物静止，只有它的目光和我的目光在相互抚摸，彼此对峙。最后，是我败下阵来，选择在沉溺于被它的目光拘禁之前迅速逃离。

传说猫有九条命。很多人相信，但我不信。我常去散步的那片废墟四面环路，就如被四条道路分割出的一座孤岛，孤岛里住着一些被遗弃的猫。我不知道它们究竟有多少，但不时能够遇见。有几只特征明显，其中的一只，整个背部都被条纹状的黄色包裹着，只有肚皮和小腿以下的区域是白色的，它毛发的颜色以及布局在整个群体里绝无仅有，是我最先记住的一只。某一日，从那片废墟旁走过，看见一团毛茸茸的东西贴在道路上。走过去，发现是一只被车轮碾压的猫。它被最开始的那辆车碾压了过去，后面的无数辆汽车便也重蹈覆辙，一次次从它身体上碾压而过，将它压成垫子、压成薄纸，碾得血肉模糊、碾得残缺不全。用目与光将那片薄纸以及薄纸附近的散碎器官拼接起来，我认出了它——那只脊背为黄色条纹的小家伙。

我不相信这只猫曾遭遇过八次生死攸关的时刻，更不相信这是它在劫难逃的第九次。所谓九命，不过是我们这些无聊而愚昧的人强硬地加在这些可怜的生灵身上的空头支票，这支票，它们无从索取。

还有一次，我路过岳母原来居住的城中村附近——现在，那里也已是一堆废墟。在废墟与道路相接之处，一只脏兮兮的猫从远处奔过来，又于中途减速，在距我不远的地方停下来，对着我喵喵直叫。

这是一只消瘦的白猫，毛发上粘着泥迹和几枚苍耳子。端详良久，我终于认出了它——它叫肥妮，是我岳母豢养了好几年的猫。岳母独居，它与岳母朝夕与共。那时候，肥妮周身胖乎乎的，圈着身子趴在那里打瞌睡，就像是一团圆滚滚的绒球。岳母签完拆迁协议后，居委会就开始督促各家各户搬走，岳母在更偏远的城郊村租了一间房子作为暂居之所,猫却没法安置,又不舍得抛弃,就送给了亲戚。不知为何,这只猫最终还是流落到了这里。于是,我转身到小卖部买了一包零食,撕开包装后扔了过去,但它并未如我想象的那般扑过来。

肥妮立在废墟之上,我站在路边。我与它遥遥对视,时间短暂而恒久。最后,我们各自别离,我回我的居所,它回它的废墟。

这事儿已经过去很久了,但我始终没有告诉岳母。

四

日光照在它身上,它便有了光,它以太阳的名义,庇护或杀戮着众生的不安。

月光照在它身上,它便有了光,它以月亮的名义,保守或泄露着时间的隐秘。

一件器物本身只是一件器物,但当我们赋予了它器物之外的价值,它便不再只是器物本身了——我说的是他们眼中的神像,我说的是他们心中的信仰。

然而,眼前的这尊神像,我不知道还能不能称之为神像。就它出场的方式而言,与以往的任何时候比,比方被藏匿于室内的供桌上,它似乎是走出了小我,来到了更为广阔的空间,准备济世救人。但就它目前的际遇而言,它似乎就是对"泥菩萨过河自身难保"最为精准的诠释。没错,我说的是神像,一尊被砖石斩掉了头颅的神像,一具卧倒于废墟之上的信仰。因为头颅的丧失,我很难辨认出它的神系所属,但这并不要紧,我知道它是神像就行了。

祖母也曾供过一尊神像。她是接生婆,供的是送子娘娘。她在黄泥糊成的墙壁上凿出了一个小橱洞,橱洞里安放着一尊送子娘娘。跪在神像面前的祖母,她曾向神像表达心中的欢喜,那是她成功接生了又一个孩子之后;她也曾向神像倾诉心中的不安,那是她刚掩埋掉一个夭折的孩子之后。祖母说着说着就流下泪来——为那些降生的孩子,也为那些死去的孩子。面对它虔诚的信徒,神像却如世间所有的神一样,始终不言不语。后来祖母病了,手抖,如上了发条的玩具停不下来,已不能为别人接生,也已不能把香虔诚地立插于神像面前,便不再礼神,神像便自此蒙尘。如今,我已有好多年没见过那尊神像了,不知道它还在不在,是不是还在那一方小小的空间里。现在想来,那小小的橱洞更像是一间囚室,而神像便是那囚室中的囚徒。

站在废墟之上,面对这尊无头神像,我在想,究竟是神抛弃了人,还是人抛弃了神?

所谓的神像,莫不是俗世的化身?它们被人捏造出来,终究比人更为脆弱。人在生生不息的历程中,曾将多少尊神像推上神坛又拉下神坛，继而在原来的位置重塑一尊神像？造神毁神、毁神造神，反反复复，我们乐此不疲地爱上了这个游戏，并以神像的身份掩盖内心的空虚，用被神像放大的权势，左右着更多人的命运——在神像面前，那些异教徒，那些没有跪下的人以及跪姿不优美的人，他们失去了喉咙、失去了立锥之地、失去了头颅，他们身上迸出的血液如奢侈的化妆品，染红了神的脸颊和唇齿，神的微笑因此而愈加饱满、温和。就算是经历了战乱，经历了水患，经历了火焚，就算是神像早已被埋入废墟之下，后继的操控者依然可以踩着它的躯体，踩着覆盖着它躯体的土地，将它的传说抬上高高的天堂，给予它无所不能的权威，向它跪下，为它磕头，给它虚构出一张嘴，等着它发号施令。更多的时候，那些用香火饲养的神像，就像这人间的牲畜，看起来那么温顺，似乎你祈求什么，它们就会回馈什么。至于人，他们遇神就拜，逢仙便求。在忙于俯首，祈求被豢养的空间里，我不知道信仰何在。

面对这尊被遗弃于废墟之上的残损神像，无论我怎样联想，怎样思辨，怎样试图让自己心中的崇敬和慈悲发芽，却始终没能从它身上体会到暖，也没能汲取到光。在我面前，它即便是用火与土的媾和锻造而成，是用捏与绘的语言重塑而成，依然与那些随处堆积的砖石瓦砾没有区别。

废墟之上，这尊残破的神像只是一尊神像。它无关信仰，更无关光芒。

五

废墟之上,与信仰和光芒有关的,是一个人。

对我而言,偌大的一座废墟之上,照亮我的只有黄启英。她是一个农妇、一位母亲、一名在废墟上搭建城堡的神灵。

大概是五六年前吧,那时候,她还没有被一场大病和为了抵抗这场大病而加身于她体内的一场手术折磨得倒下、憔悴不堪,农忙之外,她便随着我的一位远房叔叔打工:他们辅助着推土机推倒楼宇,并在楼宇倒塌后的废墟上,捡拾那些与混凝土合为一体的完整或残缺的钢筋,以备重复利用。十多个人挤在一辆破破烂烂的"昌河"车里,早上四五点就出发,晚上回来时已经是八九点。对于这项工作,她说得轻快,我们便也听得轻快,从未意识到有什么不妥。直到某一日,身为包工头的远房叔叔在家族微信群里发了一个视频,视频里,男人们正挥舞着重重的长柄铁锤砸向混凝土砖墙,女人们则在收拢刚从砖墙中剥离出来的或粗大或纤细的钢筋。在视频的后半部分,我看见角落里的黄启英肩上正扛着一捆钢筋缓慢地走着,钢筋有长有短,短的在她肩上平直地展开,而长的则像一条软体动物,拖在她的后面。她如纤夫一样弓着腰，一步一步艰难地向着某个方向走去，那里有一辆敞篷货车，上面已经堆放了半车的钢筋。

我们都劝说她不要再去干了，她每次都答应着，但从不兑现。

黄启英不识字，因此，她所做的一些事情，在我们看来，往往显得笨拙而好笑，却很少设身处地地体会到其中的辛酸和艰难。因为不识字，与别人相比，她遭遇了更多生活的困境。我曾在老家的一面墙上看到过两排用黑色粗铅笔画出的火柴棍模样的线段，黄启英的丈夫告诉我，那是黄启英用来标记工时的一种方法，长而粗的线段代表的工时是一天，短而细的线段代表的工时是半天，一天的工资是一百元，半天的工资是五十元，等到发工资的时候，她就对照着那些线段确认，确认无误后便将这些长长短短的线段擦掉，开始新一轮的记数。

书上说，文字的发明是人类文明的标志之一。遗憾的是，这种在人类历史上行走了数千年照亮了世界的火焰，并没有照亮黄启英。作为被文字抛弃的一粒微不足道的尘埃，她只能在自己所能把控的小小空间里，自我发热，自带光芒，并用这以自己的身躯作为燃料点燃起的微弱之光，照亮她的周围，照亮我和我的姐姐们。而对于她自己，她是冷酷和残忍的——多少次，身为灯盏的她，也同时选择了灯下之黑。

就在灰头土脸的黄启英于废墟之上挥霍着自己本就四处漏

风的健康的时候,她的儿子也正在这座县城里飘荡。大学毕业后的六七年里,他一会儿飘进这家企业,一会儿荡入那家工厂,干过临时工,做过销售员,也充当过仓库管理员。他如飘荡于这小城上空的塑料袋,听命于生活这场风的摆布和驱使,时升时坠,时飘时停。他也曾迷茫,也曾困惑,也曾想停下来,向着这座城的低处俯冲,如一粒种子,击中一片醇厚的土壤,落地生根,发芽,期盼有朝一日用嵌满绿叶的臂膀遥指天空。然而,于身不由己的飘荡中,他只能选择用诸如"我还年轻"之类的自欺之辞安慰着亲人和自己,装扮出一副无所谓的表情。

他无所谓,黄启英不能无所谓。母亲这一职业的天性熬煎得黄启英忧心忡忡:从她肚皮里爬出来的那个小子,他还没有结婚;从她肚皮里爬出来的那个小子,他还没有恋爱;从她肚皮里爬出来的那个小子,他还没有一套房子……她用自己的逻辑层层推进,试图帮助儿子找到如何安定下来的突破口。按照她可笑的逻辑,一套县城里的房子,是这些问题的关键,房子有了,其他事情就迎刃而解了。在这蹩脚的逻辑的蛊惑下,她对自己的丈夫说,得想办法挣点儿钱,好给儿子攒点儿买房的首付,攒点儿以后订婚的礼金。于是,她丈夫跟着村里的一群年富力强的汉子去给大货车装货了,她则去了县城的废墟上捡拾钢筋。黄启英坚信,她站立的那一座座废墟之上,将来必定高楼林立,而其中的一栋高楼里,会有一套房子归属于她的儿子。

这多像是一个充满调侃甚至是讽刺意味的悖论：她要用拆房的劳动所得，来换取一套新建的房子。

三年之后，黄启英把她和她丈夫积攒的纸币交到了自己的儿子手上——那是儿子购买新房的首付。此后的第二年，黄启英病倒了，会厌囊肿、关节炎、腰肌劳损……名目繁多的疾病贴着她的身，钻入她的肉，挖着她的骨。短短数年，站在废墟之上"折腾"废墟的黄启英，终于把自己的身体也折腾成了散乱的废墟。

哦，黄启英，我身患疾病的母亲，我多么怀念她稍微健康一点儿的时候。那时候，她的身上只有风湿病跟着她；那时候，她的身体尚称得上健康；那时候，当她以一个健康人的身份站在废墟之上的时候，乌云还在远方赶路，大雨就已提前进入了她的腿骨，她那被风湿搅动起来的疼痛，正沿着飞舞的尘埃弥漫，如光芒一般，笼罩着整座废墟。

那时候的黄启英啊，她多像是沦落于废墟之上的没落神灵，多像是被遗弃于废墟之上的落难菩萨，法力微小，却依然庇护着自己的孩子。

六

去年冬天，随着城市的整体规划建设，最后一座城中村也消失了。

那最后一座城中村里,曾住着我的岳母。去年的时候,她和诸多的邻居到居委会匆匆忙忙签订了拆迁协议,又匆匆忙忙在另一处尚未列入拆迁计划的城郊村租了间房子,最后的期限到来前夕,几位邻居在岳母家的小院子里聚了聚,就各自散开了。

与岳母和她的邻居慌乱而落寞地搬离这里不同,城中村的有些人家早已在县城的繁华处另买了房子,也早已在五年、十年甚至更久之前就搬离了城中村,留在城中村的房子,他们就等着拆迁,并于等待拆迁的时光中租出去,赚取一点儿租金。我大学毕业后回到县城,就曾租住过这样的房子。我租住的那座小院一共两层。第一层是原始建筑,堆积着搬走的房主留下的杂物,第二层是临时加盖的,这是一种为了日后多得到一些拆迁补助的做法。因为是加盖,又因为加盖的目的本就是为了拆除,所以只是用一层红砖简单地垒起来,质量堪忧。楼上一共三间房,我租住了其中一间。过了几年,我买了房,搬离了那里。又过了两年,那里就被拆除了。

在距我所居住的小区最近的那片废墟周围散步时,我曾数次发现一位老人伫立于那片废墟之上,如一尊石像。老人七十多岁的样子,偏瘦,皮肤上多皱纹,背微驼,双手握着拐杖。他长久地伫立于废墟的边缘,目光翻过碎石瓦砾以及被人遗弃的各类物件,向着废墟内侧的某个区域眺望。因散步而结识的退休教师老殷告诉我,他认识那位老人,年轻的时候是个风流人物,既是唱柳琴戏的名角儿,也是写剧本的高手,无论是唱还是写,都获得过省里和市里的奖励。老殷还告诉我,那位老人以前就居住在这片被拆掉的城中村里。

老殷说,拆了就拆了嘛,又不是不给拆迁款。

老殷说,拆了就拆了嘛,还能够换套新楼房。

老殷说,拆了就拆了嘛,文化人就是太矫情。

老殷说最后这句话的时候笑眯眯地看着我,看得我心里发虚——我不知道他口中的"文化人"三个字有没有殃及池鱼,把我也连带了进去,但我的确是矫情的,不然也不会以旁观者的身份写下这些对我而言似乎事不关己的文字。

在城市的改造者眼中,分布于这座城市的任意一处废墟,它们的存在都是暂时的,即便就这么搁置三年两载,它也终究只是一种过渡状态,并非常态——常态是原来的旧,常态是未来的新,至于处于中间位置的废墟,它可以被忽略不计。终有一天,废墟将会被彻底清除,原址之上,一座座楼房将拔地而起,无论是以小区、商场、电影院的身份命名,还是以学校、机关、科技馆的职能面世,与之前的城中村相比,它们都将会更为绚丽和时尚,很快就能融入人们的日常生活。至于原来的一村、二村以及葛庄、埝头这些老土的名字,皆会沦落为消失的地名,直到有一天,再不会有人提起。

人类是健忘的,对于这一点,我从不怀疑。

面对这些废墟,我总是会不由自主地想起博尔赫斯的《环形废墟》。小说里,死里逃生的巫师来到了一处堆积着残垣断壁的环形废墟、一处被火焚毁的火神庙宇。在废墟里,他于梦中创造了一个儿子,赐予他身体、赐予他灵智、赐予他意志,并让他独自到另一座环形废墟里传经布道。但巫师总担心儿子迟早有一天会发现自己只是个幻影这一真相,因为火焰会揭开这个秘密,火焰会泄露给他的儿子:火是没法将幻影烧掉的。正在巫师为自己在梦中幻造出的儿子担忧时,他所置身的这座火神庙、这处废墟,再一次遭到了无名烈火的焚烧,巫师想,要不然就在这火里结束自己的一生吧,于是他向火中走去,却发现,火并未将自己吞噬——原来,他也只是一个幻影,另一个人梦中的幻影。

一篇小说,可以有无数种解读,而我只选择最接近自己的一种:在我眼中,散布于这座县城的废墟,就等同于"环形废墟";废墟之上那些或名副其实或滥竽充数的"神迹",就等同于在"环形废墟"做梦的幻影人以及他在梦中幻造出的新的幻影人。我是说,无论是那些废墟,还是那些废墟之上的"神迹",在生活面前,在时光面前,在城市浩浩荡荡、不可逆转的发展进程面前,均是暂时的幻影,均不值一提。

居住在这座县城里的人啊,他们终究会忘掉那些已经消失的城中村,更何况这些曾短暂存在的废墟以及依附在废墟之上的"神迹"呢。

江湖事

一

只要是被称为"城"的空间区域,便会有拥堵在上演。那日在西城农贸市场买菜时,接到了高中同学靳喜光的电话,他从外地回来,正好途经县城,约我中午一起吃个饭。喜光在南方的某座城市打工,一年到头也回不了几次家,好不容易请下假来,时间也总是被漫长而颠簸的行程挤对着,我们俩难得一聚。挂掉电话,我放弃了买菜的打算,骑着电瓶车往会合地点赶。那日恰好是周六,正是几所私立学校放假的日子,我所行经的道路一侧,正好坐落着一所寄宿制学校,以校门口为起点,前来接学生的车辆被共同的目的捆束着,组成了一个暂时性的扇面形群体,扇面顶端跨过路缘石,篡夺了街道一半的空间,路过的机动车过不去,原本擅长见缝插针的电瓶车也时有阻隔,交通一时陷入瘫痪状态。相比机动型交通工具,在县城,电瓶车的优势之一是可以抄近道,大多数情况下,无论怎样坎坷崎岖、狭窄逼仄,只要还能称之为街、道、巷,电瓶车都可畅通无阻。面对拥挤,我临时决定拐入一侧的城中村,然后穿过村子向着老城的中心方向行驶。

我曾不止一次路过这座城中村,只是以前是从另一处方位的另一个路口进入,又在其他方位的其他路口驶出,而这次临时拐入的巷口,对我而言是陌生的。我骑着电瓶车,就如在羊肠中滑动的排泄物一般,在相对封闭的空间里,既被街道摩擦着,也被街道推送着,直待被整座城中村排泄而出。以往的经验告诉我,只要大的方向没有问题,无论街道如何弯曲,绕来绕去总能找到出路。然而这次,我却失算了——在城中村的腹中,我竟顺着"羊肠"溜了十多分钟,依然未能溜到与外界相接的巷口,其间居然也未见一个行人。

继续前行,道路渐宽。就在"羊肠"渐扩为"牛肠",让我预感到即将走出这片迷宫时,我遇见了那座院子。院子似乎是凭空出现的,专为拦截我而来,它蹲守在街巷的尽头,把我面前的道路拦腰截断,如一头张口巨兽,等着我自投罗网。事实上,走近了我才发现,即便那座院子横亘于道路中间,道路依然没有终结,困境面前,它重新归置自己,把自己分化为两条更为纤细的小巷。两条小巷在院墙下一左一右分道扬镳，奔向了相反的方向，如一位母亲同时诞下的一对婴孩，走向了截然不同的人生。简单而言，这里并非是我原以为的死胡同，而是一处 T 字型道路；那座远看霸道十足的院子，容许了道路的逃逸，也默许了我拥有选择的权利。最终，我选择了一条更倾向老城区的小巷，成功与同学会合，却没人知道，在 T 字型道路的交接处，我曾短暂停留了一会儿。

是那座院子的院门吸引了我。门是拱形门，红砖砌成的墙柱向外连接着院墙，向内托举着拱形铁质门楼，门楼上焊接着同为铁质的"忠义武校"四个大字，四字横列，却已有三个缺胳膊短腿，只有"校"字还相对完整。字是红色的，然而黑却正在不断扩张——那些黑是红漆剥落后物质露出的真容。右侧墙柱的漆木板上也刷着这四个字，白底黑字，行书。四个黑漆大字拖泥带水，比原本的字体稍显膨胀，似是水渍长年累月的牵拉所致。那些文字像是受不了被困于固定空间的命运，它们要逃跑，虽然跑得缓慢，但已经呈现出决绝的趋势。左侧墙柱上亦挂着四个字：烧烤江湖。与右侧的不同，这张牌匾是新的。两扇铁门被一团锈迹斑斑的铁索捆束着，铁索头尾相接处，挂着一把新锁，新与旧因为共同的功用纠缠在了一起。隔着宽大的门缝向院子里看，左边是一处较为平整的空地，右边则是几排红砖瓦房。头一排房子，窗户用篷布封得死死的，不知道后面几排是不是也如此。房子的墙面上是一些崭新的手绘卡通画，多是武侠人物造型或武侠经典场景，墙头长满了草，墙根却干干净净。很显然，有人对院子进行了清理。

站在院门外，面对空无一人的院子，我一时不知该欣喜还是该失落——在它已经快要荒废的时候，终于等来了我。我来得也晚，如武侠小说里名满天下的宗门，在我还未到之前，它就已提前退出了江湖。

二

那所荒废的武校，我二十多年前就已闻其名，我以为它早已如这世间诸多流行一时的事物般完全消失了，却没想到，它还是留下了残肢断躯，如在对决中落败负伤的侠客，依然还在江湖的纷争之外倔强地活着。

上溯至二十多年前，我的少年时代恰好赶上武侠热的末端，那时候，几乎每个少年的心中都有一个武侠梦。如果说铺天盖地的影视剧与武侠小说是这梦发酵的土壤，那么盛极一时的武校便是实现梦想的宗门。那时候，几乎每家电视台的广告时段都会播放不同武校的招生广告，实力雄厚的在省台上播放，稍逊一点儿的在市台上播放，最次的也要在县里的荧屏上露露脸，似乎不在电视上展示一番，就不配与"武"为伍。电视里，那些与我大致同龄的少年学子，身穿飒爽的练武服，或单练或对打或群演，他们的身躯灵活地闪转腾挪着，手中的刀枪剑戟也灵活地劈翻钩挑着，羡煞坐在屏幕前的另一群少年。

本县历史上，忠义武校曾赫赫有名，不知是否与此地独此一家有关。除了电视广告，忠义武校还时常派人到村子里、集市上以及学校门口发放宣传单页，通过这些下铺式的宣传，身处偏僻之地的我们知道了学校创办人曾在嵩山研习武术多年，获得过省级武术比赛的亚军，与某位武打明星师出同门，还参演了这位明星主演的电视剧……武校的宣传人员将学校创办人的这些履历反复渲染，让我们对本县竟孕育出这么一位大宗师而莫名骄傲，一个个都盼望能入读武校，成为他的入门弟子。后来，我在就读于忠义武校的表哥那里看到了学校精美的宣传册，诚如他们的宣传一般，图册上印有学校创办人求学嵩山的照片，有获得各项奖牌的照片，有与明星合影的照片，也有他参与演出影视剧的照片，与之前的想象略有出入的是，在他与明星合影的那张照片上，宣传中所说的那位同门明星站在第一排的中间位置，而他却站在最后一排的边角处，如果没有特意标注，很难从中将他看出，而他参演的那部电视剧，我竟然看过，只是不记得竟有这么一段剧情。但不管怎么说，这些成就也足够让我膜拜了，抚摸着那本薄薄的宣传册，我提出用一本《侠客行》交换，表哥则坐地起价，又顺了我一本《浣花洗剑录》。

以现今的眼光看，这种看似攀高枝却处处显落魄的宣传套路可谓浅薄而可怜，然而，正是这浅薄而可怜的套路，却误打误撞击中了我们的软肋，成功吸引了众多怀揣武侠梦的孩子走进武校，我表哥即是其一。

作为众多乡间少年里微不足道的两个，表哥与我有着丰富的共通之处——爬墙上碑、逮鱼摸虾，戳过马蜂窝，捣过雀子巢，经常欺负比我们年幼的表妹，每次考试成绩在班中必定倒数……窝在他家里看VCD则是我们俩最为重要的共同爱好，他家中存放着二三十张盗版碟片，其中不乏武侠剧，屏幕上雪花时常飘飞，画面时而晃动，但这并未影响到我们的好心情——面对屏幕，我们学着剧中人物，将剧中的招式练了一遍又一遍，将剧中的台词对了一遍又一遍。有时候，说着说着就骂了起来，对着对着就打了起来——刚开始还在比画招式，互不服气，后来就抱着厮打在了一起，全无侠客风采。说真打，其实彼此并未使出全力；说假打，被击到的身体部位又总是有些疼痛。表哥胖，我瘦；表哥高，我矮；表哥气足，我力弱——厮打的结果总是我哭出声来。

作为众多乡间少年里微不足道的两个，表哥与我的差异之处掰指可数，然而正是这几个贫乏的差异点，却罔顾我们众多的共同特征，以绝对主导的身份控制且改变了我们的生活轨迹——与同为农民的我父亲不同，我姨夫还办有一家养猪场，在村委会也顶着个职务，是个有斤两的人。他家是村里最早盖平房、买电视的人家，也是最早引进VCD的人家，也正是因为如此，当表哥哭着闹着要去武校就读时，姨夫终于还是答应了，而我同样运用此招儿，换回的则是我父亲技高一筹的招式——大鞋底烙屁股。

小学毕业后，我与表哥就在求学轨迹上分道扬镳了。表哥去了县城的忠义武校读书，我则按部就班，入读了乡里的普通中学。同为寄宿制学校，但武校的放假周期与乡镇中学不同，表哥每半月放一次假，假期四天；我则每一周放一次假，假期两天。表哥每次回来都带着他的新招式，五步拳、螳螂拳、醉拳……在时间的发酵孕育中，他的招式渐渐由简到繁，动作也由僵硬演变为灵活。这些招数在我们共有的亲人面前一一展示着，不时摘取着亲人们抛出的好评，而表哥信誓旦旦夸下的要成为全国武术冠军的海口，这更是博取了亲人们的夸赞，虽然他的文化课成绩依然和我一样差，但似乎大人们不管这些。与之相反的是我，我依然是众人眼中那个不思进取的顽劣孩子，时不时惹是生非，给家长带来许多麻烦。

不得说，那两年表哥确实是我心目中的大侠，假期里，我常求他教我学武，他总是在揶揄我一阵之后才答应。肩要挺直，拳要生风，步要稳当……在他家、我家或是外祖母家的院子里，他一遍遍纠正着我的错误，有时还趁机用柳条做的教鞭抽打我几下，嫌弃我愚笨。或许确实是我愚笨，学了两年，只学会了那套简单得不能再简单的五步拳。练武之余，他还给我讲在学校里发生的事情。他说，他前些天参加了市里举办的武术表演赛，得了第三名；他说，上学期参加了全县文艺演出的武术展演，县电视台的镜头扫到了他。以上的两件事依次抬升了表哥在我心中的高度，但让我觉得表哥一定能成为一位了不起的大侠的，却是他给我讲的另一件事。他说，几个月前的深夜与五六个同学爬出校门去上网，在网吧附近的马路边上遇见了两个正在调戏一位女生的小混混，表哥他们这群少年也没讲什么一对一的侠客风范，直接将小混混群殴了。表哥讲得唾沫横飞，我则听得心潮澎湃、心驰神往。

崇拜表哥并不代表我不讨厌表哥。这种复杂的心理悖论，发轫于我父亲。我父亲平时在外面受了欺辱，总是在家中提起我表哥，说要是我能像我表哥那样会武术就行了，那样就没人敢欺负他了，但他似乎忘了，恰恰是他扼杀了我的武校梦。在父亲眼中，我文不行，武也不行，平时又总惹是生非，属于地痞胚子。父亲的这种态度，时常让我迁怒到表哥身上，觉得表哥才是我被父亲轻视的罪魁祸首，但我也只是在心中想着，毕竟我打不过他。

三

在那所乡村中学就读时,我遇见了更多的"我"。常乐、黄韬、吴阳、张云刚、林清华……这群连阅读理解都读不通、作文都写不顺的少年,却能把武侠小说的优劣讲得头头是道,金庸、古龙、梁羽生……个个都是我们心目中的大侠,尽管都是大侠,但大侠与大侠也会有高低之分,我们常常为了金庸和古龙的作品哪个更大气磅礴而争锋,为了梁羽生与温瑞安哪个更具才情而舌战。甚至,在宿舍里夜谈,我们还常常会对老师和女同学们评头论足。

语文老师是"祖千秋",酒鬼一个,所不同的是,他喝的都是从集市上拎回的桶装勾兑酒,也没有夜光杯、青铜爵、古藤杯这样贵重的饮器,有几次,他在院子里撒酒疯,口齿不清地念叨着一些词,有些是名字,有些则是脏话;美术老师是"风清扬",留着一头长发,潇潇洒洒,放浪不羁,该上课时从不迟到,上完课就挥袖而去,想再找他都难;英语老师是"冯同知",武艺低微,却偏偏爱出风头,在英语还没有被人普遍熟稔掌握的乡镇中学里,他总是半中半洋地与人交谈,只不过,方言拖累了他,让他自认为的潇洒大打折扣;历史老师是"周伯通",快退休了却依然玩世不恭,晚上查房的时候,看见我们宿舍里的亓海洋和孔令行正在楚河汉界上攻伐，于是强行把棋技稍弱的亓海洋赶下来，亲自上阵杀了两盘，输了棋竟还耍赖，非要赢回一局方肯罢休……

我们每个人对于老师们的评价近乎一致，但在将班里的女生与小说里那些侠女对应的时候，默契便全然不在了。在张云刚眼中，"王语嫣"就该是林晓月，一身白衣，素雅洁净，在以暗色系着装为主的群体里，隐隐有仙子之风；而在林清华眼中，"王语嫣"就该是刘兰红，他觉得刘兰红要比林晓月性情温婉，更像小说里的天仙姐姐。隔壁班的同学黄珊珊则是我心中的侠女，在我心中，黄珊珊就是"黄蓉"，精灵古怪；而在常乐眼里，黄珊珊就是"铁心兰"，侠骨柔肠。小说里少年侠客为了心仪的侠女明争暗斗的戏码就这样上演了，我们以小说人物为掩护，言辞或闪烁或直接地表达着自己的爱憎，却不明白，这一切都是那个被叫作"初恋"的挑拨者在作祟。那是个孕育梦的时代，少年的萌动之心与武侠情怀在白日中也能波澜壮阔。我们每个人心中都有一个江湖，每一个人独有的江湖里都有一位无可替代的侠女，她的名字可以是袁紫衣、任盈盈、霍青桐、纳兰明慧，也可以是付舒美、罗雨婷、王佳佳、赵菲，我们为藏于心中的她们而兴奋而羞愧而莫名欣喜而无端慌乱，就像她们本来就是喜怒无常的矛盾体，潜伏于我们最为柔软之处，于相对长久的爱抚中选择一瞬将我们炸裂。那时候，武侠小说里所说的浪迹天涯，我们在心里已经无数次浪迹过了；武侠电影上所演的儿女情长，我们在梦中也已经无数次演绎过了。除此之外，我们还抽刀断水，我们还拔剑倾城，并在心中一遍遍模拟着自己在经历恩恩怨怨之后，最终臻于化境、退隐江湖的剧情。我们就这样于武侠的世界里挥霍着日月，懵懵懂懂、跌跌撞撞地成长着。

每逢乡村集市，我们这群少年就从书摊上各自买一本盗版武侠小说，读完自己的就交换着看。学校的宿舍是多年前窄小的小瓦房，一间房子却容纳了六七张双层架子床，晚上学校熄灯之后，我们就用硬纸板严严盖住门窗上的玻璃，用手电筒看小说。电池没电了，又没钱买，就用蜡烛。其间出过两次事，一次是常乐用蜡烛看小说的时候打了个盹儿，结果烛火就像小说里的武林高手一般迅速爬上了他的被子，紧急扑救之下，被子还是被烧掉了三分之一。这一次，没被老师发现。第二次是林清华与张云刚因为谁接手孙磊即将看完的《飞燕惊龙》而争执起来，被查房的政教主任逮个正着，政教主任训斥了我们和我们的班主任，且将我们所有人藏在宿舍里的二十三本武侠小说全部没收。

我们以自带光环、天地加持的主角身份沉迷于虚构的武侠世界里，只愿意窥到其中美好的部分，至于残酷的一面，却选择性摒弃了。然而，大多数的现实之轻，其实都要比虚构之重要重得多。读初三的那一年,邻县一家原本办得风生水起的武校突然出了事:一个学生在武校猝死,尸体上有几处部位呈现出淤青色,家人将尸体抬到校门口,扯着条幅讨要说法,无果之后又向教育部门投诉,教育部门只是协调双方,希望大事化小、小事化了。后来,一家媒体报道了此事,引起了轩然大波。有人被记过,有人被撤职,有人被刑拘,主管部门就此开始整顿,责令一批不符合办学条件的武校停办。发轫于邻县的事件最终也波及了我县,忠义武校亦就此停办,一部分学生辍学,另一部分则被转到普通中学就读,而我表哥即是辍学者之一。对表哥而言,教育整顿只是辍学的表象原因,更为实质的原因是我姨夫的病,在邻县事件发生不久前,我姨夫被查出了癌症,病症掏空了他的健康,也掏空了他家里的积蓄。他从养猪场退回到自己的院子里,从村委会退回到自己的床榻上,而他的儿子也不得不听从命运的劝返,从县城退回到村庄。

那年我跌跌撞撞,勉强考上了县里录取分数最低的高中,这超出了我父亲的预想,在他的设想下,我应该与村里大多数的同龄孩子一样,在被高中拒之门外后踏上前往大城市打工的道路。年前,他甚至还曾专门请我的一位在上海当保安的表叔喝酒,期望他能在我初中毕业后带我去当保安。我所在的班里有两个从武校转到普通初中、又从普通初中考进来的体育特长生,那时候,武校的文化课办学层次多是初中,考取高中体育特长生是毕业生最好的出路，然而那些在武校就读的学生，即便享受到了对特长生降分录取的待遇，实际上，能够考取高中的也并不多，这两位同学算是其中的佼佼者。我们这些普通学生以学习为主，他们则以训练为主，不必一直待在教室里，待在教室里的时候，他们也很少与我们交流，以至于同学三年，我们彼此仍旧陌生。现如今，我倒是对两人中那个叫作黄檗的同学越来越熟悉，这似乎是在弥补多年前的遗憾，然而另一位同学，我早已忘掉他的名字了。

之后，我们毕业，辍学或入读更高层次的学校；之后我们成年，恋爱结婚生子，在一个无所谓爱亦无所谓不爱的职位上养家糊口，脚步匆匆忙忙，日子波澜不惊。我们这些少年啊，通过不同的路径，最终抵达了同一个地方，在途中，我们不约而同地抛弃了江湖事、武侠梦。或许少年时代再美好的情愫，都不能渗透到当下更为细碎的生活中吧，至于我们曾经的武侠梦，文艺一点儿，也只能说，它中途迷路，至今未归。

四

白日梦是奢侈品，它出现的次数往往会随着年龄的攀升而递减，直至暴尸于烈日之下，直至夭折于理智之中。与白日梦次数的递减截然相反，在时光的推搡下，我们迅速熟练掌握了另外一项技能——社会生存。我们深谙生活的规矩，低头、低头、低头……与最初的难以忍受相比，我们已经渐渐在不断重复的动作中体会到了心无旁骛的机械之美，倘若让我们临时停下，我们甚至会微微不适，甚至会瞻前顾后，甚至会疑虑重重，甚至会出现明显的失重感。

尽管"武侠"这个字眼曾那么重要地占据着我们的生活，但它在更为广阔的时间与空间维度里究竟对我们产生了怎样的影响，我一时不知该如何作答。有时候，我们会因为一些不能释怀的情愫，固执地渲染一些事物的重要性。事实上，这种重要性聚焦在某一特殊个体上或许合适，但若要抛洒于普遍之中，则有可能会显得赘余。那么，就随机挑拣出几个曾在虚构的江湖里踏浪行舟的少年，说说他们后来的生活轨迹吧。

我表哥如今已是两个孩子的父亲，他早已继承了我姨夫的养猪场，用以养活一家人的生计，然而养猪亦如在风浪湍急的江湖之上行舟，常常是这一年因为市场饱和而赔本，那一年因为各类检查而被查封。有一年，表哥与许多农户的养猪场都被查封了，不久之后市场肉价飞涨，民众怨声四起，原本查封养猪场的部门又开始转过头来鼓励养猪，第二年表哥的养猪场大丰收，却还是赔了本——只因为"多收了三五斗"。表哥只好厚着脸皮向我借钱，说要给在县城借读的孩子交学费。去年春节，我与表哥一起吃了顿饭，眼前的表哥全身臃肿，全不似当年身手矫健的少年,说话做事也规规矩矩的,甚至规矩到唯唯诺诺,实在寻不到他当年的跋扈,更看不出他曾是个功夫在身、行侠仗义的侠客。

  我的同班同学吴阳读到初二下学期,就中途去了嵩山学武,走之前他向我们宣布了这个消息,我们每个人都很兴奋,凑份子在一家小饭馆提前为他饯行。那天吴阳豪气干云,率先干了一瓶啤酒,于左摇右晃中,他不但答应学成归来后要教我们每人一套拳法,而且还夸口要在小镇建立一个将我们收容在内的帮派,将镇子上横行乡里的地痞流氓打得哭爹喊娘,以此来匡扶正义、济危救困。我们每个人都听得热血沸腾,并不觉得这是妄言妄语。可是,吴阳并未能兑现自己的诺言——前两年,我在本地官方公布的失信人名单中看到了他,失信人姓名、照片、身份证号、家庭住址、执行标的、执行案号以及失信事实,一应俱全,从公布的信息中得知,吴阳属于赖账不还。从另一位同学那里,我打听到了更多的细节——吴阳,这个当年与我们交换武侠小说读的同学,这个与我们一起谈论老师和女生的同学,这个扬言要济危救困、匡扶正义的同学,这个从我们心目中的武侠圣地学成归来的同学,并未能实现自己的侠客梦,而是做了一名包工头,带着二十多个乡亲在各个工地上打工。其间,他将原本发放给农民工的血汗钱用来填补了赌博的亏空,甚至还带人殴打了几位上门讨要工钱的乡亲。如此行径,与我们当年在小说里读到的地痞恶霸何异?当年每读到地痞为非作歹、恶霸欺压良善时,吴阳便咬牙切齿,恨不得将之一剑封喉,而现在呢?究竟是什么让现在的吴阳背叛了曾经的吴阳,是什么让他成了自己当年最深恶痛绝的人?

同样读过武校的高中同学黄檗,大学却读了法学专业。他和我是同学里为数不多的到外地求学又回到县城生活的人。这个也曾怀揣武侠梦的油腻男人,去年刚升任为副科级干部,被下派到乡镇主抓治安。我曾向他讲述这篇文章的构思,期冀从他那里获得一些不同寻常的素材,而他却用了两句话噎我。第一句话只有三个字:真幼稚。第二句则引用了作家吴思的观点:稳定的常规秩序中不需要英雄,也没有英雄的位置。黄檗说得对,但我又总觉得,我们俩说的其实不是同一件事。

你看,当年那些随处可见的武侠少年,就这样销声匿迹、无影无踪了。在生活的推波助澜之下,我们早已融入了生活的江湖之中,或沉溺,或挣扎,或享受,或如无根之萍,或似得水之鱼。

自那次与忠义武校旧址相遇后,我又去过那里一次,却不是出于我的主动探访。也就是说,即便没有那次的误打误撞,我依然还是会遇见它,只不过会稍晚一些时日。因此,那次的偶遇其实并没有太大的意义,曾经的情愫也没有影响到生活中哪怕小小的轨迹。再次去那里是同学请客。同学喜欢此间的菜品——不是多么上好的食材,价格也并不便宜,但却工于菜名,极具武侠风。譬如,"六脉神剑"是六根摆在盘中的蘸酱黄瓜条,"浪迹江湖"是一尾用菜蔬刻花围拢起来的红烧鲤鱼,"一箭穿心"是用箭形铁扦子串起的烤鸡心,"插翅难飞"则是铁扦子烤翅中……烧烤店老板差不多与我们同龄,常赤着上身游走于七八个桌子之间,与各桌推杯换盏、嬉笑怒骂,丝毫不见外。有时候,客人们还会起哄让他唱几句,《爱江山更爱美人》《笑傲江湖》《刀剑如梦》……唱得并不好听,但气氛却被扯动了起来。据请客的同学说,老板以前也曾在此就读,去年接手了这里开烧烤店,武校的牌子却一直没舍得摘。喝到兴头儿上,我一时竟有些恍惚——在这小小的空间内,现有的秩序似乎暂时网开了一面,让我们得以回溯到言说武侠的时光之中,不必在意江湖其实已经干涸,也不必忧虑我们只是些搁浅的鱼虾。

第二天是周六,我们便有恃无恐地喝到了深夜,啤酒瓶摔得到处都是。直到凌晨两三点,我们才跟跟跄跄地起身,歪歪扭扭地向老板道别。老板想站起来,却没成功,便瘫坐在那里,也向着我们挥手。喧嚣过后,院子里一片狼藉——作为肇事者,我们就这样抽身而出了,唯有他还始终留守在江湖里,等着收拾这惨淡的残局。

阑尾街

一

我的记忆出现了偏差,它无法命中我所讲述的场所的具体方位。妻子想帮我把那些序列错乱的名词捋顺,不承想她也无法从记忆里明晰地打捞出它们。知道再说下去便会让错乱的部分更为杂乱,我俩索性闭了嘴,就这样长久地站在那条街道的一侧,望着对过儿的一列铺面沉默不语。过不了多久,这些店铺就将会被各类工程机械以老城区改造的名义推倒,成为废墟。

其实我们的背后恰好就横陈着一片这样的废墟,它差不多是一座城中村四分之一的面积,收纳着诸多的断壁残垣和一些被弃置的物品。在还未彻底沦为废墟之前,我与妻子曾数次去往那里,有两次是单纯路过,剩下几次却是刻意寻访。从出生到出嫁,妻子在那里生活了近三十年,一砖一瓦、一草一木,都成了她的生活结构里微小但不可或缺的分子。这里拆迁对妻子而言算是历史性事件,于是她便想亲眼看看自己的家是怎么被一点点拆掉的。"一点点",意味着速度是缓慢的,幅度是轻微的,这样的速度和幅度,拥有菩萨般的慈悲心肠,可以让记忆的片羽和灰暗的情绪,于从容聚集之后又从容挥发。然而事实上,妻子失算了——一切都是迅疾而猛烈的。第一天,铲车、吊车、挖掘机这些大型机械还在离岳母家一二百米的地方活动,但当第二天我们再来看时,岳母家就已彻底消失了,彻底到我们甚至无法通过其他参照物来确认它曾经的具体位置,因为所有可以拿来当作参照物的东西,也全都不见了。若是以往发生了不如意的事,妻子可能会蹲下来抱头大哭,但是现在她却无法做到——高高隆起的腹部,限制了她的自由发挥,她只能老老实实地站在那里,默默流泪。

我也有些难过。我的情绪,一半是因为妻子的感染,另一半却是受到了自身记忆的冲击——我的母校就在附近,高中三年,我曾无数次从这条街上走过,也曾无数次走进这里的任意一家店铺,经历着一些故事,有些故事至今仍历历在目。后来,我又陪妻子去了那里几次,她的心情渐渐好了起来,我们的关注点也开始从背后的废墟毫无铺垫地转到了对面那些也即将遭受拆迁的店铺上。

饮品店、典当行、书店、网吧、小卖部……从右到左，我闭着眼睛回想着十年前这条街上商铺的排列顺序，似乎唯有让视觉陷入盲暗之中，才能将更多的记忆清晰地打捞上来。可当数到包子铺时，竟突然不知它是不是该排在这个位置，而当我想再重新复述一遍的时候，又拿不准第一遍中的小卖部和澡堂子究竟谁先谁后了。岳母家门前狭窄的巷子向西是死胡同，只有沿着巷子向东前行四五十米，才能走出巷口，而巷口对过儿，就是这些商铺。作为此处土生土长的居民，按理说妻子关于这些商铺的记忆应该比我要精准，但结果却恰恰相反。为什么是这样的结果？我冥思苦想，试图用某种相对实际的理由来搪塞自己。这个理由，我是在数天之后偶尔想出的——对我而言，三年的记忆不足以承受后来十年的冲击，我高估了自己的记忆能力；而妻子太熟悉这里了，她用近三十年的时光，见证了诸多商铺的开与关，如今它们一股脑儿地袭来，以至于她没法精准掐住"十年前"这个时间节点，更早或更晚的事物袭扰着她，将她引诱到了歧途。

但是当时，我压根儿就没想到这些。我们俩只是沉默不语地站在那里，心情有些暗淡。哦，应该是我们仨——那时我儿子正躲在我妻子的肚子里。我不知道这个小家伙是否听到了自己父母的交谈，因为他并未如以往般在我们交流时用踢腿的方式表达自己的观点和情绪。那是2019年的初夏，我清楚地记得,那时候我儿子已经七个多月了,但这对于他的整个人生而言,还只是一个负数。他离自己的起跑线还有两个多月呢,还没有资格站在初始的位置上,赞美着尘世的美好,数落着人间的不是。

二

阑尾街,这是我私自给那条街扣下的恶名。之所以隐去它本来的名字,是怕招来非议。同一种事物在不同人的眼中往往是不同的,让我惧怕的是,当我一旦将这条街的名字如实道出,任何人都有可能摇身化作公允的证人和正义的使者,随时都有可能跳出来指责我和我笔下的文字有罪。我朋友是写小说的,他在作品里虚构了一个反面人物,却被有心人看到了,并执意觉得那是在影射他,于是前来兴师问罪。朋友的前车之鉴摆在那里,让我无法给予自己的作品更高浓度的真实。就像在此处,我选择用这样一个粗鄙的名字来称呼一条街,不符合常理的粗鄙本身就折射出了"虚构"的质地,这或许能给予我更高系数的安全感。

事实上,即便是剔除安全因素之后,我仍认为"阑尾街"三个字要比它真实的名字要形象生动——这条街道,就像是一截细长且弯曲的阑尾盲管,属于县城这个整体,又似乎游离于整体之外。与阑尾稍微不同的是,它的尾部并不是全封闭的,街道尽头尚有一处更为狭窄的出口,穿过出口后,再往前走一段路,就是我的母校。

我与阑尾街所有的故事,皆应从2004年开始讲起。那年夏末,我与另一位同学从偏远的乡村中学考到了县城的某所高中,我们俩先是坐着邻居的拖拉机去了镇子上,然后又在镇子上坐上了去往县城的客车。那时候县城的老汽车站还没被拆除,我们在那里刚下车,几辆拉客的电动三轮车就围了上来,把我们吓坏了,一时间不知所措,搞明白情况后,才稍稍放下心来。为了省钱,我们没有选择坐车,而是顶着烈日、背着行李,一路打听,从城北走到城南,走到了阑尾街口。那日在阑尾街,我们遭遇了两件事,它们给我留下了并不光彩的印象,说实话,这在短时间内拉低了我对于阑尾街甚至整座县城的好感。

第一件事是遇见了一个疯子。我曾在另一篇文章里写到了他——他上身罩着长袖灰布衫,下身穿着蓝色短裤,一只脚趿拉着一只绿色拖鞋,另一只脚却趿拉着一只黄色胶鞋。东西走向的绿灯已经亮起,他却拦在头车前面,背东面西,一臂平撑指南,一臂由北向南挥动,示意站在北侧路口等绿灯的几个行人过去,却无人听从他的指挥。他身后的一行机动车此起彼伏地按着喇叭,他却充耳不闻,等到东西走向的绿灯转为红灯,站在北侧的行人终于起步向南,他便拍了拍自己的胸脯,露出一副志得意满的表情。他不知道的是,危险正在向他逼近——一个壮硕男人提着棒球棍,从停在他背后的某辆车上下来,挥棍向着他的后肩敲了下去,向着他的腿部敲了下去,继而又向着他的后腰敲了下去。被打急了的他迅速从地上爬起来,先是向西而奔,在差点儿将一位骑自行车的中年妇女撞倒后,左转向南奔跑而去……后来我同学靳喜光告诉我,他是这座县城有名的"疯子",因为诸多不合常理的行径,他常会受到人们的谩骂甚至殴打,这是再正常不过的事情了。然而那时候,我只感觉这样对待一位智力不全者,未免太过血腥了。

第二件事是遇见了一个骗子。从汽车站到阑尾街,有四五里的路程,我们又累又热又渴,再加之在刚刚发生的疯子遭袭那事上受了惊吓,便想着赶紧离开这是非之地。这时恰好又有一辆载客三轮车在我们身旁停下,问过我们要去哪里之后,便问我们要了三元钱,拉着我们向着学校的方向驶去。两分钟后,他便停下了车,告诉我们到了。等我们下了车才明白,学校距离我们上车的地方,其实不过短短的三四百米,而在汽车站时,那些载客三轮车司机曾告诉我们,从汽车站到我们学校,只需要四块钱。于是我们知道,在决定从阑尾街坐车的那一刻起,我们这两个对县城一无所知的乡下孩子,就已经被人家骗了。

对第一件事心生惧怕也好,对第二件事徒增愤恨也罢,不管怎么说,我们终于还是跌跌撞撞地走进了校门。就读的高中不是重点学校，管理并不严格，早中晚三个时间节点，是可以出校就餐的，与新同学，尤其是家住县城的同学逐渐混熟之后，他们便常常慷慨地抛出"地主之谊"，带着我到处游玩觅食，距此不远又相对繁华的阑尾街自然是首选之地。这样一来，阑尾街便正式融入了我的日常生活。

三

考进那所高中前，我从未涉足过县城。虽然之前写过一篇年少时跟随父亲来到县城的文章，但是里面涉及的县城风景、人物和故事，其实都是我虚构的。对县城朝思暮想的因由却是真的——我最爱玩的玻璃球来自那里，我最爱吃的糖果来自那里，我同学徐浩脚上那双好看的运动鞋也来自那里。年少时的我对县城实在是太向往了，因此我才借那篇半是虚构半是真实的文章，帮曾经的自己提前数年实现这个梦想。现在这么说似乎很矫情，但我保证，那个名字叫作刘星元的少年，当年的确就是这么心心念念地想着爱着那座未曾谋面的县城的。

尽管经历了初见时的一些不愉快，但那些不愉快的经历并未对我所珍视的县城构成任何可称之为伤害的冲击。事实上，在相当长的一段时间里，我一直沉浸于从穷乡僻壤到繁华城市的对比所生发出的幸福中。如果说上面的言辞触及的是对大愿得偿的情愫的抒发，那么接下来的爱慕之辞，则是来自县城本身所折射出的魅力——我从未见过陈列着万千册精美图书的书店，那些按照不同的分类摆放着的书籍，如艺术品一般目光谦虚而温柔，默默等待着既兴奋异常又手足无措的我的到来；而在此之前，在我就读的初中所在的那座镇子上，只有逢集时才能看到一处杂乱摆放着百十本盗版书籍的地摊。我从未见过水泥地面的开阔广场，广场上，不同颜色的好看的花束，经过有机组合，摆成了报纸和政治课本里常见的标语，标语下面，一群人在高分贝音律的驱动中扭动着身体；而在此之前，在我就读的初中所在的那座镇子上，人们只会三五成群地凑在家门前打牌，拉呱儿。至于那些整齐排列于道路一侧的路灯，那些似乎收容着世间所有商品种类的大型超市，那些穿梭于县城各个街面上的公交车……这一切的一切，都让我羡慕不已。曾经在书籍和电视上看到的事物，接二连三地出现在我当下的生活之中，但我又不能表现出过度的兴奋来，因为我知道，一旦情绪过于饱满，必会暴露我土包子的本质。

几乎每个学段都会遇见这么几个同窗——他们与你比其他同学的关系要密切，可互开玩笑，可互敞心扉，彼此极少红脸恼怒，当你顺利或不顺利地结束这段学习之旅后，许多年后转头看，许多同学的名字都已忘掉了，但那几个同窗，却一直环绕在你的身边，即便是不通音讯很久之后，偶尔打个电话，也能聊上很久很久。在高中阶段，这样的同学，靳喜光算是一个。靳喜光家住城郊村，没事的时候，他常骑着自己的那辆大梁单车，载着我在县城各处闲逛，之前提到的新华书店、中心广场，便是与他一起去的，对他而言这些地方再熟悉不过了，但对我而言，却如刘姥姥初入荣国府。聚焦阑尾街，我发现许多记忆深刻的故事里，也总能见到这个人的身影。后来我们填报高考志愿的时候，凑到一起商量着一同报考了邻市的一所高校，又延续了三年这样的情谊。这是后话，这些后话或许会被我写入另一个故事里，而现在，我需要从拐入不远的歧路上转回来，继续言说高中时候的靳喜光和我，言说阑尾街。

第一次逛夜市，就是靳喜光带我去的。县城最大的夜市在老电影院门前的那条街上，一到下午五六点，人流就会向那里汇聚。靳喜光骑着单车载着我，路过各种摊位，摊位上飘出的好闻的香味，引诱我不停地吞咽着从喉咙和口腔里涌出的唾液。靳喜光原本是打算请我在那里吃面条的，那里有一家面摊，虽是用简易的压面机压出来的，但极其劲道，再加之卤子做得好，很多人都去吃。人太多了，我们轮不上，他只好又骑行了一里多地，回转到阑尾街上来。阑尾街上也有一处夜市，但与老电影院夜市相比，要小得多，即便如此，我也感到心满意足了。那一晚，靳喜光请我在阑尾街上吃了一碗馄饨和一张卷饼，馄饨鲜，卷饼香，一顿饭满足了我对于夜市所有美好的想象。

第一次喝白酒，也是靳喜光怂恿我的。那天是2006年的农历四月十二日，之所以记得这么清楚，一是因为那天是我的生日，二是因为在此之前我从未过过生日。那一次"同案犯"共有三人，除了靳喜光与我，还有刘弘波。他们二人瞒着我背后商量，利用中午时间拉着我去了阑尾街上的一家苍蝇馆子，点了四样小菜，要了一瓶白酒，举起杯来齐声祝我生日快乐。我先是有些蒙，继而有些感动，接着就有些不好意思了。在各种情绪的施压下，我狠喝了一口杯中烈酒，直呛得咳嗽不止。那日，我是被他们搀着回去的，下午我们集体逃了课，在靳喜光租住的距学校一墙之隔的小民房里睡了很久，醒来时已是傍晚。到了晚自习，我们身上的酒味依然未能彻底消散，他们二人的班主任身肩着我们两个班的数学课，数学老师先是把他们俩从班里揪出来，然后又把我从我们班揪出来，在两班之间的夹道里罚站。我靠着我们班的墙壁，他们俩靠着他们班的墙壁，面无表情，可等到数学老师一走进班级，我们六目相对，扑哧就笑了出来，又赶紧捂住嘴，整理一下心情，重新恢复到木然的状态。

第一次上网，靳喜光依然是罪魁祸首。阑尾街上有两家网吧，一家明目张胆地开在街上，另一家则曲径通幽，需要走过一小节斜路，再拐一个弯道。因为隐秘，我们选择了第二家。尽管"未成年人禁止入内"的牌子摆在显眼处，但那也只是个摆设，我们与老板心照不宣，交了钱，他便熟练地给我们开了机器。在靳喜光的指导和我自己的摸索下，我很快就知道了应如何打开网页，如何输入文字，如何播放视频。其间，靳喜光帮我注册了QQ号，那个号我至今还挂在手机上，却很少再去看上面的信息。同行的还有李祥云，是个上网的惯犯，一坐下，就沉迷于游戏之中了，对着键盘又敲又打，还不时骂上两句脏话。没想到，我第一次上网就出事了。事出在李祥云身上——晚上十一点左右，他父亲突然推门而入，将还在敲击键盘的他拧着耳朵揪了出去，在街上把他暴打了一顿，隔着老远都能听见他的求饶声。这顿打倒是把我们"打"怕了，但却未对主角李祥云产生脱胎换骨的影响，消停了两个星期后，深夜他又一个人爬过了院墙，跑进了网吧。

毕业之后，我们回学校填报高考志愿，晚上没回家，又集体在阑尾街的网吧上了一次通宵，这次我们光明正大地选了开在主街上的那家。到了午夜时分，大家的肚子陆续叫了起来，便与网管员说好给我们开着机器，我们则走出网吧，坐在了附近的一家烧烤摊前。不巧的是，竟遇到了两伙如我们这般年纪的少年，不知道什么原因，两伙人扭打在了一起，靳喜光悄声提醒我们别向那边看，以免引火烧身。等斗殴的两伙人走干净了，靳喜光才告诉我们，其中一个带头的他认识，小学时和他同在一所学校读书，毕业后就开始跟着人混社会，已经快成为街上的小霸王了。许多经历过的事,我都已经记不得了,但靳喜光说出的那小霸王的名字,我竟记得清清楚楚,前两年,我在官方公布的涉黑团伙名单里看到了他的名字和照片,脑中立马就浮现出了那晚的场景。

那晚与我一起坐在烧烤摊前的,一共有三个人,分别是靳喜光、刘弘波和李祥云。之后不久,我和靳喜光、刘弘波收到了同一所高校的录取通知书,李祥云则去了另一所高校。现如今,靳喜光在上海工作,收入不菲;刘弘波在市里谋食,成就可圈可点;与我同生活于县城的李祥云,已经成为某家单位的业务骨干。幸运的是,我们的感情依然牢固,经常在四人小群里打闹取笑;但遗憾的是,我们已经有很多年没能聚在一起说说话聊聊天了。

四

高中三年,交心的同学并非只有靳喜光、刘弘波和李祥云三人。我有个毛病,吃饭的时候,总是习惯把最喜欢的那道菜留到最后,而这种习惯经过不断地延伸,已经影响到了生活的诸多方面。譬如,我写东西的时候,总是将自己最喜欢的章节安排到靠后的位置。那日,当落笔写下"阑尾街"三个字的时候,我脑中率先蹦出来一个名字:徐飞;继而又蹦出来一个词语:

书店。这两者交会合谋，瞬间就给"阑尾街"三个字披上了一层柔软的暖意。但是，牢牢擒住我七寸的臭毛病，还是迫使着我将徐飞和书店留在了这里，放到了此处。

我常会将某位高中同学诸多不同的故事，碎片式地嵌入不同的文章中，让他以配角甚至路人的身份，支撑着那片小小的文字天空。然而写到徐飞的时候，我却无法做到这一点——他的故事太过单一，单一得让人觉得乏味，没办法让他从事"缝缝补补"的活计，他的人物设定，只能是"书虫"。我自认为也是一个爱读书的人，但与徐飞相比，我觉得自己对于书籍的喜爱就如逢场作戏一般，并无几分真心可言——开学伊始，他的床铺下便整整齐齐地码放着一二十本文学书籍，等到了快毕业的时候，他的书籍数量早已超过了三位数。关键是，这里面的每一本书，他都是认真读过的，因为我发现，几乎每一本书里，都夹着一篇用不同纸笔书写的读后感言。我们住在同一个宿舍里，却分属两个班，他的班主任也姓徐，身肩我们这两个班的数学老师；我的班主任则姓周，身肩我们这两个班的语文老师。那时候，周老师对徐飞的作文极为赏识，常拿来当作范文，从这个班里读完，再到那个班里读。在我们班读完范文后，他总是先对范文夸奖一番，继而又再把我们和我们的作文训斥与批判一番。作为我们班的班主任，他是有私心的——他恼怒的是，尽管他将更多的精力放在了我们班，却教不出一个善写文章的弟子，而隔壁班的外门弟子徐飞却一枝独秀，鹤立鸡群。

王安忆女士在《长恨歌》里提到过王琦瑶和吴佩珍的"小姊妹情谊"——"她（吴佩珍）本应当为自己的丑自卑的，但因为……使这自卑变成了谦虚，……由这谦虚出发，她就总无意地放大别人的优点，很忠实地崇拜，随时准备奉献她的热诚。王琦瑶无须提防她有妒忌之心，也无须对她有妒忌之心，相反，她还对她怀有一些同情，因为她的丑。……王琦瑶的宽待她是心领的，于是加倍地要待她好，报恩似的。一来二去的，两人便成了最贴心的朋友。……她（王琦瑶）的好看突出了吴佩珍的丑；她的精细突出了吴佩珍的粗疏；她的慷慨突出的是吴佩珍的受恩，……"当年读这段文字，简直佩服得五体投地，因为我从王琦瑶和吴佩珍身上，读出了徐飞和我自己。徐飞自然是"王琦瑶"，是主角，是"美人儿"；而我则是"吴佩珍"，是配角，是"丑八怪"。与吴佩珍崇拜王琦瑶一样，我彻底被徐飞的才华所折服了，就这样，如那对小姐妹一般，我们这对小哥们儿的交情也开始与日俱增。

徐飞经常带我去逛阑尾街上的那家书店。那是家夫妻店，妻子负责看店，丈夫则经常骑着三轮车去附近的几个学校门口摆摊。丈夫姓倪，五六十岁的年纪，戴着一副圆形黑框眼镜，显得颇为儒雅。老倪的书摊类似于一具巨型抽屉，由许多块杂木板拼接而成，固定于三轮车上，木板的平面面积要超出三轮车车斗许多，显得极不牢固。他将书籍或平摆一堆，或竖立一排，显得很是整洁。他也是个喜欢读书的人，经常见他手捧着一本书靠着三轮车阅读，我记得很清楚，他最常读的是一本名叫《偏方秘方实用手册》的厚书。尽管老倪常在我们学校门口摆摊，但我们还是更喜欢舍近求远，去阑尾街上他家的书店里买书，毕竟店里的图书要比摊位上丰富得多。

我堆在老家书柜里的那些书，已经承受了十多年的潮浸虫噬，其间数次想收拾一下，但终未得闲。那些书多是盗版的，其中的大部分来自阑尾街——几乎每次去老倪那儿，徐飞和我都要买上几本书。徐飞喜欢余华，我则偏爱苏童，当时我们几乎集齐了这两位作家的书。除此之外，我们还都喜欢张炜的作品，徐飞买过《九月寓言》和《外省书》，我则买过《古船》和《家族》，看完自己买的那本后，我们便交换着看。高中最后一个学期，徐飞读完刚出版的《刺猬歌》后，曾写下了三千余言的读后感，字里行间漫溢着对作家的崇拜。许多年后，我冒领了"弟子"的身份，跟随张炜先生学习写文章，已经与文学分道扬镳的徐飞听说后甚是羡慕，电话那头，他又说起了年少时我们共同经历的故事，生活里一向沉稳内敛的他，竟说出了一些对现在的他来说颇为超纲的话，这些话多与文学有关，与年少时候的梦想有关。挂断电话，在张炜老师家乡的那片海边，我一个人站了许久，夜晚的海风卷着海浪，卷着无尽的黑暗，向我袭来，而我只觉得心里明亮。那是独属于我和徐飞两个人的明亮——倘若2007年的那个夏天徐飞没有放弃学业，我相信，他一定会写出很多继续给我当范文的作品出来。有时候，写作会让我充满着乏力般的挫败感，我知道这是因为我其实并不具备徐飞的那份天分，但我依然还在继续写着，因为我知道，我其实是在背负着两个人共同的梦想前行。

高中毕业之后的第二年寒假，我与徐飞相约在老倪的书店碰头，他知道那段时期的我对中国上古神话故事颇感兴趣，到处搜刮相关的书籍，便送了我一本《夏商周的传说》。那是一本很薄的小册子，出版于数十年之前，文段里充斥着特殊时代的气息，我虽不喜欢那个时代，但对这本小书却极为珍视，一直视之为枕边书。第三年的暑假，我们再次相约在老倪的书店碰面，谁知书店竟然关张了，书店原来的位置，已经是一家五金店了。走进店里看了看，店主正坐在椅子上看电视，而那看电视的店主，并不是老倪。

距离阑尾街不远的地方有一处斜街，里面住着许多能掐会算的半仙儿。半仙儿分两种：一种是坐堂的，显得高档些，等着求神问卜者登门拜访；另一种是摆摊的，显得寒酸些，看见有陌生面孔走过来就吆喝几声。大概是2014年秋天的某个下午，为了少走一段路，我选择从那截斜街穿过，一路遇见了数位摆摊的半仙儿。这几位半仙儿的摊位上，不但立着各色的招幌，还摆满了卦签、铜钱、算盘以及各种稀奇古怪的药物。其中一处摊位上,摆放着一个相框,装在相框里的相片是一张合影,上印着"××年××月全国周易研讨交流会"几个烫金字,金字下面黑压压地站了四五排人,足有二三百口之多。人一多,面目就不清不楚了,最适合浑水摸鱼——若你说你在其中,几乎没有人怀疑,因为质疑者根本就无从证明自己的观点。即便是你在其中,其实也并不能代表什么。我记得多年前曾有媒体报道,某地民间曾举办过一场类似的活动,因为起的名头唬人,吸引了全国各地众多的半仙儿参加,这些人到了那里,聚完餐、拍完照后,竟在街头摆起了卜卦摊,把那座小城搞得一股子霉味儿。我对占卜看相向来是嗤之以鼻的,无论它是否灵验。如果不灵验,我为何还要去相信一个错误的答案呢?如果灵验,那么事先知晓自己命运走向的人,还能对生活热爱或痛恨着吗?

  还是转回头说说那次取道斜街的经历。当快要走出街口时,最后一位摆摊的半仙儿喊住了我,我向摊位望去,只见招幌上写着"赵先生神卦"几个字,再看那位半仙儿,竟感觉有些熟悉,但一时又记不起是在哪里见过了,直到快到家的时候,才猛然想起,那人似乎就是以前在阑尾街开书店的老倪。数日后特意再次取道那条斜街,那位自称"赵先生"的半仙儿果然又招呼我坐下来算一卦,于是我脱口喊了声"老倪",便看见向我招手的"赵先生"一顿,继而讪笑了两声,颇为不好意思地向我摆了摆手，意思是让我走开。于是我便明白了自己的猜想没错，而他也应该是被他不认识的所谓的"熟人"揭穿，而不好意思再骗下去，只好放过了我，但至于我是他怎样的熟人，恐怕他无论如何也不会想到吧。

之后的某一日，我偶然间路过阑尾街，发现记忆里的那十多家商铺，只有一家还在干着旧日的营生，但招牌已经不是早年的那块了。新招牌是专门请广告公司制作的灯体广告牌，显得很高档，但我的矫情症却犯了，总觉得那招牌少了一点儿烟火气。

写这篇文章的时候，又有七八年过去了。码字间隙，我自己一人骑车去了趟阑尾街。街道这边，我岳母曾经居住的那处区域虽然拆得早，但迟迟没有新建的迹象，只有那些高高的金属围墙竖立于路旁，拦截着外界窥探的目光。倒是晚一些拆除的另一边，高层楼房正在建设中，各种工程车在工地上忙忙碌碌的，显得颇为壮观。那晚九点多，我给徐飞打了个电话，他说正在忙，到了夏天，来店里买空调的多了起来，他不但要送货上门，还要负责安装。十几分钟的电话，被他手底下的伙计打断了数次，最后因为一个伙计没法克服的安装难题，徐飞不得不将电话挂断了。我也如此——有时候徐飞终于闲了下来，给我打电话的时候，我往往正忙得焦头烂额。

高中毕业之后，徐飞承接父业当起了老板，经营着那家开在某座镇子上的家电店——这是我所知晓的他生活的粗线条，但那些相对细微的遭遇，是我所看不到的。虽不知道这些年他具体都经历了什么，但我却知道，他所经历的，大抵就是我和大多数人所经历的。为了生活各自用力，这是再正常不过的事情了——这样一想，那份因忙忙碌碌而烦躁不已的心情，便会释然一些。

五

妻子曾给我讲过几个住在这条街上的人不同的际遇，有两个人的经历，我隐约有些熟悉，其他人的则感到全然的陌生。相比而言，我其实对自己熟悉的人的故事更感兴趣，但经验告诉我，想要将熟人的故事搬到纸上，其实更为困难——写作的难度固然是原因之一，但似乎被书写者给你施加的有形或无形的压力，才是问题最重要的因由。你目前所看到的这些文字便是实例：在这篇文章即将完成之际，我狠心删掉了三四千字，因为那些文字里涉及了我妻子的一些隐私。正是在那些隐私的折磨或鼓励下，她慢慢长大了。我是说，慢慢慢慢地，她就要与我相遇了。

街道以实物之形，为我们不忠的记忆圈定了范围，它长久地矗立在那里，即便是擅长歪曲事实的记忆，也不能任意篡改。

尽管我和妻子的阑尾街记忆，有许多地方混淆了，但大致上的脉络，则是一致的、合理的。有时候觉得，在阑尾街这件事上，我们就像是活在错时空间里的两个人，从来就没有真正遇到过——或许上一秒她走出某家店铺，下一秒我便来了，我们离相逢总是差那么一秒或一步。只是没有绝对的交集而已，但这并不意味着我们之间没有任何交集，但我们需要借助一些事物来证明我俩确实都曾是参与者。比方说聊起某一年在阑尾街发生的一场惨烈车祸，我们居然都曾亲眼看见了车子是如何冲向人群和商铺的。

绝对的交集始于2016年，那年夏天我与妻子在这座县城的另一处相遇，几个月后，我第一次跟着她回家，才发现她居然就住在阑尾街。妻子后来打趣说，要是我们早些时候认识，早到高中时代，那我就可以去她家蹭饭。但人生从来都不是一种自后往前的修正艺术，而且我从不觉得早相逢就一定会比晚相识要幸运。要说幸运，那便是我在不早也不晚但却是最恰当的时间，重新回到阑尾街，迎娶我的结发妻子回家。

岳母不愿意与我们一起住，自拆迁之后，她一直住在亲戚家闲置下来的房子里，距离已经不复存在的阑尾街不远。每天下班后，我都要骑着电瓶车去岳母那里接儿子，若是天色尚明，我们父子俩便会去阑尾街工地附近转转——这个不足三岁的小家伙，最喜欢的便是工程车，每晚临睡前，他都要让我或妻子读各种工程车的故事，许多绘本，他早已会背会诵了，而相比纸上的形象而言，生活里的实物工程车显然要更受他的喜爱。挖掘机、压路机、翻斗车、洒水车、铲车、高空作业车……忙忙碌碌的工地，进进出出的车辆，彻底吸引了他的目光，他在那里往往一站就是一个多小时，怎么拽都不走。犬子几乎从未见过阑尾街未拆时的景象（拆除这条街的时候，他只有几个月大，应该不会留下记忆），那些景象是属于他的父亲和母亲的。但我知道，他一定会拥有自己的与阑尾街有关的记忆点。当下，他对于这条街的记忆或许只是那片工地以及工地上那些忙碌的工程车，而当新的建筑物完工之后，他的记忆点或许又将会有所改变。许多年后，纵使这条街始终不会因拆除与重建而易名，但当我们谈起这条街时，犬子与我们在心里划定的时间点和关注点，早已截然不同。

从整体上看，县城总是那么旧；从不同的个体构件上瞧，县城却一直都在更新。那些如拆迁等相对零散的小规模的更新，尚不能明显地改变县城的整体面貌，于相对的不变中不断变化，县城啊，它就是这么一个常旧与常新持续并存的容器。幸运的是，无论这座县城如何常旧与常新，生活于其中的我们——犬子、妻子、我，以及诸多如我们一般的"蚍蜉"，心底里都藏着一条独一无二的"阑尾街"。

涉世书

一

还未毕业,社会锐利的触角就已迫不及待地探了出来,撕开学校这面皱巴巴、脏兮兮的遮羞布,狠狠地砍了我们一刀。

砍我们这一刀的,是一张轻飘飘的白纸。刚刚举办完声势浩大的毕业生欢送晚会,第二天,学校就给我们每个人发了一张白纸,白纸上方居中的位置,"毕业生就业统计表"几个加黑的大字醒目地撞击着我们的眼帘。学校就业处平日深居简出的领导们不辞辛苦,蹲点于各系部,挨个儿班级传达学校高层的指示:这张表格非常重要,涉及学校在全省的就业率排行名次和社会知名度,一定要实事求是地填写,决不能给学校抹黑。

我们当然知晓这张纸之于我们的重要性,如何填写它,关系到我们能否从这所高职学校顺利毕业。我们的上一届毕业生在填写这张表时,有位学长提出反对意见,在意见被拒绝之后,愤而将这张纸撕掉,却没想到毕业证被学校以其他理由扣发。不知经历了多少波折,找了多少人游说、说情,才把毕业证拿到手。因此,上一届学长的故事给这一届的我们提供了一个实打实的教训,到了我们这一届,虽然大家一肚子怨言,但也不得不老老实实去填写了。

还未正式毕业,没有工作单位?那好,就在本地随便找一家企业名称填上,实在不行,就随便胡诌一个企业名称,反正也没有人深究这件事,只要你在这张纸上承认自己已经成功就业,对于自己和学校来说,就都是万事大吉——作为交换媒介,只要填下它,我们就可以顺利拿到自己的毕业证,而他们也就可以以此为证鼓吹学校的就业率。

我们手拿这张纸,机械、鱼贯地走到就业处老师们的面前,伸出食指,向着那小小的印泥探去,命中目标之后,再抬起来,将附着鲜红如猪血的印泥的手指平移到那张刚刚填完的白纸上,再一次用力按下去。再抬起手时,学校便与你再无任何瓜葛;再抬起手时,我们就要揣着用一张纸换来的另一张纸——毕业证,收拾行李,各自作鸟兽散。

只是,终究还是没想到,我们的母校,教授我们三年知识的母校,教育我们如何做人的母校,最后又大度地免费教了我们一手——如何填写一张《毕业生就业统计表》。这是我们在校的最后一课,也是我们即将步入社会的第一课。

在这一课上,我们初次窥见了社会规则的冷漠和残酷。

二

我没有回家,而是直接拖着自己有限的行李,来到了自己户口所在地的那座城市——沂城。在沂城的人力资源市场里把自己抛售了多日,我终于找到了毕业后的第一份工作。

在此之前,因为囊中羞涩,无法在我看来价格不菲的宾馆住宿,我已经在城中村一家名叫聚合的小网吧里窝了一个多星期了。这一个多星期里,我每天都会步行去人力资源市场抄录各类招聘启事,然后再一家接一家地打电话,去公司应聘。这是一个希望渐次被磨灭的过程,刚开始我还是有选择地去找职位,行业类型、工资标准、工作时间、假休标准——我事先反复掂量着自己的底线,后来,这底线越来越低,我便慌不择食,只要能找到工作,这些标准就都不再刻意去计较了。

夜晚,我就在网吧里休息。偶尔会在 QQ 上和同学聊聊天。聊天内容无外乎是求职之类的话题。有几个同学已经找到了工作,不出所料,都和自己的预期相差甚远。更多的是没有找到工作的同学,他们叙说着这些天来的所遇和所感,抱怨着社会的不公，却又在抱怨过后相互鼓励，期待明天会有阳光一扫阴霾，前途一片光明。网吧里烟雾缭绕，那些十四五岁的孩子无忧无虑，他们坐在电脑屏幕前，嘴里叼着香烟、喊着脏话，眼睛直勾勾看着屏幕上的游戏页面，消瘦的脖颈儿支着脑袋，似乎要钻进屏幕里，手却一刻不闲地在键盘上猛烈而迅疾地敲击着，在一轮游戏结束之后，他们或旁若无人地放肆大笑，或用拳头愤愤不平地砸向桌面，或如泄了气的皮球疲惫地靠在椅子上发呆。偶尔也会有人在这里下载被赋予某种特殊颜色意义的视频，边下边看，毫不避讳。那些充满诱惑的声音肆无忌惮地在凌乱、昏暗的空间里持续迸发着，让人既冲动又反感，既血脉偾张又茫然无措。整个下半夜，我便在这各种音像混杂的环境中半醒半寐，日复一日。

连续在网吧住了一个多星期，我找到了第一份工作。那是一家物流公司。说是物流公司，其实就是一家小小的配货站。虽说和自己学习的物流管理专业相符，但从学校里学来的东西完全用不上。公司共有四辆货车，分别跑两条专线，货车开进来，大家便都来卸货，货物被工人从数米高的车上抛下来，也没有人在意是否损坏。等卸完货，大家便再将这一天收到的这个专线的货物装上车，目送货车开走。卸货之余，我平时的工作是分拣货物——或是把别人要寄的货物分类堆成小山，或是在卸下的堆积如山的货物里挑出某件货物，或抬或扛或背地带到前来取货的顾客面前。

既干装卸工，又做分拣员，的确很累，但尚可勉强支撑。让我受不了的是这里的脏。因为怕浸湿货物，地面上不能洒水，那地面便积了一层尘土，一有风吹草动，地上的尘埃便开始飘荡。不安分的尘埃到处钻，简直无孔不入。打个喷嚏，鼻子里便冒出一股黄烟；吐口唾沫，唾沫里就包裹着一堆沙尘。忙完一天，去墙角处打开水龙头洗洗脸，脸上的灰尘便和自来水一起顺着指头流下来，再用手摸摸头发，头上便黏糊糊一片，手上则像涂了一层药水。

就在我坚持不住想要辞职的时候，赵勇飞也应聘来到了这家公司。当老板把赵勇飞领到灰头土脸的我的面前时，我们俩同时愣住了，各自尴尬地挤出了一丝笑容，并不知该做些什么了。赵勇飞是我隔壁班同专业的同学，在那所我们刚刚毕业的高职学校就读时，他曾担任系里的学生会生活部部长，因为宿舍卫生方面的问题，我们宿舍还曾和他有场不愉快的经历。那时候，我们绝对都没有想到，毕业之后的某段时间，曾经的"仇人"竟成了相互支撑的好友。

赵勇飞的到来，让我单调的生活有了一丝生气，每天，我们一起上班，一起下班，有时，晚上还会在附近的大排档炒上两个小菜开开荤，边吃边聊上学时候的糗事，互相"挖苦"。然而，如此过了半个月后，我们就实在没有什么可以聊天的内容了，日子又重新跳入波澜不惊的镜面里。

终于有一天，赵勇飞对我说，他想要离开这里。赵勇飞之所以下定决心离开，是因为我们的另一位同学蒋一维给他打了个电话。蒋一维告诉赵勇飞，他在另一座城市里找了一份好工作，包吃包住，底薪三千元，年底还有不菲的提成，他说公司正缺人手，正在大量招聘员工，怀着"肥水不流外人田"的心思，他希望赵勇飞也能过去和他搭伴儿。这个电话让赵勇飞喜出望外，机会难得，事不宜迟，他决定第二天就辞职。赵勇飞离开的那天，天空下着蒙蒙细雨，我找了个借口向老板请假送他去车站，等他刚进入候车室，我便迅速转身，向距离汽车站最近的站牌走去，我在站牌下等了二十多分钟，那辆载着赵勇飞的车就开来了，它从我身旁穿过，一刻也没停，就快速闯入了前方茫茫的细雨中，最终远离了我的视线。此后，我就和赵勇飞失去了联系，几年之后，我从另一位同学口中得知，蒋一维把赵勇飞拉入了传销团伙，他俩被传销团伙洗了脑，他俩的亲人又被他俩洗了脑，最终被骗得倾家荡产。

从汽车站回来，我也递交了辞呈，重新回到了借住网吧的日子。

我想找同学聊聊天，倾诉我心中的伤悲，却发现，才刚刚个把月，气氛好像就不一样了。刚毕业时，几乎每天都有同学打电话、发短信或在QQ上留言，说辛苦，谈希望，相互勉励，互相支撑。而现在,大家似乎都把彼此遗忘了。我查看了一下手机,最近的一个短信是二十多天以前一位同学向我哭诉他和我们班班花分手的事情,而我的回复也异常简短:好好的。那时候,我正在给货物分类,把相同属性的货物放置在一起,太忙了,根本就没有时间回复,现在回顾我发出的这三个字,我也不知道自己当时想要去表达什么,我不知道那位收到信息的同学是否以他独有的思维解读出了这三个字的含义,反正,从那之后,他再也没有信息发来。

我当时尚未想到,同学之间的关系还将继续疏远。如你所见,再后来,我许多躺在QQ里的兄弟姐妹们,时而亮一下头像,又总匆匆下线,为了各自的生活奔波着。手机里储存的名字依旧还坚守着自己的位置,但联系却越来越少,我不敢确定这些曾经熟悉的号码还有几个人在用。就像某年某月某一天接到的一个电话,他说:猜猜我是谁?陌生的号码,陌生的属地,陌生的声音,却对我的情况了如指掌。可是,他究竟是谁呢?

三

从本地的一家网站上搜索招聘信息,发现有一家文化公司招聘采编人员,于是便去面试了。那时候,我已经在一些小报刊发过几篇小稿件了,似乎是这些小豆腐块起了作用,老板对我很满意，当即便录用了我。工资标准是实习期八百元，实习期过后一千五百元。虽然工资不高，但这次的工作毕竟和"文化"搭上了边儿，所以心里还是挺知足的。

老板四十多岁，面目清秀，一副温文尔雅的样子。在他的办公室，他眉飞色舞地给我和其他几个新员工展示自己与市领导的合影，并倾吐自己要在文化行当里闯出一片天地的雄心。这座北方城市，是王羲之和颜真卿的故里，或许是因为先贤的庇荫，书画之风向来繁盛。作为生意人，我的老板从中窥见了把文化转化为经济产业的门道，他承包了一家省级网站的地方频道，以文化活动家的身份把自己装扮起来，做起了书画生意。

我的工作是采访本城的一些书画名流。其实，所谓"采访"不过是掩人耳目，实际工作是借助采访和宣传之名，向书画家们收取一定的宣传费用。老板明确指出，宣传费只要现金，不能用书画作品代替。在我的意识里，书画家都是不食人间烟火的存在，他们高高在上，以翰墨指点人间，想采访他们，难度大概不小。一位比我早半个月入职的同事指点我，从一些书画网站上搜索本城书画家的联系方式，然后打电话询问，询问内容无非是"看到您的书法作品如何如何，想对您进行一次专访，并把访谈信息发表在省级网站上"之类的话。没想到这一招儿竟然屡试不爽，只要打过去电话，书画家们无一例外，全都爽快地答应，并且比我还急迫地约好了访谈时间。

第一次采访的是一位书法家。这位书法家似乎比我更清楚我的工作，他先是拿出各类冠以"国际""华夏""中华"名号的各类会长、院长、理事、会员或杰出贡献奖、终身成就奖的荣誉证书，让我们欣赏，以示自己名副其实，然后再步入正题，回忆艺术生涯，提炼创作心得，顺带着也品评一下当代艺术作品。至于他的作品，他不拿出来，我也没有执意要去看。临走时，我还没张嘴向他索取宣传费用，他便早已笑着从怀中抽出一个红包，交到了我手上。干了一段时间，我发现，在这座小城，书画界的大师真是比比皆是，用时下的段子来说，从楼上抛下一块板砖，也能砸倒一群大师。或许是有了免疫力，时间长了，再见到一些大师，竟然不再诚惶诚恐了。甚至，还有些书画名家主动给我打来电话，把价钱讲好，也不用去实地采访，他们就把自己的事迹发给我，嘱咐我在网站上发出来。当然，他们发来的稿件，除了修改一些错别字，其他诸如获得国际、国内大奖的记录，是不可加以删减的。

这样干了大概一个月，到了该发工资的日子，老板召集我们说，最近资金链困难，下个月再发工资，并且鼓励我们要带着情怀去工作，要把它干成事业，而不是简单的工作，如果干得好，下个月涨工资。听完老板的话，我们一扫心里的阴霾，浑身又充满了干劲。

第二个月该发工资的日子，老板又召集我们说，公司决定要办一场书画展览会,前期需要投入一定费用,等展览会结束后,公司早已挣足了资金,到那时,前两个月的工资和第三个月的工资一并发放,不但如此,还要给每个人发放额外的奖金。心里虽有些不快,但终究还是没说出来,于是便根据老板的吩咐,联系场地、布置会场、邀请书画家……终于把展览会操持起来了。看到那些书画家一个个将人民币交到公司会计手里,我们每个人都兴高采烈。

然而,老板还是没有发工资。我们一群人敲开老板的办公室大门,再一次向他讨要工资,他态度很好,说马上打电话安排人员去银行取钱。没想到,等来的不是我们的工资,而是一群胳膊上刻着文身、脖子上戴着大金链子的小痞子。小痞子们刚把我们控制住,老板便一改往日的温文尔雅,开始数落我们的不是,不是说这个工作态度不认真,就是说那个业务能力差,致使公司业绩下滑乃至亏本经营,将我们批得一无是处。一位女生借去厕所之名在厕所里拨打了报警电话,我们才得以脱身。事后我们才知道,这家公司已经利用同样的方法忽悠了好几批初涉社会的学生为其免费工作。

三个月的辛苦就这样打了水漂儿。我们有些气不过,便向一些部门投诉,却无丝毫作用。我们心灰意冷,不愿再就此浪费时日,便各自散去了。那天夜里,我与在这家文化公司工作时最要好的两位同事——谭友和公雨林一起聚了个餐,其间聊起对未来的打算。谭友决定回他们那座小县城，他是师范院校的毕业生，有教师资格证，他想先去当地的私立学校就业，为以后考取公办学校的教师做准备。艺术院校毕业的公雨林说，小县城没有艺术专业的用武之地，他决定留在这座城。他们都有自己的想法，但我却不知道何去何从。深夜时分，我们就在那家小餐馆门前彼此挥了挥手，走向了不同的方向，从此之后，便再无联系了。我想，所谓的萍水相逢就是如此吧。

几年后，我的一位厨师朋友在他的朋友圈晒出了一张荣获本城特色餐饮店的牌匾，同时转发了某个行业协会以这座城为名的公众号推出的关于这次评选活动的新闻，我点击进去，一眼就认出了照片上依然显得那么温文尔雅的文化公司老板。几年不见，他已经把自己的生意从书画文化行业拓展到餐饮文化行业了。我用自己的经历小心提醒朋友，朋友却说，用八百块钱买个口碑，值。

四

刚到那家文化公司就职的第二天，我就在附近的城中村租到了房子。

城中村藏在这座光鲜亮丽的城市的某个角落，与这座城市呈现给世人的面貌不同，它是一处"藏污纳垢"的所在，所有与高速发展的城市不相匹配的人、事、物,都被不可知却又无处不在的力量用不同的遭遇赶到了此处,譬如露天垃圾堆、用金属和塑料搭建的简易棚、修自行车的摊位……狭窄的小巷像一条曲死的蛇,不知道最终要将身躯探到一处怎样的所在。墙上到处写着画圈的"拆"字,因为风吹雨打和日晒尘磨,字迹都黯淡了。

我租住的那座小院,一共两层。第一层是原始建筑,房主自己家住;第二层是临时加盖的,它之所以出现,完全是因为觊觎政府的拆迁补助。因为是加盖,又因为加盖的目的本就是为了拆除,所以便显得随意,只用一层红砖简单地垒起来,有了房子的样貌。楼上一共三间房,我居最西边,月租一百五十元。另两间则分别租给了一对情侣和一个中年男人。

情侣的关系总是反复无常,这几天还甜甜蜜蜜的,那几天就开始打打闹闹了。有时候,房主怕打扰四邻,就沿着摇摇晃晃的木排梯爬上二楼来劝架。也有劝不好的时候,房主就将他们一起撵出去,等到再回来的时候,竟然又手拉起手来了,脸上全然不见吵架时的凶狠和狰狞。从他们的经历中,我体会到,所谓争吵就是把对方最为不堪的伤疤揭开来给别人看,正是通过他们的争吵,我窥见了他们各自的伤疤。我试着从那些谩骂之词中先抽丝剥茧再查漏补缺,还原他们的经历:他们是从老家逃出来的,女子本是有夫之人,而那个男子,则是女子丈夫的同学。这男子常来同学家玩,一来二去,就和女子搞在了一起。两人决意私奔,最后就躲避到了此处。

爱情固然是美好的,但冲破道德的藩篱之后,如何生活,显然他们都还没有深思熟虑。面对生活的困境,他们需要一场抉择来表明接下来要走的路。最后,是女人为他们的爱情做出了让步的举动,女子开始晚出早归,连周末也不休息,听男子对房主说,女子似乎是在某家商场找了份售货员的工作。自从女子从事了所谓的售货工作后,便开始精心打扮起来,脸上涂抹着厚厚的脂粉,身上穿着露骨的衣衫。男子的说法和女子的举动都让我感到疑惑:难道从事售货工作需要昼伏夜出,需要打扮得如此花枝招展?疑惑归疑惑,既然人家那么说,我们也就姑且那么信了,都是萍水相逢,没必要盘根问底。男子却依然游手好闲,不但游手好闲,他还借着女子出去工作的空隙,隔三岔五地领回来不同的几个女人。这对情侣的关系越来越紧张,争吵也越来越激烈,甚至有几次,与女子迎面相逢,我会看到她脸上或深或浅或红或紫的伤痕。每当我的目光瞥到她脸上的时候,她便慌乱地将脖颈儿扭向别处。

如此又持续了一段时间,突然想起,已经很多天没有听到那对情侣的争吵声了,满腹疑惑地向着那房子望了望,才发现房门前空空如也,平时晾晒的衣服之类的东西,已经不知所终。看来他们是已经离开了,然而他们是一起走的还是彼此分开走的，是萍水相逢之后再萍水散去还是轰轰烈烈之后继续轰轰烈烈，恐怕永远都是个谜了。

至于中年男子，虽说在一个院子里住了这么长时间，但我对他的了解实在是屈指可数。与那对情侣相比，他的生活平平淡淡的，几乎没有任何波澜，穿着虽不时髦，但是很得体，一身休闲西服或者夹克，恰好符合他这个年龄段的特点。他开着一辆旧夏利，早出晚归。听房主说，他好像在什么企业任部门经理，至于具体从事什么工作，他不说，别人也就不问。

有时候，迎面相遇，他会递上一支烟，我摆摆手，表示不会抽，他也不在意，就自顾自地抽了起来。虽然没有接过他递过来的烟，但我却看出，他一直抽的都是二十元一盒的泰山牌香烟。他烟瘾很大，一会儿一根不间断地抽，我在心里悄悄计算了一下，他一个月大概就要抽掉我几乎一个月的工资，按理说，以他的经济基础，完全可以租一套公寓的，不知为何屈尊与我们这些勉强糊口的人一起住在这样破败的地方。

有一次，我又一次被生活撂倒，迷茫的我徒步穿过这城市一角的某个喧嚣的广场，发现一个乞丐破衣烂衫、蓬头垢面地半卧在水泥地板上，用颤颤巍巍的臂晃动着手中的宽口白瓷茶缸，茶缸表面的瓷已经掉了三分之一，露出里面黑黝黝的金属色泽，人们三五成群地从他面前掠过，并未因他的存在而迟疑片刻。由彼及己，我忽生同情，走过去，从口袋里摸出打算坐公交车的那枚硬币，弯下身，将它安放在他的茶缸里。

他听见响动，抬起头，刚说了个"谢"，另一个字还未出口，就愣住了。那一刻，我也认出了他——那个住在我隔壁的中年男人。我们彼此都尴尬了起来，尴尬过后，我们又几乎是在同一时刻向着对方笑了笑，什么话也没说。

从此之后，我们见了面就不再说话。

又过了些日子，他从小院搬出。此后，我再也没有遇见过他。

五

冬天到来的时候，我又一次辞了职。

那是一家售卖保健品的公司，我的工作是到那些七八十年代修建的旧小区里和老人们聊天，并以开授健康讲座的方式招徕他们购买保健品。这份工作没有底薪，全靠售卖商品赚取提成，随便一款产品，只要贴上"两千八百八十八元"的标价牌，就可用"亲情大减价""回馈爸和妈"等名义售出八百八十八元的价格。而这八百八十八元，我们可以抽取四分之一的提成。

我的搭档是公司里的明星销售员，我跟着他穿梭于不同的小区不同的家庭，唯一相同的是，这些家庭都是空巢家庭，家中只有孤独的老人。爷爷、奶奶、干爹、干妈、大叔、婶子……在不同的老人面前，搭档口中的称谓灵活转换，对于产品功效的宣传也越来越让我惊疑，我既佩服他又隐隐觉得哪里有什么不妥。我说出自己的疑惑，我的搭档嗤之以鼻，用老师教训学生的口吻蹦出了两个字：愚笨。如果真是这样，那我或许真得好好谢谢我的愚笨——这是我职业生涯中唯一的一次先知先觉，我辞职了。在我辞职的一年多后，我在本地的报纸上看到了查处这家企业的新闻报道。

再次失业的我学会了抽烟。无数个黄昏，我沿着那条穿城而过的著名河流漫无目的地游走，偶尔停下来，点上一支五块钱一盒的白将军牌香烟，烟草与火相遇，浓烈的气味迸发出来，呛得我直流泪。我想起和我同居沂城的诗人邰筐，想起这位诗人的一首短诗：

一个男人走着走着／突然哭了起来／听不到抽泣声／他只是在无声地流泪／他看上去和我一样／也是个外省男人／他孤单的身影／像一张移动的地图／他落寞的眼神／如两个漂泊的邮箱／他为什么哭呢／是不是和我一样／老家也有个四岁的女儿／是不是也刚刚接完／亲人的一个电话／或许他只是为／越聚越重的暮色哭／为即将到来的漫长的黑夜哭／或许什么也不因为／他就是想大哭一场／这个陌生的中年男人／他动情的泪水／最后全都汇集到／我的身体里／泡软了我早已／麻木坚硬的心／我跟在他后面走／我拍拍他肩膀关切地／叫了声兄弟／他刚刚点着的烟卷／就很自然地／叼到了我的嘴里。

我在心里一遍遍默念着这首诗。在边抽烟边默念这首诗的时候，我不知道有没有人也像诗中的"我"一样注意到了我，有没有人也跟在我的身后。我只知道，没有人拍拍我的肩膀，也没有人喊我一声兄弟。跨河大桥上车来车往，它们经过我，又绝尘而去。一路上，我不停地抽烟，不停地抽烟，似乎只有在烟雾缭绕中，才能感受到这人间烟火的温暖。

那一年春节，是我唯一一次在外面过年。除夕那晚，失业的我蜷缩在自己租住的小房子里，给父母打了个电话，无非是说些工作忙不能回家过年之类的话语。话还未说完，我就匆忙挂掉了电话，我怕若不挂掉，下一刻，鼻子就会抽泣起来，眼中的液体就会流出来。

面对那一面白色水泥上零散点缀着几颗灰色斑点的墙面，我什么也没想，就只是静静地发了一会儿呆。这座院子里，那些被生活逼入死角的人，他们都陆陆续续越墙而走了。甚至，连房主都撇下了这座院子，去省城与自己的儿孙团聚去了。偌大的一座院子，只有我一个人守着。本来，房主也是要撵我走的，我说了诸多好话，并且把身份证押在他手里，他这才勉强同意让我在春节期间继续住在这里，并替他守着这座院子。

太闷了。尽管北风呼啸着从墙缝间钻进来，还是太闷了；尽管烟花的身姿从玻璃窗上散下来，还是太闷了；尽管别人家团圆的欢声笑语从隔壁涌进来，还是太闷了。

我想要出去走走。关上门,沿着晃晃悠悠的木排梯爬下一层,打开院门,跨出院子,再转身锁上,然后再从巷子里左绕两次,右绕两次,就来到了大街上。平日车水马龙的大街上几乎没有人,也没有几辆车,就连沿街的店铺也都关闭了。只有路灯以百米行距森严地站在马路两旁,兀自亮着,渲染着这座城市的虚假繁华。头顶的天空中,偶尔有烟花展开,又迅疾地熄灭。迎着寒风,在空无一人的大街上走着,我如阿Q附体,突然觉得这人间的灯火和烟花都是我一个人的。想到此,我挤了挤嘴唇,微微地笑了笑。

那一夜,时光似乎被无限拉长了。在漫长的时光里,我就这样一直走啊一直走啊,不知道自己究竟要走向何处。

滞留在县城的人

一

少时多牢骚,一些小河沟,往往也被视为心中天堑。少年人本就是一具盛放酵母菌的容器,极易把些许孤寂、困惑、不如意,发酵为昏天暗地,发酵为彻骨之寒,发酵为走投无路。二十三岁之前,我不止一次抱怨命运的不公,用矫情的句子诉说自己的委屈。"少年不识愁滋味,为赋新词强说愁"——辛弃疾说得真是透彻啊。那时候,我尚混迹于一座稍大一点儿的城市,愁的是工作的无所依附和生活的颠沛流离。后来发现自己并不具备深扎混凝土的能力后,便决定沿着自己的来路,退守到介于城市与乡村之间的县城。这样一待就是十多年,坎坷与牢骚早已烟消云散,新的困顿却又找上门来,尽管有所变异,但好像依然未脱离矫情——我觉得自己就是身负无期徒刑的囚徒，而县城则是没有围墙的监狱。

说来很牵强，我是在一次偶然事件中发现自己的处境的——那只误入居室内的鸟雀为了重返天空，一次次展翼撞向透明玻璃，撞向坚硬的虚空，却又一次次遭受毫无防备的拦截，遭受疼痛的厄运，直至它终于屈服，不再理会天空里的事。与那只鸟雀微有不同，我是被命运驱回这座县城的，小城易安，但"安"这个词往往意味着固定、一成不变，这座县城虽给了我生活的安全感，但也稀释了我内心的汹涌波涛。县城虽无围墙，但心理却有防线，这些无形的玻璃，以覆压之势告诫我不要总是想着逾矩，那是个危险的火苗，很容易引火上身。于是我遵从教诲规规矩矩地活着，每日无非是从县城的这个监室，走到县城的那个监室。说好听点儿这叫规律，其实只是重复性的消耗动作而已——我每天早上六点半起床，洗漱完毕后下楼去农贸市场买菜，在路边喝一碗糁或回家喝一碗昨晚剩下的稀饭，便骑着电瓶车去上班。上午处理信息材料，中午在单位食堂就餐，下午再去应付各类报表。晚上回到家，做饭、洗衣、看娃，忙忙碌碌，等孩子睡去，已是深夜十一点。日子不断重复着，重复来重复去，便会对时间的刻度产生错觉，一直觉得它停滞于某处，直到某一日，被一个人、一句话、一件事晃了一下，才惊觉自己早已从二十啷当岁奔过了而立之年，眼看就要触摸到不惑的面门了。

有时候也会想,只要是过得舒坦,即便是监狱,我也愿意将牢底坐穿。然而我发现,这样看似简单的期冀,可能是一种奢望——这些年,我一直尝试用县城自有的方式进入县城,可每次都会被某种力量推出融合区域。譬如,那段热衷于接触各种"圈子"的经历。

我曾尝试混迹于酒场饭局。鄙地产的酒,曾被那位誉为诗仙的酒徒用绝句夸赞过,酒借诗运,长盛不衰。虽说县城是酒场的温床,但纯粹为酒赴宴者少,大多醉翁之意不在酒。这个局长、那个主任,这个亲兄、那个热弟,你提我让,你来我挡,推杯换盏间,一些名利就有了由头和眉目。作为陪衬角色,我这个小职员一会儿被他们称为科长,一会儿又被他们唤作主任,起先我还连连推辞辩误,经历稍多,发现他们对谁都这样称呼之后,便也不做辩解了。我对酒精过敏,即便是喝一点儿,也会皮肤瘙痒难耐,烧得肠胃整宿难眠,因此便不多饮,但这又往往被视为对其他人的不恭,从而成为众矢之的,他们总是拿那位著名酒徒为例,说诗仙"斗酒诗百篇",你一个码字的后辈,怎么能违背圣贤的规矩?更有甚者,以如簧巧舌相逼,仿佛不饮尽杯中酒,便是罪大恶极。县城酒场的规矩甚多,若不深谙此道,难免出糗。有一次我给座中人倒酒,酒水沿着微倾的杯壁下滑,其中一人便不高兴了,训斥我这是"卑鄙下流"。

都说文、艺不分家，因为喜欢写东西的缘故，我侥幸认识了几位书画家。小县城卧虎藏龙，你永远都弄不清那些看似平淡无奇的角角落落，会藏身着多么卓越的艺术大师。这些大师挂遍了以"国际""华夏""中华"等字号打头的名衔，我在古玩市场闲逛时，就遇见一位，他在盲道上摆了张桌子，桌子左面摆着名片及证书，右面则陈着笔墨纸砚。那日他当场作书，一平尺叫卖五十元，尽管这与他宣传册页上标价三千的价格过于悬殊，却依然无人问津——看起来县城居民的艺术修养还有待提高。巧的是，我居然从授予他荣誉的证书上发现了两个国字号的艺术组织，它们都曾位列于前不久刚被民政部门曝光的非法协会名录。

经历这些后，我对所谓的圈子死了心，重新退回到自己单调的生活中。无声地退出，并非不告而别那么简单，对曾经的同伙而言，它意味着割袍，意味着断义，意味着背叛。背叛之人不可恕，于是，我再一次被县城排斥在了县城之外，被人群排斥在了人群之外；乏味之人不可交，于是，我再一次被县城遗弃在了县城之中，被人群遗弃在了人群之中。

二

与大中型城市相比，因为地理范围上的浓缩，县城人际关系更为集中且复杂,家族姻亲、同学同僚,关系网盘根错节,对多数人而言,就算是与大街上任意一人攀谈,顺着他的关系链条往下捋,不出三个节点,总会蹦出一个与你产生交集的熟人。但我显然不属于"多数人",在县城,除了同事和几个高中同学,我几乎是举目无亲朋。有时候,我会想起一些不在身边的人,并期盼他们在路过这座县城时,给我打个招呼。他们之中,以我定居或漂泊在外的同学居多。

这座县城最大的变化是在年关。年关期间,县城处处张灯结彩,各色店铺一改往日风情,纷纷播放着烘托节日气氛的歌曲,平时安静的小城,一下子喧嚣了起来。街道上的车辆也多了起来,车一多路就容易堵,往常从城西到城东十多分钟的路程,这时候往往要半个小时。比往日多出来的车辆,一半来自乡村,大多是趁着年节举家来县城游玩的,另一半则来自以苏浙沪为主的一二线城市。本县号称蔬菜大县,支撑这副门面的,是每年产出的五百多万吨蔬菜,全县有五六十万人从事种植、运输、售卖等与蔬菜相关的工作,这其中又有二三十万人常年散布于南方各地。这些人靠蔬菜发了家,便在异乡买了车、购了房,平时很少回来。但春节却是个例外——每年随着春节的来临,他们的故土情节便会聚涌,如他们兜售的反季节蔬菜一般,他们似反季节飞行的候鸟,纷纷循着故乡以团圆之名抛出的丝线返回。

那些驾车还乡的人中，零星隐藏着我的同学。准确地说，是我的高中同学——高中之前，我一直在偏远的北部乡村就读，直到十六岁才踏足县城，与那些来自南部蔬菜大镇的同龄人同班就读，直至毕业之后飘零四方。时至今日，"子承父业"这个词依旧具有一定程度的普遍性，就如我那些来自蔬菜大镇的同学，毕业之后，他们大多选择随父母或其他长辈去了南方发展。

毕业时，我们就曾商定以后要借着春节一年一聚，前些年也一直遵循着这个约定。徐永华是促成聚会的灵魂人物，几乎每年都是他提前在班级QQ群或微信群里张罗。他高中毕业后便在舅舅开的运输公司里做事，将本地蔬菜源源不断地运到上海，在底层历练了几年后，便常驻上海，帮着自己的表哥打理与几个农贸市场之间的业务，据说干得很不错。

我们的聚会地点始终固定于同一家KTV。作为全县曾经最繁华的娱乐场所，十多年前我们毕业的那个夏天，全班人曾在那里作别，十多年过去了，县城里更为高档的KTV已经开了数家，它居然还苟延残喘地存活于新兴力量的轮番围剿中。在提前订好的KTV大包间里，二十多人虽说是一个集体，但其实又总是会被各种主观或客观的因素分割为几个三五成群的小团伙，与上学时一样；大家互留号码，互诉衷肠，互相飙歌，与上一次聚会一样。当年为了同一个女生互殴的情敌早已和好，共唱《兄弟抱一下》；当年因爱生恨最终以分手告终的情侣早已释然，互相开起了玩笑——一切都是那么美好，但一切又似乎显得太过美好。这往往是上半场的场景，到了下半场，或许只是因为一句话、一个动作，整场的气氛就变了。有一年聚会，一位创业的同学与一位从政的同学聊着聊着就动起了手来，我们分成两拨，一拨拉这个，一拨劝那个，这才没出大事，自然聚会也就变得索然无味了，只得草草收场。与那些久居异地的同学一起聊天，我偶尔会冒出自己已与社会脱节的想法。他们聊到北上广深房价的差别，聊到青岛与厦门海滨浴场的不同，聊到我从未听说过的奢侈品牌新出的衣饰，这让我无从插嘴。虽然一直坐在他们中间，但我却觉得，我其实是个局外人。当然，有时候他们也会主动与我攀谈，向我打听县城里的某件传闻或某个与我关系稍近一点儿的同学的秘事，看能否从我口中套出更为劲爆的猛料来，而我却总是让他们失望。

　　偶尔也会聊起早逝的同学。我们不过三十多岁，单纯从年龄上看，似乎"死亡"这个词并不能对我们产生逼迫性的威胁，然而，生老病死从来都不是一个循序渐进的过程，概念上的终点有时会选择任意一个不属于它的节点贸然出场，直截了当地掐断你原本该从容前行的漫长旅途，而你却连辩驳的机会都没有。事实上，我们同学中已有多位英年早逝的。有一位女同学一直在做北漂，去年听说死在了京城的出租屋里，而在前年聚会时,她还与大家有说有笑,此刻大家聊起她,不免一阵唏嘘。还有我的室友常乐,数年前他骑着摩托车往家里赶时,被经过的车辆撞飞了,肇事车逃逸,只把他遗弃在道路之上。常乐、常乐,常安常乐、常常安乐,他父母给他取下的好名字,终未给他带来好命运。

任何聚会聚到最后,无非一片狼藉。大约是聚到第七八年的时候吧,心照不宣地,大家开始选择以各种理由推脱聚会,初时徐永华还极力劝说大家尽量排除困难,后来请假的人越来越多,他也就不再勉强了。然而作为为数不多的常驻县城的人,无论还剩下几人团聚,在同学们看来我都没有理由缺席,地主的身份让我拿不到任何豁免权。直到2019年末,新型冠状病毒肺炎开始流行,我们长达十余年的聚会传统就势取消了。自此之后,班级群里再无一人重提聚会之事。

有时候,我骑着电瓶车从那家日渐潦倒的KTV门前经过时,偶尔会想起聚会的场景,想起那些清晰或模糊、生动或呆板的面孔。这么长时间不见了,还真有些想念他们呢。

三

老家的亲朋偶尔也会联系我。

我所在的县城,距离父母生活的地方不过六七十里,因此算不上是漂泊在异乡，但在心理位置上，我的确又感受到了远——我已经从那座村落走了出去，在另一个地方娶妻生子，用自己的躯体承受着生活的轻与重。因为一直在外求学和生活，村里的许多长辈都已不认识我，我也都不认识那些小辈，倘若不是他们看到我与父母同行而隐约猜到我的身份，便会始终对我报以警惕的目光。稀里糊涂的，我就这样沦为了老家的局外人，老家已经没有我的位置，我的名字以及我这个人，已经被那片土地以及那片土地上的人有意或无意地删除了。

我读过一些作家书写故乡的文章，他们更多的是赞美，是怀念。不能说情感不真挚，但是我总觉得许多文章在着力于美化事业的同时，也掩盖了真实生活在这片土地上的人和事。同为写作者，我这么说并不代表自己就是清白的，事实上我怀揣着另一种恶——我越来越像是一个客人了，每次都匆匆地回又匆匆地去，在滞留期，我无意或有意地从父母和亲友那里收集着发生于这片土地的故事，并带着它们逃离这里，将它们添油加醋地搬到了纸上。然而，故事里人的命运，我永远搬不走，他们留在那片土地上，经历着该经历的，忍受着该忍受的，实在忍受不了，就哭喊，就咒骂，就自戕，用最简单也最愚笨的方式，处理着最难解的困境。

网络上有人调侃敝地对于"官"的推崇，说月俸三四千的公职人员，其社会地位往往是月入上万的自由职业者所无法企及的,说丈母娘选女婿首先要看是不是公务员、事业编……这些调侃虽刻薄了些,但也并非无稽之谈。或许正因如此,当老家的一些亲朋知道我在某个机关单位上班时,对我表现出了过分的热情。在他们看来,我这是当"官"了。

有一年,亲戚A带着自己高中毕业的儿子小飞找到我,说小飞想到某个单位当临时工,拿出一万块钱,托我疏通疏通。他真是高看我了,我自忖没有那个能力,摆手拒绝了。我没有那个能力,不代表别人没有——春节回老家,大年初一见到了小飞,他穿着一身带有那个单位标志的制服,挨家给本族长辈们磕头拜年,见到我,便提前绕道而去。

小学同学B也来找过我几次。他在老家建了一家养殖场,但因为占地和污染问题,与乡邻多有摩擦,互不相让。一位乡邻气不过,向职能部门投诉了他,职能部门对他进行了相应的惩戒,但他认为是因为自己上面没有熟人,这才被人"欺负"了,便找到我,希望通过我结识职能部门的负责人。我的确认识那个部门的工作人员,但只是工作上的联系,况且整个事件的过错方的确在我的这位同学,我便未答应。同学B因此与我结了仇,通过我们共同的同学递话,从此恩断义绝。

这些年一旦有远亲和近邻住进了县城的各家医院,父母都会让我代为探望。2018年的某个夏日,接到父母的电话,命我去县里的某家医院看望一位住院的亲朋,这位亲朋得了我们老家称之为"孬病"的肿瘤,刚做完手术不久。根据父母留给的电话号码打过去,我自报家门,说是某某的儿子,他们才知道我是谁。在病房里,亲朋的儿子热情地招呼我坐下,不提病人的病情,却向我提起了医疗费,想让我找医院管事的说说,能不能在合作医疗的基础上再减免一些。这自然又是我所无能为力的。表明态度之后,气氛便尴尬了起来,我只能找了个借口,留下二百块钱就开溜了。

我不知道是社会问题还是个人原因,这些年里,一些乡亲似乎正借助"老家"的招牌和"帮忙"的名义,有意或无意地驱使我去反哺一些什么,涉学、涉工、涉医、涉法……他们的需求五花八门。那些生活于故土之上的亲友啊,他们总是寄予我扛负不了的厚望,当他们最终发现我其实是那么无能时,便开始渐渐失望。

说到底,他们不该将那些合理和不合理的诉求抛给自己的同类啊——我只是一个为稻粱谋的小职员,与他们别无二致。我们本就生活于同一片天空之下、同一方大地之上,忙忙碌碌如蚁,慌慌张张似犬,此身微渺肖尘。

四

单独说说顾云志。我与顾云志是初中和高中同学,之间还存续着拐弯抹角的亲戚关系。倘若我们不是同学,这种血缘关系便是纤弱的,近乎于无,或许我们连彼此认识的机会都没有,只是在一些共同参与的红白喜事上打个照面,各尽着自己的本分而已。然而作为同学,因为朝夕相处,便加固了亲戚的链条。按照辈分,他该喊我叔,但事实上,这种称呼只是其他亲戚在场时不得不掩人耳目的叫法,平日里,我们以哥儿相称。我们并不觉得这有失体统,体统这玩意儿,是死规矩,专为禁锢人性而设。

虽说是初中同学,但并不同班,所以初中阶段我们是一对互不干扰的平行线。真正的友谊发轫于高一——不约而同的,我们考进了同一所高中;一千多个新生,被随机分配到二十多个班级,我们居然被分到了一处;同一个班里有四十多个学生,班主任又偏偏将我们按在了一张课桌上。这一步接着一步的巧合就这样把我们俩捆束在了一起。现在回想,其实那些巧合并不足以持续支撑我们多年的友谊,支撑我们友谊的是我们共同的爱好:文学。他是书痴,是校门口书摊的常客,盗版的《复活》《巴黎圣母院》《白鹿原》《老人与海》……过期的《十月》《当代》《人民文学》《散文》……均被他零零碎碎地购了回来,我则是近水楼台,没花一分钱就饱览了诸多文学书籍。他喜欢海子和布罗茨基,立志要当诗人,写下许多在我看来特别漂亮的句子,但在高二分流时,他却进了美术速成班。他对我说,这叫曲线救国，只有考入大学，才更有时间阅读和创作。

那时候，《摩托日记》风靡一时，催生了一大批穿着切·格瓦拉头戴贝雷帽的标志性T恤衫的文艺青年。那时候文艺青年还是个褒义词，是不羁的象征，与矫情和做作几乎没有瓜葛。与现在世界同步的5G时代不同，那时候，许多风潮从大都市兴起，刮来刮去很久之后，才刮到小县城。尽管《摩托日记》早已上映，但当我们从县城音像店里看到新进的盗版碟片时，已是一年多以后了，在此之前，我们是从过期的刊物上读到关于这部影片的推介性评论的。云志买了盗版碟片，等到放假的时候喊我一起去他家里看，一上午，我们看了两遍。南美旅程如何影响了切·格瓦拉的世界观，切·格瓦拉就如何掀开了我们的视野盲区；革命热情怎样在切·格瓦拉的心中沸腾，切·格瓦拉的形象就如何在我们的心中闪耀。那时的我们真是浅薄而真诚啊——在澎湃心潮的遮蔽下，我们的目光略过苦难，视线只发现了美。崎岖的山路是美，黄昏的大野是美，民族的风情是美。美让我们于无言中战栗，我们需要经历类似的一次对美的追寻，俘虏并揭开美的奥秘，以消解内心的震撼。在云志的提议下，我们决定要像切·格瓦拉和他的同伴一样，投身于一次伟大的历练。

这次伟大的历练是在高考结束后实施的。我们没有广袤的南美腹地，只能借助目光将心中丘壑聚焦于一条河流的躯体；

我们没有"突突"排着尾气的摩托车，只能将信任交付于两辆笨重的大金鹿牌自行车。现在通过卫星地图，便能清晰地看到，自我们村沿着河岸溯源而上，我们最终会到达位于邻县的一处山谷。然而那时候，对于这条河上游的轨迹，我们几乎一无所知，只知道它自我们村向东将会汇入一条稍微宽阔一些的河流，流经镇子，再接纳一些细流的汇入，最终以护城河的名义揽着县城华丽的身子揩一下油，便继续向前，直至汇入沂河，汇入黄海。

在计划尚未实施以及实施的初始阶段，一股莫名的热血始终支撑着我们，尤其是云志，如开光仪式般，他将新买的记事本端放于河岸的台阶上，又将新买的圆珠笔端放于记事本上，后退一步站定，带着我于庄严的肃穆中向着它们鞠了一躬。如今当我回想这些细节的时候，不免感到脸红耳臊，但那时候，我们俩谁会怀疑彼此的真诚呢。

我们骑行于河岸外侧的乡间道路上，时不时将脖子扭向内侧河流的方向，观察着河流表面以及周边的一举一动。每当遇到垂钓者、浣衣人以及记载着村庄由来的石碑，我们就会停下来，向有生命的人与无生命的物打探关于河流的秘事。在距离我们的出发地十余里的地方，因为要去对岸的泉眼处饮水，我们在牧羊老者的指引下，穿过了一座小石桥，并于脚下几块巨大的桥石上发现了一些繁体文字。因为日晒尘磨，因为人畜磨砺，许多字已经被打磨光滑，看不清了，但依然还保留着一些勉强可以辨识的文字。牧羊老者告诉我们,这些承载文字的桥石,原本是一位举人以及其族人的墓碑,在特殊时代被推倒后,做了修桥的材料,筑桥者希望能用这种方式世世代代将他们踩在脚下。沿途所遇,均被云志记录了下来。他那么兴奋,甚至告诉我,这必将是一次意义非凡的考察,它将催生出一部划时代的经典作品,催生出一位卓越的文学大家。他说许多年后,这本日记会是不朽的见证者,文学界将会奉为圭臬。他记得那样认真,字体那么工整,仿佛一旦潦草为之,便是对河流、文学以及我们自己的亵渎。

然而我们终未完成这次考察。《摩托日记》里,切·格瓦拉的摩托车中途报废,他们只能靠搭便车完成剩下的旅程。我们的自行车虽未出故障,然而其他的因素却逼迫着我们不得不选择了放弃。在距离出发地大约五十里的地方,越来越纤细的阡陌,终于被芦苇丛截断了,想要继续前行,我们必须穿过它们或绕道而行。那时候,夕阳已经坠入前山背后,淡淡夜色正在聚拢,我们站在大片的芦苇丛前沉默不语,只有风吹拂芦苇的声音塞满了虚空。云志弯腰捡起一枚石子,赌气般朝着芦苇丛掷去,无数只鸟雀就如被大地赌气般投出的石子,纷纷向着天空攀爬继而散落,我们俩因此受了惊,拽着车把,慌慌张张地向后奔去,只累得气喘吁吁,这才停下。我们一人靠在一棵柳树上,继续沉默,只有喘息如风道般呼哧作响。最后,是我打破了沉默,向云志提议,这次就算了,我们下次再来。是我选择了放弃,而不是云志——或许云志也需要这样一个台阶,短暂沉默之后,他应允了我的提议,并对我的放弃口头讽刺了几句。虽是原路返回,夜幕之下的小路走起来却并不轻松,在夜色的驱赶下,我们狼狈而逃,一路上摔了好几个跟头,回到家,已经是晚上九点多了,幸好,我们彼此的家人都误以为我们在对方家玩耍,并未多问什么。这次失败的经历告诉我,并不是每个人都有资格当伟人,万不可妄议历史上的那些失败者。我不知道云志得到了什么启示,但我知道,从天赋上来说,他一定比我收获更多。

那年的夏天真是安逸啊,除了那次半途而废的考察,我与云志还一起去钓鱼,一起窝在他家里看碟片,一起骑车到镇子上的网吧上网,直至他拿着美术学院的录取通知书踏上了去往北京的列车,直至我揣着职业技术学院的录取通知书坐上了去往邻市的客车。高中毕业后的许多年里,趁着春节假期,我们那一届毕业生组织了很多场聚会,云志却从不参加,但总会抽时间与我单独会面。我刚在县城买房但未结婚的那几年,漂在京城的他每次回来,我的房子就成了他的中转站,他从县城汽车站直奔我家,与我通宵畅聊后,第二日才坐客车回老家。如果时间宽裕,回京之前,他也总是在我那里住一晚。我们各自经历着生活中该经历的和不该经历的,却很少用通信工具隔空交流,因此,相聚成了我们俩宽慰彼此的最佳方式。也只有在相聚一处时,我们才能真正毫无顾忌地倾吐一段时期里的所遇所感。

这些年,他干过推销员、快递员和房产中介,也曾短暂陷入传销组织。为了生计,他甚至还一直在替别人当枪手——自己辛苦撰写的剧本,在电视上播放时却署着别人的名字。我对此愤愤不平,他却并不怎么在意,且告诉我,他的名字只属于诗,即便有机会,他也不会让自己的名字出现在蹩脚的电视剧上。"只是为了一块面包。"他用蹩脚普通话说完,愣了一下,想起是在与我交谈,才用方言重复:"只是为了一张煎饼。"我们便都笑了。我后来专门找来那几部电视剧看,故事情节都不怎么复杂,场景式的渲染却始终存在,让人想起侯孝贤。而侯孝贤,正是云志最为认同的华语影视导演。他依然那么爱读书,爱给我谈论俄罗斯的白银时代、拉美的魔幻现实主义以及美国垮掉的一代。每次他翻开乱糟糟的背包,里面必躺着一本带有折页的书,有些甚至布满了数十处折痕,显然不知已被他读过多少遍,那是与他朝夕相处的宝贝。但他对我又总是那么慷慨,经常把这些书交到我手上。我的书架上,《树上的男爵》《看不见的城市》《小径分岔的花园》《哈扎尔辞典》这些书籍,皆来自他的馈赠。与他谈论文学,总让我战战兢兢——他总是嘲笑我在报刊上发表的那些东西空有矫情却无才气,我虽难堪却无法反驳,因为他的看法总是一针见血。

2019年秋天,云志的祖母过世了。云志的父母是我们这一带最早出去打工的那批人,因此,他小时候跟着他祖母过,对他祖母的感情甚于他父母。而这位老人正是连接着我们微乎其微的亲缘关系的人,如今她虽已走远,可我和云志的感情却以非亲缘但更为牢固的关系延续了下来。处理完云志祖母丧事的第四日,我开车送他去汽车站,在此之前的一天,他父母便匆匆回到了南方的某座城市。云志告诉我,他父母让他过年去往南方的那座城市团聚,他们已经用积蓄在那座城市买下了一所房子,正准备迁户口。他说以后再回老家,便只是想回来见见我了。我们背倚车站围栏,各自于沉默中抽完了一支烟,便挥手告别了。这两年,云志一直说想回来,却一直未成行。而我也一直期待着,无论他是衣锦还乡,还是落魄归来。

我写完以上这些文字,蹦出的第一个念头竟是——若是云志看到了,会不会又嘲笑我矫情。不知自己是怎么想的,我心一横,竟真的将这些文字发给了他。不多时,他给我打来了电话,却并未臧否这些文字。他只是提到了那年夏天那次失败的游历。真是遗憾啊,他说。

五

有些词是不能具象和确指的,譬如"远方"。宁夏、广东、湖北、四川……从地理坐标上看，这些词所囊括的区域，都可谓是我的远方，然而当"远方"这个词与它们中的任意一个构成对等关系后，便显得干瘪且沉重了。远方，它只适合朦胧似纱，只适合温润如月，只适合搁在心里，唯有这样，"远方"才是个撩人的词。

在县城生活的这十多年里，我不止一次萌生了离开的想法，然而冷静下来后，我发现这纯粹是矫情的少年情怀后遗症在作祟。事实上，我发现自己已经走不动了——我并非独属于自己的完整个体，而是多个担负不同职责的碎片的聚拢物，身为儿子的碎片、身为丈夫的碎片、身为父亲的碎片……虽然它们数目繁多，但都是我的唯一，对我来说同等重要。时日渐长，牵绊我的人和事便越来越多，他们如绳索将我越捆越紧。他们将我捆束于我应该待着的地方，誓要榨尽我所有的剩余价值。

最近一次萌生离开的想法，是儿子出生后不久，但起因却与以往不同。那段时间，我更为深刻地明白了金钱的重要性。同学春明在杭州的一家大型货运公司上班，老板是他亲戚，我给他打电话，说明了自己的窘境，问他那边能不能收留我。没想到之前一直有意或无意吹嘘自己薪酬的他，却劝起我来，并对自己的现状大倒苦水，最后，反而是我劝慰起他来。这番交谈让我畏惧了，我打了退堂鼓，从此不再提"远方"。励志书上说，一个人要始终拥有随时离开的能力和说走就走的洒脱，很遗憾，我发现这两种技能，我都不具备。就这样，我一直滞留于这座县城，如被悬在低空的风筝，既不能凌空而去，也不能安稳落地。对于大多数人而言，际遇早就给我们分配好了该度过的时间和该跋涉的轨迹，更多的时候，生活中是没有意外发生的。

有一次与顾云志闲聊，他竟也破天荒地矫情了一次。他说，对他们这些漂泊之人而言，县城既是一座发往昨日的中转站，也是一颗藏于心头的启明星，而驻守于县城的人，便是车站里的守护者和暗夜里的点灯人；他说，只要想到有座县城还可以回去，有个交心的人还住在县城，心就有了落脚点。尽管这可能只是他的宽慰之词，但我心里还是不免有些感动。某一刻，我脑中闪过一个转瞬即逝的念头——我其实早已与这座县城密不可分了，只是自己一直没有发现。

刘星元

山东临沂人,中国作家协会会员、山东省作家协会签约作家、鲁迅文学院第43届高研班学员,作品散见于《十月》《花城》《天涯》《钟山》《散文》等刊物,曾获孙犁散文奖、长安文学奖、万松浦文学新人奖、山东文学奖、齐鲁散文奖、刘勰散文奖,散文集《尘与光》入选中国作家协会2020年度"21世纪文学之星丛书"。

代表作品
散文集
《尘与光》
《大地契约》